문우영 신무협 장편소설
ORIENTAL FANTASY STORY & ADVENTURE

악공전기(樂工傳記) ④
금선탈각(金蟬脫殼), 허물을 벗다

초판 1쇄 인쇄 / 2008년 5월 4일
초판 1쇄 발행 / 2008년 5월 14일

지은이 / 문우영

발행인 / 오영배
편집장 / 김경인
펴낸 곳 / (주)삼양출판사·드림북스

주소 / 서울특별시 강북구 미아8동 322-10호
대표 전화 / 02-980-2112~4 팩스 / 02-983-0660
편집부 전화 / 02-980-2116 팩스 / 02-983-8201
홈페이지 / www.sydreambooks.com

등록번호 / 제9-00046호
등록일자 / 1999년 3월 11일

ⓒ 문우영, 2008

값 8,000원

(주)삼양출판사·드림북스의 서면 허락 없이는 어떠한
형태나 수단으로도 이 책의 내용을 이용하지 못합니다.

ISBN 978-89-542-2640-0   04810
ISBN 978-89-542-2584-7   (세트)

* 지은이와 협의하에 인지는 생략합니다.
* 잘못된 책은 구입한 곳에서 바꾸어 드립니다.

목차

제1장 하룻밤의 대화(一日夜話) • 007

제2장 음(音)의 상(象), 검(劍)의 형(形) • 047

제3장 목청만 크면 악성(樂聖)이랴 • 077

제4장 대림사(大林寺)의 복사꽃 • 109

제5장 청산(靑山)은 천년(千年)의 병풍이로다 • 145

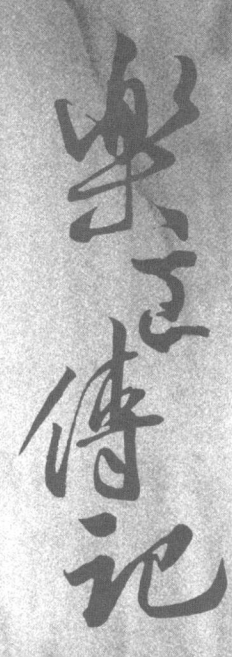

제6장 멀리 가려 넓어진다 • *183*

제7장 장강(長江)을 건너다 • *217*

제8장 눈을 뜨다(開眼) • *263*

제9장 다시 창룡각(蒼龍閣)에서 • *309*

제10장 새가 날아야 하는 이유 • *347*

제1장
하룻밤의 대화
(寸日夜話)

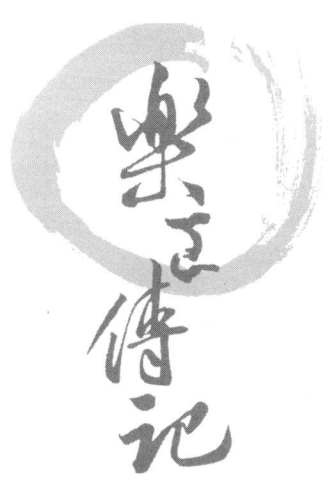

 천하제일의 색향인 항주에는 밤이 늦도록 불이 꺼지지 않는다.

 항주에서도 최고의 권세를 자랑하는 남궁세가의 밤은 오늘따라 유난히도 밝고 화려했다. 1년에 한 번뿐인 등룡식이 성대하게 치러진 까닭이다.

 귀한 손님들을 잔뜩 초대한 등룡식 잔치가 한창 무르익을 시간이건만, 남궁세가의 앞마당은 놀람과 당혹감으로 크게 술렁이고 있었다. 이 모든 게 부도문의 한 마디 때문이었다.

 "끄끄끄. 너희들 그러다가 다 죽는다……. 끄끄끄, 칠현금에 맞아서……."

사람들이 하나같이 부도문의 한 마디를 새삼 떠올리며 석도명을 향해 의혹의 눈길을 던졌다.

석도명은 마당 한가운데서 그 시선을 온몸으로 받으며 난처하게 서 있을 수밖에 없었다.

어느새 대다수 사람들의 마음속에서 '저자가 칠현검마인 것 같다'는 짐작이 걷잡을 수 없이 커진 상태였다. 게다가 석도명이 부도문을 원망스럽게 쳐다본 것이 그런 짐작에 더욱 무게를 싣게 만들었다.

조금 전까지 석도명을 상대로 거칠게 시비를 벌였던 백가장의 장주 백화평이 음성을 가다듬고 물었다.

"크흠, 그대가 진정 칠현검마요?"

이놈저놈 하던 호칭이 슬그머니 '그대'로 바뀌어 있다.

석도명을 바라보는 백화평의 심사는 극히 심란했다.

남궁세가를 욕 뵈려는 심산으로 악사 하나를 심하게 나무랐을 뿐인데, 불행하게도 상대가 혹시라도 최근 절강 땅에서 유명세를 떨치기 시작한 칠현검마라면 자신은 단단히 실수를 한 것이다.

어디 그뿐이랴? 내일이 바로 자신이 가담한 소의련이 남궁세가와 정식으로 비무를 벌이는 날이다.

이 중요한 시국에 남궁세가가 칠현검마라는 정체불명의 고수를 불러들였다면 상황이 꽤나 심각했다. 그것은 남궁세가가 자존심을 버리고 외부의 고수를 초청하기로 마음을 먹었다는 의미일 것이고, 그 경우 칠현검마보다 더한 절정 고수가 나타날 수도 있다.

백화평은 등줄기가 서늘해지는 기분을 느끼며 석도명의 입술에 시선을 고정했다.

허나 석도명의 대답은 그저 담담했다.

"저는 그 일을 알지 못합니다."

"허어, 자신이 칠현검마가 아니면, 분명하게 아니라고 하면 될 것을 어찌 그리 말을 돌리시오?"

백화평이 되물었다.

모호한 대답에 짜증이 나기는 했지만, 여전히 화를 낼 엄두는 나지 않았다.

"칠현검마가 정확하게 누구를 가리키는 말인지도 알지 못하는데, 제가 더 이상 무슨 말을 하겠습니까?"

석도명이 아까보다는 좀 더 힘을 주어 말했다.

그 대답을 꼼꼼하게 뒤집어 보면 여전히 '나는 잘 모르는 일이다'라는 뜻이었지만, 목청을 키운 덕에 부정의 느낌이 확실히 강해졌다.

그 말에 적잖이 안심이 됐는지, 백화평이 다시 자신감을 회복했다. 그가 이번에 가리킨 대상은 부도문이다.

"그러면, 저자는 대체 누구기에 허무맹랑한 소리를 지껄인 겐가? 감히 누가 누구를 때려 죽인다고?"

"죄송합니다. 제가 형님으로 모시는 분인데, 술에 취해서 실언을 하신 모양입니다."

"흥, 실언이라고? 그런 변명으로는 넘어갈 수 없을 게다!"

백화평은 확실한 꼬투리를 잡았다고 믿었다. 악사든, 그놈의 형이든 끝까지 물고 늘어질 작정이었다.

"백 장주!"

칠현검마의 등장 여부에 긴장해 잠시 사태를 지켜보던 남궁세가의 장로 남궁치가 화를 꾹꾹 눌러 담은 음성으로 백화평을 불렀다.

석도명이 칠현검마든, 아니든 남궁세가에서 초청한 악사가 이 자리에서 공개적으로 곤욕을 치르게 둘 수는 없다. 더구나 지금은 석도명을 물고 늘어짐으로써 남궁세가를 욕보이려는 수작임이 너무도 빤해 보였다.

"불렀으면 말씀을 하시오."

"오늘은 남궁세가의 잔칫날이외다. 손님으로 왔으면 손님의 예를 지켜야 하지 않겠소이까?"

"헛, 남궁세가의 장로가 지금 내게 예의를 가르칠 생각이오? 백가장이 작다고 하나, 내 누구에게 가르침을 받을 위치가 아니라오."

백화평이 싸늘하게 코웃음을 쳤다.

새겨볼 것도 없이 '너는 장로이고, 나는 한 문파의 장주다. 그러니 내게 함부로 굴지 말라'는 뜻이다. 2인자의 자존심을 한껏 긁어대는 동시에, 슬그머니 남궁세가와 백가장을 같은 반열에 놓은 발언이었다.

　남궁치의 얼굴이 벌겋게 달아올랐다.

　"허허, 그렇소이까? 그러시다면 백 장주가 나를 가르치시구려! 내 본시 아랫사람에게도 가르침 받기를 마다하지 않소이다."

　"흥, 그렇다면야 굳이 내일까지 기다릴 필요가 없겠구려."

　갑자기 장내의 분위기가 싸늘하게 식었다.

　남궁치가 대놓고 아랫사람 운운하고 나선 것도 그냥 들어줄 이야기가 아니지만, 무인들끼리 가르침을 내리고 받을 일이 따로 있겠는가? 오직 검을 맞대는 것을 제외하면 말이다.

　남궁세가와 소의련 측 사람들이 분분히 자리를 박차고 일어났다. 어차피 내일이면 검을 맞댈 사이인데, 전날이라고 참아줄 필요가 있겠는가.

　싸움을 피할 수 없다고 생각한 남궁치가 결연하게 앞으로 나서려던 순간이다.

　"허어, 새소리를 쫓아 왔더니 이 무슨 번잡이로고……."

　그때 어디선가 혀를 차는 소리가 들려왔다. 그 음성은 낮았지만, 순후한 공력이 실린 탓에 밤공기를 또렷하게 울렸다.

　좌중의 시선이 일제히 문 쪽으로 돌아갔다.

　백발이 성성한 노인 하나가 느린 걸음으로 걸어 들어오고 있었다. 남궁세가의 사람들이 노인을 향해 일제히 허리를 굽혔다. 백화평을 비롯한 소의련 측 사람들조차도 노인과 눈이 마주치는 족족 고개를 숙였다.

　검졸 남궁한, 남궁세가의 전대 가주였다.

　당장이라도 검을 빼들고 한바탕 혈전을 벌일 것 같던 좌중의 사람들이 일단 노기를 가라앉히며 남궁한의 걸음을 지켜봤다.

　남궁한은 스스로를 검의 사졸(士卒)인 검졸(劍卒)로 자처하며 칩거에 들어간 뒤로 오랫동안 외부에 모습을 보이지 않았다. 그런 그가 대체 무슨 까닭으로 이 자리에 나타났는지 모두 궁금한 것이다.

　"소란을 피워 죄송합니다, 아버님."

　남궁치가 성큼성큼 걸어 내려가 남궁한 앞에 섰다. 그리고 두 손을 모아 상석에 오르기를 권했다.

　그러나 남궁한은 상석에는 관심도 보이지 않은 채 물었다.

　"조금 전의 새소리는 어찌된 거냐? 그 소리에 잠을 이룰 수가 없더구나."

　"아, 예······. 여기 석 악사가 칠현금을 연주한 소리였습니다."

　"허어, 칠현금 소리였다고?"

　"예, 아버님."

　남궁한이 깊은 눈빛으로 자신을 응시하자, 석도명이 허리를 숙여 인사를 했다.

　"인사 올리겠습니다. 석도명이라 합니다."

"석도명이라…… 그 이름이 낯설지 않은데…… 오라!"

남궁한이 좌중의 사람들을 둘러보다가 남궁설리와 눈이 마주치자 고개를 끄덕였다. 2년 전 남궁설리가 무림맹을 다녀와서는 한 젊은 악사를 입에 침이 마르도록 칭찬하던 일이 생각난 것이다.

"보아하니, 연주는 끝이 난 것 같은데, 내가 저 젊은이를 데려가도 되겠느냐?"

"예……."

남궁치가 부친을 향해 가볍게 고개를 숙였다. 남궁세가의 최고 어른이 석도명을 데려가겠다는데 누가 감히 안 된다고 하겠는가? 내심 다행스럽기도 했다. 이제라도 석도명이 자리를 뜨게 되면 더는 소란을 피울 일이 없으리라.

그러나 모두가 남궁치와 같은 소망을 갖고 있지는 않았다.

"죄송합니다만, 그자와는 아직 가려야 할 문제가 남아 있습니다."

백화평이 다시 시비를 걸고 나섰다.

남궁치가 눈살을 찌푸렸다.

'허, 저자가 오늘 단단히 작심을 하고 왔구나.'

세상을 뜬 백화평의 부친도 생전에 자신의 부친 앞에서는 항상 자세를 낮췄다. 헌데 백화평은 오늘 대체 무얼 믿고 저리도 방자하게 군단 말인가?

남궁한이 백화평을 향해 가볍게 웃으며 입을 열었다. 하지만 그 음성까지 웃고 있는 것은 아니었다.

"자네가 오늘 가리고 싶은 게 꽤나 많은 모양일세. 허나 하루만 기다리게나. 뭘 묻고 따지든, 그 대답은 내일 직접 듣게 될 걸세. 바로 내게서."

"예……."

뜻밖에도 백화평이 그 말에 순순히 고개를 숙였다.

'이로써 확실해졌군. 남궁한이 직접 나서는 게야.'

백화평은 만족스러운 표정이었다.

이야기인즉슨 남궁세가가 소의련과의 대결을 위해 따로 초청한 고수는 없다는 것이다. 즉, 소의련이 치밀하게 준비해 둔 내일의 승부를 바꿔놓을 돌발 변수가 전혀 없다는 뜻이다.

계획대로 남궁한을 끌어내는 데 성공했다는 사실을 확인한 것만으로도 오늘 남궁세가를 방문한 성과는 거두고도 남았다.

"그만 가세나."

남궁한이 잔치 자리에는 관심이 없다는 듯 곧장 몸을 돌려 왔던 길을 되돌아 나갔다.

석도명이 칠현금을 들고 남궁한을 뒤따르자 부도문이 벌떡 일어나 비칠대는 걸음으로 두 사람을 쫓아갔다. 손에는 술 병 하나를 거머쥔 채였다.

남궁세가의 잔치는 그렇게 흐지부지 끝이 나고 말았다.

*   *   *

 남궁세가 제일 뒤편에 위치한 남궁한의 처소는 소박했다. 마당은 넓었지만, 그 안에 세워진 건물은 달랑 방 한 칸짜리였다. 마당 한쪽에 작은 연못을 파고, 그 옆에 누각 하나를 세운 게 그나마 호사를 부린 부분이다.

 남궁한은 곧장 누각으로 올라갔다.

 그러나 석도명은 선뜻 누각에 올라가지 못하고 계단 아래서 남궁한을 올려다봤다.

 "제게는 형님과 같은 분이십니다. 혼자 남겨둘 수가 없어서……."

 석도명의 얼굴에는 난처한 빛이 역력했다.

 일단 잔치 자리를 벗어나는 게 급해서 두말 않고 따라왔지만, 전대 가주의 처소라면 꽤나 중요한 장소다. 그런 곳에 허락도 받지 않고 부도문을 달고 온 게 마음에 걸렸던 것이다.

 "허허, 이 나이쯤 되면 가리고 말고 할 게 점점 없어진다네. 내가 먼저 자네를 청했는데 뭐가 문제겠는가?"

 석도명이 그 말에 용기를 얻어 누각으로 올라갔다.

 부도문 또한 당연하다는 듯이 계단을 밟았다. 술기운이 아니라고 해도, 남을 어려워하는 법을 모르는 게 그의 성정이 아니던가!

 남궁한은 누각 가운데에 좌정을 하고 앉아 석도명에게 자신의 앞에 앉기를 권했다.

 부도문은 누가 시키기도 전에 한쪽 귀퉁이로 가더니 기둥에 기대 앉아 술병을 홀짝홀짝 들이켰다.

 "이거 잔치 자리에 있는 사람을 데려와 놓고는 정작 차 한 잔을 대접할 형편이 못 되네 그려, 허허허."

 "난처한 상황에서 벗어나게 해주신 것만 해도 감사할 따름입니다."

 남궁한이 석도명의 인사를 그저 웃는 얼굴로 받아넘기고는 얼른 화제를 돌렸다.

 "무림맹에서는 북을 쳤다고 하더니, 오늘밤은 새소리라……. 허허, 자네 연주는 형식에 얽매임이 없어서 좋구먼."

 석도명이 자신을 향한 남궁한의 관심과 호기심을 느끼며 차분하게 대답을 했다.

 "본시 소리는 마음의 움직임이 형상화된 것이라고 배웠습니다. 뒤집어 말하면 형식이란 사람의 마음을 담기 위한 그릇에 지나지 않으니, 그것에 매일 필요는 없겠지요."

 "옳거니, 무릇 형식이란 그런 게야. 암, 그렇고말고."

 "예……."

 남궁한이 석도명을 대견하다는 듯한 표정으로 바라봤다.

 그저 한 마디를 들었을 뿐인데, 음악을 대하는 석도명의 자세에서 사뭇 진지함이 느껴졌기 때문이다.

 그 탓일까? 그 다음에 이어진 남궁한의 질문은 짧지만, 결코 단순하지 않았다.

"허면, 형(形)이란 끝내 버려야 하는 것인가? 물을 마신 뒤에는 물그릇이 필요하지 않은 것처럼 말일세."

"……."

석도명은 쉽게 답하지 못했다.

남궁한의 물음이 그저 음악을 뜻하는 것 같지가 않아서다. 아니, 어쩌면 그것이야말로 자신이 누군가에게 묻고 싶은 것인지도 몰랐다. 형을 버린다는 것이 따져보면 눈을 버린다는 말과도 통하지 않던가.

'이것이 어찌 말로 설명이 될 수 있을까?'

항상 아는 것 같으면서도 알지 못하고, 늘 고민하고 있어도 정작 놓치고 사는 게 깨달음이라는 생각이 머리를 스쳐갔다.

"허, 내가 쓸데없는 것을 물었나 보구먼."

"아닙니다. 문자로, 혹은 말로 머리에 담고 살면서도 내내 깨우치지 못하는 게 많아서 그렇습니다. 제가 알고 있는 구절을 그저 읊조리는 것 외에는 달리 말씀을 드릴 재주가 없습니다."

"허허, 어려워 말고 어디 한 번 말해 보게나."

"도(道)라는 것은 보고자 해도 보이지 않고(視之不見), 듣고자 해도 들리지 않는 것(聽之不聞)으로 형상을 이룰 수 없다(不可爲形)고 합니다."

"물론 그렇지. 그러면 자네의 말은 보거나 들으려 하지 말고, 형을 쫓아서도 안 된다는 이야기인 건가?"

 남궁한의 눈가에 얼핏 실망감이 스쳐갔다. 석도명의 말이 결국 '도란 알 수 있는 것이 아니다'라는 흔한 말로 들린 까닭이다.

 "저는 조금 전에 마음의 움직임이 형상화된 것이 소리라고 말씀 드렸습니다."

 "흠, 분명 그리 말했지."

 "음악에 대해서 말씀을 드리자면, 제가 배운 것은 이렇습니다. '여럿으로 나뉘어도 기(氣)는 같고 형체가 달라져도 정(情)은 하나이다. 그러니 소리를 듣고 응하지 않는 것이 없으며, 정(情)을 나눔에 느끼지 않는 것이 없다.' 설령 형을 버리더라도 듣는 사람이 반응을 하고, 정을 느낄 수 있다면, 그게 진짜 음악이 아니겠습니까?"

 "옳거니! 도(道)란 그저 있을 뿐인데 사람들이 거기에 다른 이름을 붙여 부른다고 해서 다른 것이 되지 않으며, 또 그 이름을 버린다고 본래의 도가 사라지지 않는다는 이치로고."

 남궁한이 가볍게 무릎을 쳤다.

 사실 자신이 던진 질문은 무공의 이치를 깊게 파고든 것이다. 석도명은 그저 음악에 관한 이야기로 대답을 한 것 같으면서도, 실제로는 그 이상의 것을 말하고 있었다.

 남궁한은 문득 '형(形)'이라는 한 글자에 집착하며 보내온 지난 평생이 덧없이 느껴졌다.

그 고민을 처음 시작하던 날의 기억이 떠올랐다. 자신이 열 살 때 아버지가 대대로 가주에게만 전해진다는 비전의 검법을 보여주던 날의 일이었다.

"한(漢)아, 이것이 왜 제왕검법(帝王劍法)이 아닌, 제왕검형(帝王劍形)이라 불리는지 아느냐?"
"죄송해요, 잘 모르겠어요."
"잘 들어라. 도란 본시 형상이 없는 것이다. 허나 그것을 형상이 있게 할 수 있다면, 도를 아는 데 가깝다고 할 수 있지."
"예……"
"남궁세가의 제왕검형은 바로 도에 가까워지기 위해서 먼저 검의 형(形)을 세운 것이다. 네가 그 형을 제대로 알게 되면, 검의 도를 깨닫는 데 가까워질 것이니라.
"……"
"내 이야기가 어려우냐?"
"예, 너무 어려워요."
"허허, 사실은 이 애비한테도 어렵기만 하단다. 그저 이것만 기억하거라. 형을 얻고, 또 형을 버려라. 오직 그것뿐이다."
"예."

남궁한은 갑자기 웃고 싶어졌다.
자신은 평생 형을 얻으면 무엇이 달라질까, 형을 버리면 또 무엇이 변할까를 고민하며 살았다. 하지만 돌이켜보니 나누고 형태가 변해도 종내 달라지지 않는 그 무엇이, 어떤 상황에서도 본성을 잃지 않는 그 무엇이 있어야 했다. 그것이 바로 도이고 검인 것을, 자신은 그 뻔한 이치를 오래도록 놓치고 살았던 모양이다.

"으허허!"

남궁한이 그예 낮은 웃음을 토해냈다.

그 소리는 작았지만, 결코 가볍지 않았다.

석도명은 남궁한의 웃음소리에 사람의 마음을 맑게 만드는 힘이 실려 있다는 느낌을 받았다. 그것은 웃음에 내공이 실렸기 때문이다. 남궁한이 일부러 힘을 준 게 아니라, 마음이 가는대로 저절로 내공이 흐르는 자연스런 경지가 발현된 것이었다.

'결국은 다루기 나름이라는 건가?'

석도명은 누각 안에 부드럽게 울려 퍼지는 남궁한의 웃음소리에서 솜씨 좋은 악사가 섬세하게 음을 떨쳐내는 모습을 떠올렸다. 자신이 그 정도의 수준으로 내공을 다룰 수 있는 날은 결코 올 것 같지가 않았다.

헌데 그 순간 석도명의 머릿속으로 불안감이 스쳐갔다. 이 자리에서 남궁한의 웃음소리를 들은 사람이 자신만이 아니라는 생각이 불현듯 떠올랐다.

그리고 불안은 곧 현실로 나타났다.

"끄끄끄, 형이고…… 지랄이고……."

쇠를 긁는 듯한 부도문의 웃음소리가 들려왔다. 석도명의 마음을 맑게 한 남궁한의 웃음이 술에 취한 부도문의 마성을 일깨운 것이다.

석도명이 놀란 얼굴로 뒤를 돌아보니 부도문이 고개를 꺾은 채 앉아 몸을 천천히 흔들고 있었다.

무엇을 느꼈는지 남궁한이 긴장한 음성으로 물었다.

"그대는…… 누구인가?"

"끄끄끄, 잊었다."

부도문의 음성에서 쇳소리가 견딜 수 없을 정도로 높아졌다. 부도문 또한 남궁한의 존재를 의식하고 있다는 증거이리라.

남궁한이 서서히 몸을 일으켰다. 두 손을 늘어뜨린 게 언제고 출수를 할 수 있는 자세다.

"그대가 누구든 간에 나를 시험하지 마라."

"끄끄끄……, 뭐, 시험? 이런…… 대가리에……."

그 일촉즉발의 상황에서 석도명이 황급히 칠현금을 끌어당겼다.

부도문이 미쳐 날뛰게 할 수는 없다. 그거야말로 '진짜 칠현검마가 여기 있소' 하고 알리는 일이다.

다행히도 부도문이 말을 더 잇기 전에 석도명의 연주가 먼저 시작됐다.

…….

　그 순간 남궁한의 입이 크게 벌어지더니 좀처럼 다물어지지 않았다. 석도명이 칠현금의 현을 강하게 뜯어대자 부도문의 섬뜩한 웃음소리가 순식간에 잦아들었기 때문이다.

　하지만 그보다 더 놀라운 일은 줄이 터질 듯이 떨리는데도 정작 칠현금에서는 아무런 소리가 나지 않는다는 점이다. 남궁한은 자신이 귀머거리가 된 게 아닐까 잠시 착각을 할 정도였다.

　남궁한의 놀람 속에서 석도명이 눈을 감은 자세로 소리 없는 연주를 계속했다. 그리고 잠시 뒤 부도문의 몸이 스르르 허물어졌다.

　"허허, 내가 지금 뭘 본 겐가? 아니, 뭘 들은 거지?"

　"깊은 밤에 소란을 떨 수가 없어서, 묵음(默音)을 냈습니다."

　"묵음이라……. 내 평생에 이런 연주는 처음일세. 연주를 하고도 정작 소리가 나지 않는다니, 그게 연주를 하지 않는 것과 무슨 차이가 있는가?"

　"들리는 것을 들리지 않게 전하는 것이 묵음입니다. 하지 않음으로써 들려주는 것은 무음(無音)의 경지온대, 아직 거기까지 이르지 못했습니다."

　"무음의 경지라……. 그거야말로 형을 버렸으나 형을 잃지 않는 도의 경지가 아닌가? 그 나이에 벌써 궁극의 세계를 엿

보고 있다니. 허허, 이 늙은이는 정녕 헛살았어."

남궁한은 석도명의 말에 놀라 부도문의 정체를 파고들 겨를이 없었다.

'하지 않음으로써 소리를 들려준다'는 것을 무공에 비유하자면, 검을 휘두르지 않고도 상대를 벤다는 것이 아닌가? 소리를 내지 않고 음악을 연주하는 묵음의 경지는 또 어떤가? 형을 세움으로써 진정한 도에 가까이 가는 것이 아마도 그와 같은 일이리라.

남궁한이 석도명 앞에 다시 좌정을 하고 앉았다.

"내게…… 자네의 묵음을 들려주게."

"예."

석도명이 칠현금을 들어 정성스레 연주를 하기 시작했다.

…….

조금 전과 마찬가지로 현이 거세게 진동을 하는데도 소리는 전혀 들리지 않았다. 그러나 일만격의 묘리를 담아 한없이 가라앉힌 칠현금 소리가 남궁한의 전신을 안개처럼, 바람처럼 뒤덮어나갔다.

지그시 눈을 감은 채 석도명의 연주에 귀를 기울인 남궁한은 난생처음 경험하는 기묘한 현상에 빠져들었다. 분명 귀로 듣는 것은 아닌데도 낭랑한 칠현금 소리가 느껴졌다.

소리가 귀를 거치지 않고 머릿속으로 직접 파고 들어온 것 같기도 하고, 귀 대신 온몸이 소리를 느끼는 것 같기도 했다. 아니, 마음 안에서 저절로 소리가 일어나는 것만 같았다.

'소리를 버려도 소리는 결국 소리라……. 여태 나는 몰랐구나. 형(形)을 버린다 한들 형은 끝내 형인 것을.'

남궁한은 이제야 뭔가가 손끝에 잡힐 듯한 기분이 들었다. 남궁한이 스스로의 깨달음을 추궁하듯이 무의식중에 입을 열었다.

"도는 본시 형상을 이룰 수 없고 이름을 붙일 수 없다(道者不可爲形 不可爲名). 거기에 억지로 이름을 붙여 이를 태일(太一)이라고 한다(疆爲之謂之太一). 하나를 알면 밝아지고, 둘을 밝히려 하면 광망하여 어두워진다(知一則明 明兩則狂)."

제왕검형의 검보(劍譜) 가운데 한 구절이었다.

심력을 다해 묵음을 쏟아내고 있던 석도명의 뇌리에 그 구절이 선명하게 날아가 박혔다. 그 뜻을 풀어 보기도 전에 석도명은 현기증 같은 아득함을 느꼈다. '하나는 곧 도'라는 말이 심한 충격으로 와 닿았다.

아무 생각도 할 수가 없었다. 바닥을 알 수 없는 깊은 물속으로 갑자기 내던져진 기분이었다.

뭔가를 생각해야 한다고, 저 심상치 않은 구절이 대체 무슨 뜻인지를 헤아려야 한다고 되뇌고 또 되뇌었지만 너무나 거대한 깨달음에 압도돼 서서히 정신을 잃어가는 기분이었다.

그것은 머리보다 가슴이 먼저 차오른다고밖에는 설명할 수 없는 현상이었다.
 '생각하지 말자. 더는 생각하지 말자.'
 석도명은 깨달았다.
 이런 순간에 자신이 할 수 있는 일은 아무것도 없다는 것을. 그저 깊이, 깊이 침잠(沈潛)하고 또 침잠하는 수밖에 없다는 것을.
 석도명이 그렇게 의식을 놓아 버렸다. 혼절을 한 게 아니라, 망아지경(忘我之境)에 홀연히 빠져든 것이다. 그러나 두 손은 멈춰지지 않았다. 오히려 더욱 빠르고, 거칠게 칠현금을 뜯어 갔다.
 시간이 흐르고, 흐르고 또 흘렀다.

*   *   *

 남궁세가와 소의련이 칼을 맞대기로 한 결전의 날이 밝았다.
 시간이 사시(巳時; 오전 9시~11시)에 이르자 남궁세가의 사내들이 비장한 얼굴로 앞마당에 모였다.
 가주의 직무를 대신하고 있는 장로 남궁치가 무거운 얼굴로 사람들을 훑어봤다. 격려의 말이라도 꺼낼 것 같던 남궁치가 가볍게 고개를 저었다.
 오늘 뭔가를 이야기할 사람은 자신이 아니라, 결전의 주역이 될 부친 남궁한이라는 생각이 들었기 때문이다.

"아버님을 뫼시러 가야겠다!"

남궁치가 앞서 걷자 남궁세가의 무사들이 말없이 그 뒤를 따랐다.

따라 나선 사람은 50명을 헤아렸지만 남궁한의 처소에는 오직 장로 남궁치와 남궁목, 호법 백창이 들어섰다. 남궁한이 평소 자신의 처소에 사람이 드나드는 것을 워낙 좋아하지 않았기 때문이다.

"드르렁, 푸우."

가장 먼저 문을 밀고 들어온 남궁치의 귀에 예상치 못한 소리가 들려왔다. 그 소리에 놀라 누각으로 고개를 돌린 남궁치의 입이 떡 벌어졌다.

"허어."

남궁치가 본 것은 기이하다 못해 기괴한 광경이었다.

남궁한은 지그시 눈을 감고 앉아 꼼짝도 하지 않는데, 그 앞에서는 석도명이 역시 눈을 감은 채로 미친 듯이 칠현금을 뜯고 있다. 그리고 그 옆에는 부도문이 큰 대(大)자로 누워 요란하게 코를 골았다.

남궁치가 고개를 절레절레 흔들었다. 새파랗게 젊은 놈이 감히 자신의 부친 앞에 드러누워 자다니! 이 무슨 망발이란 말인가.

그러나 다음 순간 남궁치는 마치 얼어붙은 듯이 우뚝 멈춰

섰다. 세 사람의 모습에서 지독한 위화감이 느껴진 탓이다. 그리고 그 까닭을 곧 깨달았다.

'소리가 없다. 두 사람 모두!'

석도명의 칠현금은 소리를 내지 않았다. 그리고 남궁한에게서도 숨소리조차 들을 수가 없었다. 분명히 고르게 숨을 내쉬고 있는데도 말이다.

도무지 내막을 짐작할 수 없지만, 두 사람 모두 뭔가 중대한 각성(覺性)의 순간을 맞고 있는 것이 분명해 보였다.

남궁목과 백창 또한 같은 것을 느꼈는지 그저 놀란 눈으로 지켜보기만 할 뿐 선뜻 움직이지를 못했다.

『형님, 아버님께서 이렇게 밤을 새신 모양입니다. 어쩌지요?』

남궁목이 조심스럽게 전음을 보내왔다.

『기다릴 수밖에 없질 않겠느냐. 언제까지든…….』

남궁치가 전음으로 대답을 하자 남궁목이 발소리를 죽이며 밖으로 나갔다. 문밖의 사람들에게 조용히 기다리라는 지시를 내리기 위해서다.

'하필이면 오늘 같은 날……, 이런 순간을 맞다니.'

남궁치는 혀가 타들어가는 기분이었다.

남궁세가 최고의 고수인 부친이 새로운 깨달음을 얻는 건 경사스러운 일이다. 그러나 결전의 시간은 이미 정해져 있고, 그걸 이제 와서 바꿀 수도 없는 노릇이다.

곤혹스럽게도 석도명의 연주는 좀처럼 끝날 기미를 보이지 않았다. 남궁한 역시 쉽게 눈을 뜰 기색이 아니었다.
 그렇게 한 시진이 지나 시간은 어느덧 오시(午時; 오전 11시~오후 1시)에 접어들었다. 황룡토에서 소의련과 대결을 벌이기로 한 시간이 된 것이다.
 '안 되겠다. 아버님이 안 되면 나라도 나서는 수밖에.'
 남궁치가 기다림을 포기하고 돌아서려는 순간이었다.

 "후우……."
 남궁한의 입에서 긴 숨소리가 들렸다. 그와 동시에 석도명의 소리 없는 연주도 끝났다.
 "아버님……."
 "크흠, 많이 늦은 게냐?"
 남궁치와 백창이 초조한 기색을 떨치지 못하는 모습을 보면서 남궁한이 느릿하게 물었다.
 남궁치가 말없이 허리를 숙였다. 서둘러 달라는 무언(無言)의 부탁이다.
 무슨 까닭인지 남궁한이 서둘러 일어나는 대신, 석도명을 바라봤다.
 "자, 가세나."
 뜻밖에도 석도명에게 함께 가자고 제안한 것이다.
 "어르신……."

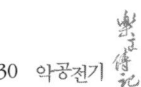

"주저할 것 없네. 시작을 했으면 끝도 같이 봐야지."

석도명이 망설이는 기색을 보이자 남궁한이 웃으며 석도명의 손을 잡고 일어섰다.

남궁치가 놀란 얼굴로 남궁한을 바라봤다.

"아니, 아버님. 외인을 어찌……."

"허허, 괜찮다. 이제 석 악사가 어찌 외인이겠냐?"

"예?"

남궁치는 당최 알아들을 수가 없었다.

석도명이 외인이 아니라니? 대체 두 사람 사이에 밤새 무슨 일이 있었더란 말인가?

남궁한이 남궁치의 반응에 개의치 않고 벌떡 일어나 석도명을 데리고 누각에서 내려왔다. 잠에 취해 있는 부도문을 그대로 버려둔 채로.

잠시 뒤 한 떼의 무사들이 남궁세가의 대문을 나섰다.

황룡토에서 남궁세가의 사람들을 맞은 진도문의 문주 무장진(戊壯晉)을 비롯한 소의련 측 인사들의 얼굴은 밝지 못했다. 남궁세가가 약속 시간을 반 시진이나 넘겨서 나타났기 때문이다.

"천하의 남궁세가가 이런 자리에 지각을 하다니, 집안 사정이 많이 어지러웠나 봅니다."

"흥, 정확히 말하자면 아직은 오시가 지난 게 아니올시다.

대장부는 원래 큰일일수록 서두르지 않는 법이라지 않소."

비아냥거림이 섞인 무장진의 말을 남궁치가 느긋하게 받았다.

"허, 남궁세가의 언변(言辯)이 꽤나 좋아졌구려. 뭐, 좋소이다. 불필요한 이야기는 피차 그만 둡시다. 어차피 말싸움이나 하자고 나온 길이 아니니."

"바라던 바요. 할 일이나 합시다."

남궁치와의 입씨름을 끝낸 무장진이 남궁한을 향해 가볍게 허리를 숙였다.

"진도문의 문주 무장진입니다. 어쩌다 보니 제가 소의련의 일을 거들게 됐습니다. 오늘은 검졸 노(老) 선배께서 직접 나서시겠다고…… 그렇게 말씀하신 걸로 전해 들었습니다만……."

"허허, 그대들이 그걸 원한 게 아니었나?"

"하하, 그럴 리가요. 어쨌거나 먼저 알려드릴 게 있습니다. 아시다시피 오늘의 일이 송사(訟事)에 버금가는 번잡한 사안인지라, 공정한 결과를 보장해 줄 제3자를 모셨습니다."

무장진의 말이 끝나기가 무섭게 들판 한편에 세워진 작은 천막이 열리며 몇 사람이 걸어 나왔다.

남궁치를 비롯한 남궁세가의 수뇌부가 그 모습을 보고는 일제히 눈살을 찌푸렸다. 천막에서 나온 사람들이 관부의 인물들이었기 때문이다. 더구나 제일 앞에서 거드름을 피우며 걷고 있는 사람은 절강의 헌사(憲司; 사법담당 관찰사) 자리를 맡고 있는 서초원(西楚圓)이라는 고위관리였다.

'망할 놈들, 과연 관부에 줄을 대고 있었군.'

남궁치는 어젯밤 조치후가 백화평과 한통속이 돼 석도명을 다그치던 일을 떠올리며 속으로 혀를 찼다.

상대는 남궁세가를 꺾기 위해 수단과 방법을 가리지 않고 있는 것이다. 오늘의 일이 쉽게 풀릴 것 같지 않다는 불안감이 부풀어 올랐다.

"험, 본시 강호의 다툼에 관(官)이 나서는 법이 아니나, 청로관의 상속권이 달린 문제라기에 그 부분을 명확히 하고자 나섰소이다. 모쪼록 오해가 없길 바라오."

서초원이 점잔을 떨며 자신의 입장을 해명하고 나섰다. 강호의 세력과 공연히 척을 질 일을 만들지 않겠다는 속내가 훤히 드러났지만, 상속권을 거론하는 바람에 남궁세가로서도 달리 따지기가 어려웠다.

남궁세가가 별다른 반응을 보이지 않자 서초원이 자기 역할을 재확인하려는 듯이 양쪽을 향해 손을 내밀었다.

"자, 청로관의 상속권을 주장하는 유언장이 양쪽에 모두 있다고 들었소이다. 그걸 내게 건네주시오. 오늘 승부에서 패배하는 쪽의 유언장은 이 자리에서 바로 폐기할 것이오."

"예, 그리하지요."

"알겠소이다."

남궁치와 무장진이 각기 자신의 뒤편에 손짓을 보냈다.

남궁세가의 행렬 후미에서 청로관의 장남 고왕렬과 총관 만장이 걸어 나왔고, 소의련 쪽에서는 고왕렬의 계모인 순계연과 그 내연남으로 알려진 양허장 장주 학도렴이 모습을 드러냈다.

네 사람은 서로를 잡아먹을 듯이 노려보면서도 끝내 한 마디도 나누지 않았다. 칼로 해결할 일을 번거롭게 입으로 떠들 필요가 없었거니와, 주변을 가득 메운 사람들로 인해 얼마간 주눅이 든 상태였다.

양쪽의 유언장을 받아든 서초원이 남궁치와 무장진을 번갈아 보며 물었다.

"더 필요한 절차가 있겠소?"

"아니오."

두 사람이 동시에 대답을 했다.

똑같은 생각을 한 것이다. 이제 싸우는 것 말고 뭐가 남았겠냐고.

그때까지 무심하게 들판을 바라보고 있던 남궁한이 텅 빈 들판을 향해 조용히 걸어갔다. 남궁세가의 무사들이 반원형의 대열을 취하면서 들판 한편에 늘어서자, 진도문과 백가장을 비롯한 소의련 측 무사들이 그 반대편에 똑같은 형태로 자리를 잡았다.

마침내 소의련을 대표해서 싸울 고수가 남궁한 앞에 나타났다. 얼추 보기에 50대 중반으로 보이는 단단한 체구의 사내였다.

"……."

"검졸일세."

사내가 회한에 찬 표정으로 좀처럼 입을 열지 않자 연장자인 남궁한이 먼저 자신을 소개했다. 상대에게 뭔가 사연이 있음을 직감했기 때문이다.

"항도(項濤)라고 합니다. 장항당(壯伉堂)의……."

"허어……."

장항당이라는 말에 남궁한이 낮은 신음을 흘렸고 뒤이어 남궁세가의 무사들이 일제히 술렁였다.

장항당.

본래 항주 동남쪽 회계산(會稽山)에 자리했던 무관의 이름이다. 그 역사가 춘추시대로 거슬러 간다는 장항당은 당나라 때 절강 일대를 호령하며, 천하에서도 손에 꼽힐 정도로 대단한 위명을 자랑했던 문파다.

남궁세가가 항주에 자리를 잡기 이전, 절강의 패자로 군림하던 장항당의 이름이 많은 사람들의 뇌리에 남아 있었다.

더구나 남궁세가에게 장항당은 질긴 악몽 같은 존재였다. 남궁세가에 번번이 도전장을 냈다가 패배를 맛본 끝에 장항당의 후예들이 선택한 일이 바로 천마협과 손을 잡는 것이었던 탓이다.

결국 그 잘못된 선택으로 인해서 장항당은 천마협과 함께 돌이킬 수 없는 궤멸의 길로 들어서고 말았지만 말이다.

그 뒤로 50년이 넘게 그 흔적을 찾을 길이 없더니, 이 자리에 장항당의 인물이 나타난 것이다.

남궁한이 옛 기억을 되살리며 물었다.
"항도라…… 계산부절(稽山不絕)의 후손인가?"
"제 조부가 되시지요."
"그렇군."

계산부절은 장항당의 마지막 문주로 알려진 항억(項億)의 별호다.

천마협과 최후의 결전을 벌였던 양곡에서 남궁세가의 무사들을 향해 가차 없이 검을 휘두르던 항억의 모습이 남궁한의 뇌리에 선명하게 떠올랐다. 결국 원한이란 세월을 거슬러 되돌아오기 마련인 모양이다.

남궁한이 무겁게 고개를 끄덕였다.

항주 일대의 문파들이 작당을 하고 남궁세가의 권위에 도전하는 자리에 대표로 내세우기에 장항당만큼 적합한 이름은 존재하지 않았다. 그리고 상대는 어둠 속에서 뼈를 깎고 이를 갈며 이날을 기다렸을 것이다.

"허허, 빈손으로는 오지 않았겠지? 아마도 대붕천(大鵬

天)······인가?"

대붕천은 오래 전에 명맥이 끊겼다는 장항당의 비전 무공이다. 남궁한은 장항당의 후손이 의지할 것이라곤 오직 대붕천 밖에 없을 것이라고 생각했다.

항억이 흐릿한 미소로 답했다.

"대성하기 전에는 결코 세상에 나서지 말라는 선친의 유언이 있으셨지요."

"과연 그랬구먼."

남궁한의 얼굴이 흐려졌다. 항억의 미소에 담긴 자신감이 고스란히 읽혀졌다. 상대는 이미 대붕천을 대성했다고 호언(豪言)을 한 것이다.

남궁한이 남궁세가의 무사들을 향해 외쳤다.

"모두들 뒤로 십 장(十丈; 30미터) 이상 물러서라!"

"옛!"

남궁세가의 무사들이 일사불란하게 뒤로 물러났다. 남궁한의 명령이 무엇을 의미하는지는 되물을 필요도 없었다. 이제부터 벌어질 싸움이 그만큼 위험하다는 의미다.

남궁치와 남궁목이 침중한 얼굴로 세가의 무사들을 향해 움직였다. 연로한 부친을 싸움에 밀어 넣기가 부끄러웠지만, 남궁한의 기색을 보니 자신들로서는 감당할 수 없는 싸움이 될 터였다.

남궁세가의 무사들이 멀찌감치 물러나는 것을 보면서 소의련 쪽 사람들도 알아서 반대편으로 움직였다. 말로만 듣던 대붕천의 위력이 두렵기는 그들도 마찬가지였다.

"크흠, 우리도 자리를 옮겨야겠구나."

그 때까지 한껏 거드름을 떨고 있던 서초원이 수하들을 앞세워 허겁지겁 몸을 피하기에 바빴다. 대붕천이 뭔지는 몰라도 눈치로 상황을 파악한 것이다.

텅 빈 벌판 한가운데에 남겨진 남궁한과 항도가 천천히 검을 뽑아들었다. 그저 검을 허공에 세웠을 뿐인데도 두 사람을 둘러싼 주변의 대기가 순식간에 내려앉았다.

석도명은 남궁세가의 무사들과 뒤섞여 긴장 어린 눈빛으로 두 사람의 모습을 지켜봤다. 공교롭게도 바로 옆에는 남궁설리와 동생인 남궁환이 자리를 잡고 있었다.

'무겁고…… 차갑다. 이게 고수의 힘인가?'

석도명이 자신도 모르게 두 주먹을 불끈 쥐었다. 갑자기 달라진 공기에 숨이 턱턱 막혀오는 기분이다. 그것은 남궁한과 항도가 내뿜는 예기(銳氣)였다. 그동안 겪어본 단호경이나 막창소의 기운과는 애초에 차원이 달랐다.

석도명이 눈을 감았다. 난생처음 경험하는 고수들의 싸움을 제대로 보고 싶었기 때문이다.

먼저 공격에 나선 것은 항도였다.

퍼엉!

항도의 검이 떨어진 자리에 폭발음이 터지면서 땅바닥에서 흙먼지가 자욱하게 일었다. 항도의 검은 땅에 닿지도 않았는데 마치 밭을 갈듯이 흙이 뒤집혔다. 다행히도 남궁한이 간발의 차이로 피해낸 직후였다.

 항도가 남궁한을 쫓아 빠르게 검을 떨쳐냈고, 남궁한이 유려한 보법(步法)으로 이를 피해냈다.

 펑, 펑, 퍼퍼퍼펑.

 항도의 검이 지나가는 자리마다 연이어 바람이 떨어지면서 흙먼지가 일었다.

 대붕천은 전설의 새인 붕(鵬)이 하늘에서 날갯짓으로 바람을 일으켜 땅을 부순다는 의미를 담고 있었다. 항도의 검은 그 이름에 걸맞는 위력을 뿜어내며 황룡토를 삽시간에 초토화시켜 나갔다.

 그에 비하면 남궁한의 몸짓은 바람에 날리는 가랑잎처럼 무기력하게만 보였다.

 표홀한 몸놀림으로 항도의 검을 속속 피해내기는 했지만, 이따금 펼쳐지는 남궁한의 반격은 아무런 위력도 발휘하지 못했다. 그저 빠르기만 해서는 도저히 대붕천에 맞설 수 있을 것 같지가 않았다.

 얼마 지나지 않아 남궁한과 항도의 신형이 뽀얀 흙먼지에 뒤덮였다.

 땅을 갈아엎는 항도의 초식 사이로 드문드문 모습을 보이던 남궁한의 검도 더 이상 눈에 띄지 않았다. 황룡토의 벌판에는 안개처럼 피어오른 흙먼지와 항도의 검이 허공을 가르는 폭발음만 가득할 뿐이었다.

그리고 남궁세가 사람들의 얼굴에 서서히 절망의 그림자가 드리워지기 시작했다.

"할아버지……."

남궁설리의 입에서 안타까운 음성이 새어나왔다.

당차고 똑똑하기로 소문이 자자한 남궁설리였지만, 할아버지가 위험에 처한 것을 보고는 침착함을 지키기가 어려웠다.

남궁세가를 떠받치는 든든한 거인으로 믿고 살았던 할아버지가 이렇게 연약한 존재로 여겨지기는 난생처음이었다.

눈을 감은 채 남궁한과 항도의 격렬한 대결을 그려내고 있던 석도명에게도 남궁설리의 음성이 들렸다.

석도명이 독백처럼 중얼거렸다.

"실망하지 마십시오. 제왕검형은 아직 시작되지 않았습니다."

"예?"

남궁설리가 놀란 얼굴로 석도명을 돌아봤다.

석도명의 입에서 세가의 가주들에게만 전해지는 제왕검형의 이름이 나오다니? 남궁세가의 사람들이 발만 동동 구르고 있는 판에 대체 무엇을 봤다는 말인가? 그것도 두 눈을 꼭 감고서.

남궁설리가 고개를 저었다. 아무래도 자신이 잘못 들은 것만 같았다.

하지만 석도명은 선명하게 보고 있었다. 흙먼지 속에서 격렬한 두 줄기 바람이 뒤엉키고 있음을.

사람들은 검을 휘두르는 족족 땅을 갈아엎는 항도의 강맹한 초식에 홀려 있었지만, 사실은 남궁한의 검에서도 끈질기게 바람이 뿜어졌다. 아니, 항도가 만들어낸 흙먼지를 높이높이 피워 올리고 있는 것은 오히려 남궁한의 검이다.

어둠 속에서 남궁한의 검을 분주하게 쫓아가던 석도명이 입가에 슬쩍 미소를 머금었다.

'온다!'

그리고 곧이어 남궁세가의 무사들이 술렁이기 시작했다.

"저게 뭐지?"

"검 아닌가?"

자욱한 흙먼지 속에서 뭔가가 번득이고 있었다. 그것은 검의 모양을 했지만 검은 아니었다.

검강이라고 하기에는 너무 흐렸고, 검기라고 하기에는 반대로 형체가 너무 또렷했다. 흙먼지 안에서 공기가 일그러지면서 검의 형태가 만들어졌다고 하는 게 옳을 것만 같았다.

그리고 마침내 누군가가 그 정체를 깨달았다.

"검의 형상…… 검형(劍形)이다."

"와! 검형이닷!"

"오오! 제왕검형!"

남궁세가의 무사들이 흥분을 가누지 못하고 발을 구르며 함성을 질렀다.

허공에 검형을 만들어낸다는 것은 제왕검형의 극의에 도달했다는 의미다. 저 정도의 경지라면 대붕천도 깰 수 있을 것이라는 희망이 모두의 가슴에 부풀어 올랐다.

슈우웅, 퍼엉!

격렬한 바람 소리가 허공에 얽히더니 이내 지금껏 듣지 못한 폭음이 터졌다.

남궁한과 항도를 감싸고 있던 흙먼지가 회오리를 일으키며 하늘로 용솟음쳤다. 그리고 다음 순간 거짓말처럼 흙먼지가 깨끗이 가라앉았다.

먼지가 걷힌 자리에 남궁한과 항도가 모습을 드러냈다. 두 사람 모두 석상처럼 굳은 자세였다.

"크흑······."

"쿨럭."

항도가 신음소리를 내며 무릎을 꿇었다. 오른쪽 어깨에서 시작해 가슴을 사선으로 그어 내린 상처가 훤히 드러났다. 뼈가 드러나도록 깊이 파인 상처는 붉은 피를 뿜어댔다.

깊은 기침을 뱉어낸 남궁한도 무사하지는 못했다. 뒤로 주춤주춤 물러나는가 싶더니 입에서 선혈을 토해냈다. 그리고 그의 오른쪽 가슴께가 점점이 붉어지기 시작했다.

두 사람 모두 치명상을 입은 모습이다. 완벽한 양패구상이었다.

"할아버지!"

"아버님!"

남궁설리와 남궁치, 남궁목 형제가 황급히 달려가 쓰러지는 남궁한을 부둥켜안았다.

소의련 쪽에서도 사람들이 달려 나와 항도를 부축했지만 이내 고개를 저었다. 항도는 그대로 절명을 하고 만 것이다.

남궁한이 남궁치의 가슴에 안긴 채로 누군가를 찾았다.

"서, 석 악사를……."

"어르신, 저 여기 있습니다."

석도명이 조심스럽게 남궁한에게 다가섰다. 모두의 이목이 석도명에게 집중됐다.

숨이 넘어가는 순간에 남궁한이 가족을 옆에 두고도 굳이 외인을 찾은 까닭이 궁금하기만 했다.

"쿨럭……, 보았는가?"

"예, 봤습니다."

"허허허……, 괜찮았나?"

"예……."

남궁한이 숨을 몰아쉬며 석도명의 손을 끌어당겼다. 석도명이 엉거주춤 무릎을 꿇고 앉았다.

"가주에게…… 전해 주게……. 그게 혹시 가능하다면……."

하룻밤의 대화(寸日夜話)

"노력…… 해보겠습니다."

석도명이 자신 없는 목소리로 대답했다. 보기는 봤지만 다른 사람에게 전해 줄 재간이 없어서다.

그 심경을 알았는지 남궁한이 희미하게 웃었다.

이제 겨우 진정한 제왕검형의 끝자락을 움켜쥐었는데 자신에게는 더 이상 시간이 없다. 눈에 보이는 희망이라고는 오직 이 젊은 악사뿐이다. 어떻게 그를 남궁세가에 잡아둘 수 있을 것인가?

그 순간 남궁한의 눈에 자신의 어깨를 붙잡고 오열하고 있는 남궁설리의 모습이 들어왔다. 남궁한이 힘들게 손을 뻗어 남궁설리의 손을 잡았다.

"석 악사…… 이 아이를……."

"어, 어르신……."

왠지 남궁한의 당부가 가볍지 않을 것만 같아서 석도명이 당황스럽게 입을 열었지만, 더 이상 말을 잇지 못했다. 바로 남궁한의 고개가 힘없이 꺾였기 때문이다.

남궁세가의 사람들이 남궁한의 죽음에 일제히 울음을 터뜨렸다.

그 울음바다 속에서 석도명은 망연한 얼굴로 하늘을 올려다봤다. 가슴 안에 온갖 감정이 복잡하게 얽혀서 도무지 감당을 할 수가 없었다.

진도문의 무장진과 백가장의 백화평은 넋이 나간 얼굴로 서로를 마주봤다.
 비장의 한 수인 항도의 대붕천을 철석같이 믿었기에 도저히 받아들일 수 없는 결과였다.
 승부를 따지자면 무승부지만, 그로 인해 얻은 것은 패배와 다르지 않았다. 승리를 예상하고 세워둔 장래의 계획을 모두 접어야 할 판이었다.
 더구나 남궁한에게는 남궁강이라는 후계자가 있지만, 항도는 그 자리를 대신할 사람이 없다. 이제 막 출범한 소의련으로서는 메울 수 없는 피해였다.
 하지만 두 사람의 허탈한 심경과 소의련의 복잡한 속사정을 제대로 헤아릴 수 있는 사람은 천하에 그리 많지 않았다.
 공정한 결과를 보장한다는 명목으로 초대된 절강 헌사 서초원 또한 사정을 알지 못하기는 마찬가지였다.
 "허, 결과가 이렇게 됐으니 이 유언장은 어찌하면 좋겠소?"
 서초원이 머뭇거리며 다가와 난감한 표정으로 두 개의 유언장을 내밀었다.
 무장진이 서초원의 왼손에 들려 있는 유언장을 잡아 북북 찢어 버렸다.
 "우리에겐 소용없는 물건입니다. 남궁세가에게나 주십시오."
 "허허, 그러시지요."

백화평이 허탈하게 웃으며 맞장구를 쳤다. 두 사람 모두 청로관에는 더 이상 관심이 없었다. 애초에 소의련의 목표물은 청로관이라는 작은 기루가 아니라, 남궁세가였던 것이다.
 유언장의 주인인 순계연과 그녀의 남자인 학도렴은 자신들의 유언장이 찢겨 나가는 것을 보면서 아무 말도 하지 못했다.

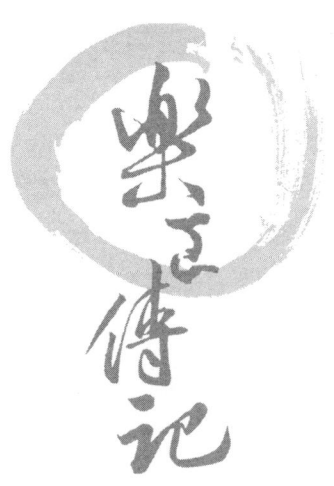

 남궁한의 장례가 끝난 것은 황룡토의 결투가 있고 나서 닷새 뒤였다. 그동안 석도명은 자신의 숙소에 머물면서 남궁세가를 단 한 걸음도 벗어나지 않았다.

 상중(喪中)에 멋대로 떠나기도 어려웠지만, 남궁한의 당부대로 남궁세가의 가주인 남궁강에게 뭔가를 전하기는 해야 할 것 같았다.

 석도명은 장례식 다음날 아침 남궁설리를 찾아갔다.

 남궁강이 장례 이틀 전에야 돌아와 상주(喪主) 자리를 지켰다는 소식을 들었으나 불러주기 전에 먼저 나설 수가 없는 입장이다. 남궁설리를 통해서 방법을 찾아볼 생각이었다.

헌데 그 시간에 남궁설리를 찾은 사람은 석도명만이 아니었다.

"어라, 두 사람 약속이라도 했나?"

할아버지를 잃은 충격이 가시지 않았음에도 남궁설리는 애써 미소를 지으며 석도명과 한운영을 맞았다.

"우연히 시간이 맞았을 뿐입니다."

"맞아요."

편치 않은 두 사람의 관계를 빗댄 남궁설리의 농담을 정작 석도명과 한운영이 편히 받지 못했다. 남궁설리의 마음이 여전히 밝지 않음을 헤아렸기 때문이다.

그 탓에 방 안에는 잠시 어색한 침묵이 감돌았다. 그 침묵은 남궁설리가 차를 내올 때까지도 계속 됐다. 두 사람에게 차를 권하면서 남궁설리가 먼저 입을 열었다. 아무래도 주인으로서 대화를 이끌어야 한다는 책임감 같은 게 있었던 모양이다.

그 상대는 한운영이었다.

"그래, 무슨 일이야?"

"집으로 돌아가려구요."

"호오, 무슨 바람이 불었지? 당분간 집에는 안 간다고 하더니."

"결국 돌아가야 할 곳이니까요."

"그래……."

남궁설리가 서운하다는 눈빛으로 한운영을 바라보다가 불

쑥 질문을 던졌다. 뭔가가 마음에 짚이는 게 있었다.

"이런 걸 물어도 될지 모르겠네……, 그날 눈물은 왜 흘린 건지……."

남궁설리는 한운영의 갑작스런 심경 변화가 석도명의 연주와 무관치 않으리라는 짐작이 들었다.

한운영이 머뭇거리며 대답했다.

"그냥 눈에 먼지가 들어가서…… 라고 말하면 안 믿겠죠?"

"후, 운영이가 농담을 다 하네. 그러니까 궁금해지는걸."

"사실은 눈에 먼지가 들어갔어요."

"뭐?"

남궁설리가 잠시 어이없어 하더니 이내 가벼운 미소를 머금었다. 한운영이 자신의 속마음을-아마도 석도명 앞에서- 감추고 싶어 하는 기색을 눈치챘기 때문이다.

대신 석도명이 남궁설리의 질문을 받아야 했다.

"그러면 석 악사께 여쭤야 되겠네요. 그날 연주에 뭘 담았던 거죠?"

"음……, 남궁 소저께서 그날 그 자리에서 듣고, 느끼신 그대로겠지요."

역시나 조심스러운 대답이다.

남궁설리가 다시 옅은 미소를 지었다. 석도명의 대답에서 왠지 한운영의 입장을 난처하게 하지 않으려는 배려가 느껴진 탓이다.

음(音)의 상(象), 검(劍)의 형(形) 51

"글쎄요. 그건 처음부터 저를 위한 연주는 아니었으니까요. 다른 사람들은 모르는 둘만의 비밀이라도 있는지 누가 알겠어요?"

그 말 때문에라도 결국 석도명은 뭔가 이야기를 하지 않을 수가 없었다. 가만히 있다간 정말로 한운영과 비밀을 주고받는 사이로 비칠 것 같아서다. 물론 그조차 순진한 석도명의 생각에 지나지 않았지만.

"굳이 대답을 드리자면, 연주를 하면서 이런 생각을 했었지요. 마음은 가둬지지 않는다. 바람처럼……."

"바람처럼……."

한운영이 자신도 모르게 석도명의 말을 낮게 따라했다.

남궁설리가 더욱 깊어진 눈길로 두 사람을 번갈아봤다.

'이 두 사람 뭐지? 며칠 붙어 다니더니 그새 뭐가 통했나?'

그러나 남궁설리는 내심 고개를 저었다.

아무리 생각해도 그럴 리가 없다. 그날 이후로도 석도명을 바라보는 한운영의 차가운 얼굴은 조금도 변하지 않았으니까.

어쩌면 두 사람을 바라보는 자신의 마음에 변화가 생긴 탓인지도 몰랐다. 불과 며칠 전만 해도 이러지 않았는데, 왜 자꾸만 두 사람에게 신경이 쓰인단 말인가? 이걸 꼭 할아버지의 유언 탓이라고만 할 수 있을까?

그런 생각 속에서 남궁설리가 화제를 바꿨다.

"개봉에 돌아가면, 집에서 혼사를 서두르겠네."

"아무래도……."

"에고, 섭섭해서 어쩌지? 재상가의 며느리가 되면 마음대로 나다니지는 못할 거 아냐. 지금처럼 무림인들하고 자유롭게 어울리지도 못할 테고."

"그러게요."

남궁설리가 안쓰러운 표정으로 한운영의 손을 잡았다. 이제 떠나면 다시는 얼굴을 보기 힘든 사이가 될 것이라고 생각하니 가슴 한쪽이 짠해지는 기분이었다.

세상이 떠받드는 명문가의 여식이라고 꼭 행복한 건 아니라는 생각이 들었다. 무림가의 딸로 태어난 자신의 처지가 고맙게까지 여겨졌다. 강호는 거칠지언정, 여인에게도 자유가 허용되는 곳이지 않은가.

'그래……, 결국은 바람 때문이었나?'

남궁설리는 어쩐지 한운영이 눈물을 흘린 의미를 알 것 같았다. 바람이 가득 담긴 석도명의 연주를 들으면서 가문에 매인 본인의 처지가 서글펐는지도 모른다.

그러나 어쩌겠는가? 그게 한운영의 운명인 것을.

이번에는 한운영이 남궁설리에게 물었다.

"혼담은 나만 오가는 게 아니던데요?"

"후후, 그게 혼담인가?"

남궁설리가 쓴웃음을 지었다. 그리고는 석도명에게 물었다.

"석 악사님은 어떻게 생각하세요?"

"험험……."

석도명이 헛기침을 터뜨렸다. 남궁설리와 한운영 사이에 오간 이야기를 그제야 알아들은 것이다.

남궁한의 유언을 놓고 남궁세가는 제법 소란스러운 상황이었다. "석 악사 이 아이를……."로 끝난 남궁한의 마지막 말이 의미하는 바가 심상치 않은 탓이다.

다들 설마 하는 눈치였지만, 아무래도 석도명에게 남궁설리를 맡기겠다는 게 아니냐는 추측이 지배적이었다.

그 일로 남녀노소 할 것 없이 남궁세가의 사람들이 전부 심한 충격에 빠졌다. 남궁세가의 장녀를 한낱 악사 따위와 결혼을 시켜야 한다는 사실을 언제 상상이나 했겠는가?

사실 석도명이 지난 닷새 동안 숙소에서 한 걸음도 나오지 않은 것도 자신을 바라보는 주변의 눈길이 워낙 곱지 않았던 탓이다.

'어르신, 정말 감당할 수 없는 일을 남기셨습니다.'

생각하면 할수록 난감했다.

그동안 엄마 같고, 또 누이 같은 정연을 향한 그리움을 제외하곤 여인에 대한 정을 가슴에 담아본 일이 없다. 혼례는 더더구나 상상도 못한 일이다. 모든 것을 압도하는 무거운 짐, 하늘의 소리를 얻는 일에 바빴기 때문이다.

자신의 인생에 대해서라면 주악천인경을 익히다가 지칠 때면 '나도 사부처럼 덧없이 늙어가겠구나' 하는 절망적인 생각에 빠진 날이 셀 수 없이 많았을 뿐이다.

그런데 갑자기 혼례라니! 그것도 천하에서 알아주는 오대세가의 사위 자리에.

석도명이 대답할 말을 찾지 못하다가 궁색하게 화제를 돌렸다.

"저…… 가주님은 언제 뵐 수 있을까요? 남궁 소저께서도 들으셨듯이 제가 본 것을 가주께 전하라고 하셨으니……."

석도명에게서 어떤 대답을 기대했었는지, 남궁설리는 살짝 실망한 기색을 보였다.

"예……, 곧 부르실 겁니다."

남궁설리가 어색하게 대꾸를 했다.

거기서 대화가 다시 끊겼다. 솔직한 심정으로는 이 자리에 있는 누구도 석도명과 남궁설리의 혼사 문제를 다시 입에 올리고 싶은 마음이 아니었다.

"작별 인사는 드렸으니, 저는 가서 짐을 꾸릴게요."

한운영이 먼저 몸을 일으켰다.

"저도 숙소로 돌아가서 기다리고 있겠습니다. 기별을 주시지요."

석도명이 덩달아 자리에서 일어났다. 혼사 문제가 거론되는 마당에 한운영도 없이 남궁설리와 단둘이 남아 있기가 곤혹스러웠다.

"갈 때도 올 때처럼 사이가 좋군요. 두 사람……."

남궁설리의 어색한 농담을 뒤로 하고 석도명과 한운영은 방을 나왔다. 남궁설리의 처소에서 벗어난 두 사람이 이내 갈림길 앞에 섰다.

석도명이 한운영을 향해 먼저 고개를 숙였다. 이 자리가 아니면 작별을 고할 기회는 따로 주어지지 않을 터였다.

"한 소저, 부디 안녕히 가십시오."

"……."

한운영이 조용히 고개를 숙이는 것으로 그 인사를 받았다.

헌데 석도명이 자신의 숙소를 향해 몸을 돌린 순간이다.

예상치 못한 한운영의 음성이 들려왔다.

"다음에는…… 절 웃게 해주세요."

석도명이 다시 돌아섰을 때 한운영은 이미 등을 보인 채 멀어져가고 있었다.

한운영의 뒷모습을 바라보면서 석도명은 한숨을 지었다.

"하아, 웃게 하라고?"

도통 헤아릴 수 없는 것이 여자의 마음이라더니 아무래도 그 말이 맞는 모양이다.

다음에는 정말로 저 얼음장 같은 여인을 웃게 할 수 있을까? 아니, 두 사람이 다시 만날 기회나 있을까?

석도명이 고개를 가로저었다.

자신이 개봉으로 돌아가 대갓집이나 기웃거리는 비천한 생활로 되돌아가기 전에는 그럴 일이 절대로 없으리라.

* * *

석도명이 남궁세가의 가주인 남궁강에게 불려 간 것은 남궁설리에게 말을 꺼낸 그날 오후였다. 그만큼 석도명의 일이 남궁세가의 주요 현안으로 꼽히고 있다는 증거였다.

"자네에게 뭘 먼저 물어야 할지 모르겠네만……, 대체 아버님께서는 왜 설리에 관한 말씀을 남기신 건가?"

남궁강은 가주이기 전에, 딸을 사랑하는 아버지였다. 남궁한이 석도명에게 당부한 두 가지, 즉 제왕검형과 남궁설리에 관한 일 가운데 결국은 딸에 대한 일을 먼저 물었다.

"아무래도 제가 남궁 소저와 인연이 닿아 남궁세가에 왔으니, 앞으로도 능력껏 소저를 도우라는 말씀이셨겠지요. 힘은 부족합니다만, 제가 도울 일이 있다면 기꺼이 하겠습니다."

석도명은 대답을 망설이지 않았다. 고민하고 고민한 끝에 미리 준비해 둔 답변이 있기 때문이다.

"허어, 설리를…… 도와라?"

"……."

남궁강이 낮게 혀를 찼다.

상대는 부친의 마지막 말을 '석 악사, 이 아이를 도와주게'로 간단하게 정리해 버렸다.

자신은 남궁설리와의 혼사를 생각하지 않을 뿐더러, 그로 인해 추궁을 받고 싶지도 않다는 의사를 우회적으로 드러낸 것이다.

확실히 '이 아이를 부탁하네'와 비교하면 상황이 훨씬 단순하게 정리되기는 했다. 문제는 세상이 그렇게 봐줄 것 같지가 않다는 점이다.

상식적으로 생각해도 남궁세가의 최고 어른이 죽음을 맞이하는 순간에 힘들게 한 당부가 석도명의 말대로 싱거운 것일 리가 없었다. 그 자리에 있던 사람들은 부친의 말을 정혼(定婚)으로 받아들이는 분위기였다.

더구나 동생인 남궁치에게 따로 전해들은 이야기가 있었다.

> "형님, 저는 아무래도 아버님의 당부가 마음에 걸립니다. 저와 백 호법 두 사람은 들은 이야기이지만, 아버님께서는 제게 석 악사가 어찌 외인이겠냐는 말씀을 하셨습니다. 그게 무슨 뜻이겠습니까?"

남궁한이 결전을 위해 남궁세가를 출발하기 직전에 석도명이 외인이 아니라는 말을 했다지 않던가!

단 하룻밤에 무슨 일이 있었는지 모르지만, 자신의 부친은 석도명을 남으로 생각하지 않았다는 뜻이다.

그러나 남궁강은 쉽게 마음을 정할 수가 없었다. 딸과 맺어주기엔 악사라는 신분이 너무 기울었다.

남궁강이 석도명을 떠보듯이 물었다.

"피차 유감이네만, 그렇게 생각하는 건 자네뿐인 듯하이.

때와 장소가 좋지 않았단 말일세. 게다가 이미 내 아버님께서 설리를 자네에게 맡겼다고 소문이 파다하게 퍼졌으니 어쩌란 말인가?"

"저는 가주 어른께서 그 일을 바로잡아 주시길 바랄 뿐입니다."

"허어, 어째 그 말이 내 귀에는 자네가 내 딸아이를 거절하겠다는 걸로 들리는구먼. 남궁세가의 장녀도 눈에 안 찬다는 겐가?"

"아닙니다. 제가 어찌……. 그저 사실이 소문과 다르다는 말씀을 드리는 겁니다. 이런 일은 신중하게 살펴야 하지 않겠습니까?"

"크흠, 됐네."

남궁강이 퉁명스럽게 석도명의 말을 가로막았다. 하지만 그리 화가 난 표정은 아니었다.

'엉뚱한 놈이 얼씨구나 하고 들러붙는 게 아닐까 걱정을 했더니만, 그건 아니군. 대체 아버님은 이 악사에게서 뭘 보신 걸까?'

남궁한의 유언을 처음 접했을 때, 남궁강은 적잖은 충격을 받았다.

무림맹에서 자신의 눈으로 석도명의 신통한 연주 실력을 직접 보기는 했지만, 악사를 사위로 맞을 생각은 꿈에도 해본 일이 없다. 혹시라도 부친의 유언을 빌미로 상대가 욕심을 부리지 않을까 하는 게 솔직한 심정이었다.

헌데 상대는 자신의 사위가 될 생각이 전혀 없는 눈치다. 남궁설리의 미모와 배경을 보고 천하의 사내들이 군침을 흘리고 있는데 말이다.

"그래, 그 문제는 서로 시간을 두고 생각해 보기로 하세. 시간이 지나면 상황이 좀 명확해지지 않겠나. 그때까지 자네 입으로 이번 혼사에 대해서 가타부타 떠들고 다녀서는 안 될 게야. 자중하라는 말일세."

"예, 그러겠습니다."

남궁강은 난감하기 짝이 없는 남궁설리의 문제를 당분간 두고 봐야겠다고 마음을 먹었다.

아무리 악사를 사위로 삼고 싶지 않다고 해도, 부친의 무덤에 흙도 채 마르기 전에 유언을 뒤집을 수는 없는 일이다. 적당히 시간을 보내다 보면 스스로 결격사유를 드러내지 않을까 싶었다.

설마 그럴 리는 없겠지만, 만에 하나라도 남궁세가의 사윗감이 될 만한 실력을 보여준다면 그때 가서 일을 서둘러도 충분하리라.

"자, 그러면 남은 이야기는 하나뿐이로군. 그래, 자네가 제왕검형에 대해서 뭔가를 봤다고? 가주인 나도 알지 못하는 그게 뭔가?"

"설명 드리기가 어렵습니다. 저도 말로 들은 것이 아닌지라……."

 석도명이 말꼬리를 흐리면서 갖고 들어온 칠현금을 무릎에 올렸다.

 "……저는 밤새 연주를 해드렸고, 어르신께서는 제 연주를 제왕검형으로 되돌려 주셨지요. 직접 들어 보시겠습니까?"

 "아버님께서 그리 하셨다면 당연히 들어야지."

 "눈을 감으시는 게 좋을 겁니다. 아마도……."

 "……."

 남궁강이 의아한 표정을 지었지만, 석도명은 눈을 감고 칠현금을 뜯기 시작했다. 물론 칠현금은 소리를 내지 않았다.

 "허어……."

 남궁강이 놀란 얼굴로 눈을 감았다. 소리를 내지 않는 연주라니! 부친을 제왕검형의 극의(極意)로 이끈 그 무언가가 저 연주에 담긴 것이다. 그 생각에 가슴이 떨려왔다.

 남궁강은 이미 눈을 감기 전부터 소리를 듣고 있었다.

 그것은 귀로 들리는 것 같지가 않았다. 허공을 떠도는 음계 하나하나가 온몸을 쓰다듬고 어루만지는 것 같았다. 아니, 소리가 비처럼 바람처럼 자신을 씻어가는 듯했다.

 눈을 감자 칠현금의 선율이 명주실타래처럼 올올이 풀려 자신을 휘감아 도는 모습이 눈앞에 또렷하게 그려졌다. 일찍이 무림맹의 군사 사마중이 석도명의 연주에서 꿰뚫어본 심상(心象)이 전해진 것이다.

남궁강이 넋을 잃은 채 들리지 않는 소리의 향연에 취했다.
그때 남궁강의 귀를 의심하게 하는 소리가 들려왔다.
"도는 본시 형상을 이룰 수 없고 이름을 붙일 수 없다(道者不可爲形 不可爲名). 거기에 억지로 이름을 붙여 이를 태일이라고 한다(疆爲之謂之太一)…… 그렇게 말씀하셨지요."
남궁강이 음악에 취해 느슨히 풀려 있던 자세를 바로 했다.
석도명이 제왕검형의 검보를 들려준 까닭을, 아니 그 구결을 석도명에게 전한 부친의 분명한 마음을 헤아리기 위해서다. 부친은 이 음악을 들으며 제왕검형의 묘리를 깨달았다.
아니, 석도명이 전하기를 '연주를 제왕검형으로 돌려줬다'고 하지 않던가.
남궁강이 제왕검형의 구결을 떠올리며 생각의 심연으로 깊이깊이 가라앉았다. 그렇게 짧지 않은 시간이 흐르고 난 뒤, 석도명이 연주를 멈췄다.
"후우……."
남궁강이 길게 숨을 고르면서 눈을 떴다. 편안한 호흡과 달리, 전혀 편하지 않은 얼굴이다.
"나는……, 나는 아무것도 모르겠군. 얻은 게 하나도 없어."
"예."
석도명의 반응은 담담했다.
"허허, 자네는 이미 알고 있었구먼. 내가 깨우치지 못한 것을."

"듣기만 하시고 제게는 돌려주신 게 없으니까요."

남궁강이 놀라서 되물었다.

"정말로 아버님이 자네의 연주를 제왕검형으로 돌려주셨는가? 그게 어찌 가능한가? 대체 나보고 어쩌란 말인가?"

"제 연주에서 무엇을 얻으셨습니까?"

"온몸으로 들었지. 그리고 보았다네. 음률이 실타래처럼 허공에 풀려나가는 것을. 그건 또 무엇인가?"

"제가 들려드린 것은 들리지 않는 소리, 묵음입니다. 귀에 들리는 소리를 버리는 대신에 저는 눈에는 보이지 않는 상(象)을 얻었지요. 제왕검형에 비유하자면 음(音)을 버리고 얻은 음의 형(形), 그렇게 설명할 수 있을까요?"

쿵!

남궁강의 가슴에서 돌덩어리가 떨어지는 소리가 울렸다. 석도명의 이야기가 마치 '검을 버리고 얻은 검의 형이 바로 검형이다'로 들렸기 때문이다.

"음형(音形)이라……. 허어, 그걸로 검형을 얻으란 말인가?"

"어르신께서는 분명 그리 하셨겠지요. 저로서는 더 이상 드릴 말씀이 없습니다."

"흠……."

남궁강이 석도명을 다시 바라봤다. 사람이 달라도 너무 다르게 보였다. 아무리 생각해도 석도명이 음악으로 이룬 경지는 자신이 무공으로 이룬 경지를 넘어선 것 같았다. 비록 음악은 음악일 뿐이라 해도 말이다.

'무공은 어차피 남궁세가의 이름으로 이뤄야 하는 것……. 사위 하나쯤은 다른 재주로 천하제일이 되어도 괜찮지 않을까?'

남궁강이 머릿속으로 열심히 주판을 튕겼다. 계산은 쉽게 떨어지지 않았다. 재주가 천하제일을 다툰다고 해도 악사는 결국 악사에 지나지 않는 게 냉엄한 현실이다. 아무래도 시간을 두고 살펴봐야 할 것만 같았다.

남궁강을 향해 석도명이 먼저 입을 뗐다.

"제가 전할 말씀은 다 전한 것 같습니다. 이제 그만 떠날까 합니다만."

"응, 간다고? 가긴 어딜 가나?"

남궁강이 놀란 음성으로 되물었다.

잠시 뒤 석도명은 가주의 집무실에서 나왔다.

"후우, 이제 어디로 가나?"

남궁강에게 남궁세가를 떠나겠다는 이야기를 하고 나온 길이었다.

가시방석 같은 자리를 어서 뜨고 싶었지만, 남궁강은 세가에 더 머물러 주기를 강하게 권했다. 항주에 계속 머물 예정임을 밝히고, 또 자신이 남아 있으면 남궁설리의 입장만 곤란해질 것이라는 이유를 대고서야 겨우 풀려날 수 있었다.

어서 떠나야겠다는 생각에 서둘러 걸음을 옮기던 석도명은 숙소 바로 앞에서 뜻하지 않은 손님들과 마주쳤다. 오가며 몇 차례 얼굴을 보기는 했으나, 어쩌다 보니 정식으로 통성명을 하지 못했던 남궁세가의 무사들이었다.

다섯 명의 사내들 가운데 가장 앞에 서 있던 30대 중반의 인물이 다가와 먼저 아는 체를 했다.

"나는 남궁호천이네. 창궁검대의 수검좌를 맡고 있지."

"예, 인사가 늦었습니다. 석도명입니다."

"크흠, 떠나고 없는 게 아닐까 했는데 아직…… 이었군."

에둘러 말하기는 했지만, 석도명이 남궁세가를 왜 떠나지 않느냐는 추궁이 분명했다.

석도명은 그 말에 별로 당황하지도, 서운해하지도 않았다. 자신을 바라보는 남궁세가의 시선이 곱지 않음을 진즉부터 알았기 때문이다.

"그렇지 않아도 방금 가주께 떠나겠다는 인사를 드리고 왔습니다. 이제 가야죠."

"그래, 어디로 가지?"

"당분간 항주에 있을 겁니다만 구체적으로 어디 있을지는 아직 모르겠습니다."

"뭐, 항주에 있을 거라고?"

석도명이 떠난다는 말에 조금 누그러지던 남궁호천의 얼굴이 굳어졌다.

왠지 말장난에 당한 느낌이다. 자신이 남궁세가를 떠나라는 뜻을 내비친 건, 멀리 가서 다시는 눈에 띄지 말라는 이야기였다. 헌데 항주에 계속 버티고 있을 거면서 떠난다고 말을 하다니!

'흉한 놈, 눈 가리고 아웅 하자는 거냐?'

남궁호천이 한없이 고까운 눈으로 석도명을 쏘아봤다. 그 눈길에 담긴 것은 시기와 분노였다.

남궁호천은 이미 30대 초입에 남궁세가의 핵심 전력인 창궁검대를 맡았을 정도로 실력을 인정받고 있었다. 그의 연배에서 그를 따라올 만한 사람은 아무도 없었다. 장래에 가주의 자리를 물려받을 남궁강의 외아들 남궁환도 재질만 놓고 보면 뒤처진다고 했다.

하지만 그의 가슴 한구석에는 좀처럼 떨쳐내지 못한 뿌리 깊은 열등감이 자리를 잡고 있었다. 직계 혈통이 아닌, 방계 혈통의 서러움이다. 아무리 노력을 해도 자신은 결코 가주가 될 수 없다는, 그래서 대대로 가주에게만 전해지는 비전의 무공도 배울 수 없다는 좌절감이 깊었다.

그런 남궁호천에게 석도명이 남궁설리와 혼사가 거론되고 있다는 사실은 또 하나의 악몽이었다.

나이는 자신이 열 살 넘게 많지만, 족보를 따지면 남궁설리는 자신보다 한 대(代)가 빨랐다. 석도명이 남궁설리와 혼인을 하는 순간, 아니 혼인을 약조하는 순간부터 자신의 윗사람이 된다는 이야기였다.

 방계 혈통의 비애는 숙명이라 쳐도, 악사 따위를 집안 어른으로 떠받들고 싶은 생각은 추호도 없었다. 체통 깎이는 짓임을 알면서도 석도명의 숙소를 찾아온 것은 그런 불안함이 크게 작용한 탓이다.

 곱지 않은 심사가 결국 곱지 않은 말이 되어 남궁호천의 입에서 떨어졌다.

 "흥, 항주에서 단단히 한 건을 할 생각인 모양이군."

 석도명이 그 말에 담긴 뜻을 알아들었다.

 "남궁세가에서의 일은 다 끝났습니다. 항주에서 찾는 사람이 있으니 그 때까지만 있을 생각입니다."

 "찾는 사람이 있다……. 신붓감을 찾는 건 아니고?"

 "아닙니다. 절대로!"

 "그러면 남궁세가의 사위가 될 생각은 전혀 없다 이거냐? 그게 과연 그쪽 생각대로 될까?"

 결국 남궁호천이 먼저 자기 속마음을 드러내고 말았다.

 "……."

 석도명은 대답이 궁했다. 생각은 분명했지만, 이 일에 대해서 먼저 떠들고 다니지 말라는 남궁강의 당부가 떠올랐다.

 그게 무슨 뜻이겠는가? 최소한 남궁설리가 자신에게 퇴짜를 맞았다는 소문이 나서는 안 된다는 의미다.

 "흥, 대답이 없다는 건 시켜주면 못 이기는 척 장가를 들겠다는 뜻인가?"

"후우, 죄송합니다만…… 지금 당장 세가를 떠난다는 것 외에는 드릴 말씀이 없습니다. 이 상황은 제 의지와는 무관하게 벌어진 일이니까요."

석도명이 다부지게 말을 맺었다. 자신이 뭐라고 한들, 남궁호천의 추궁이 쉽사리 끝나지 않을 것임을 느낀 탓이다.

"자신의 의지와는 무관하다? 그래, 항상 그게 문제지. 세상일은 언제나 내 의지와는 무관하게 돌아가니까 말이야. 험한 일일수록 특히 그렇지. 후후, 안 그런가?"

남궁호천이 대놓고 '험한 일'을 운운하자 석도명도 얼굴이 굳어졌다.

"제게 무엇을 원하십니까?"

"글쎄, 말이 나온 김에 사내들끼리 정정당당하게 비무나 한 번 해볼까?"

"비무라니요?"

"그렇다고 겁을 먹진 말게. 내가 악사한테서 뭘 기대하겠나? 자네가 남궁세가의 사윗감으로 이름이 오르내리고 있으니 그만한 배짱이 있는 지나 확인해 보려는 걸세. 혹시라도 바깥에서 험한 일을 당해 울고불고 망신을 떨면 곤란하잖아. 그렇지 않아도 요즘 항주 바닥의 분위기가 많이 흉흉한데."

"……."

"노파심에서 하는 말인데, 남궁세가에서 기루를 몇 개 돌보

고 있다네. 물론 악사도 많이 거느리고 있고. 헌데 말이야, 내가 아는 몇몇 악사들은 취객이 칼만 뽑아들어도 바지에 오줌을 지리더란 말이지. 그건 정말 안 좋은 버릇이거든. 자네가 밖에서 그런 꼴을 보이면 남궁세가는 뭐가 되겠나?"

남궁호천의 뒤편에서 낮은 웃음소리가 들려왔다. 긴장된 표정으로 두 사람의 대화를 지켜보고 있던 젊은 무사 가운데 한두 명이 오줌을 지린다는 말에 웃음을 참지 못한 것이다.

남궁호천이 비무를 해보자는 까닭이 결국에는 '칼 앞에서 오줌을 지리는 버릇이 있는지 확인해 보자'는 뜻이 아니고 무엇이겠는가!

그 노골적인 비웃음에 석도명이 불끈 주먹을 쥐었다.

무림인이고 아니고를 떠나서 남자로서 참을 수 없는 모욕이다. 석도명의 가슴에서 뭔가 꿈틀거리며 치밀어 올랐다. 마음이 격앙된 탓인지, 단전에서도 격렬한 기운이 요동을 치기 시작했다.

당장이라도 손을 뻗어 비열하게 웃고 있는 남궁호천의 얼굴을 후려지고 싶었다. 두 손에 그득하게 실리는 기운을 생각하면 불가능한 일도 아닐 것이다.

그러나 그 결과는 틀림없이 참혹한 비극으로 끝나리라.

다음 순간 석도명의 입이 천천히 열렸다.

"죄송합니다. 저는 비무를 할 수 없습니다."

"푸하하, 결국 너도 그렇고 그런 악사라 이거지?"

석도명이 이를 악물고 있다는 사실을 알지 못하는 남궁호천이 너털웃음을 터뜨렸다.

즉흥적으로 벌인 일이기는 했지만, 내심 석도명이 자존심을 내세워 덤벼주기를 원했다. 초장에 확실하게 밟아두면 만에 하나 남궁설리의 남편이 된 뒤에도 자기 앞에서는 윗사람 노릇을 하지 못할 터였다.

힘없는 악사를 팼다고 어른들의 꾸중은 좀 듣겠지만, 비무라는 단서가 붙은 이상 빠져나갈 방법은 많았다. 어쨌거나 여기는 힘이 진리로 여겨지는 무가(武家)가 아니던가.

헌데 석도명이 예상 외로 쉽게 꼬리를 내리고 말았다. 고작 저 따위 인간에게 신경을 썼나 하는 생각에 허탈한 웃음을 참을 수 없었다.

석도명은 고개를 떨어뜨린 채 아무 말도 하지 않았다.

'참자. 참는 게 이기는 거다.'

석도명은 자신이 고개를 숙일 수밖에 없다고 믿었다. 역설적이게도 단전에서 소용돌이치는 기운이 너무 거셌기 때문이다. 이 기운으로 사람을 치면 또 몇 명이나 죽이게 될지 알 수 없었다.

지난번에는 상대가 산적이었고, 또 여러 사람을 살리기 위한 일이었다고 변명이나 할 수 있다. 하지만 오늘은 적어도 생명의 위협을 느끼지는 않았다. 자존심 때문에 살인을 할 수는 없질 않은가. 그것도 아무 원한이 없는 남궁세가에서 말이다.

물론 석도명이 애써 참고 있다는 사실을 남궁호천이 알 리 없다. 그렇다 해도 상대가 먼저 고개를 숙였으면 그쯤에서 일을 끝내는 게 옳았다.

유감스럽게도 남궁호천은 그러지 않았다.

"너무 쉽게 고개를 숙이는군. 정말 망신거리가 되기 십상이겠어. 그렇지 않나?"

남궁호천이 자신의 수하들을 향해 보란 듯이 외쳤다.

그래도 석도명이 남궁설리의 상대로 거론되고 있다는 사실 때문에 조금은 주저하던 사내들이 더 이상 거리낄 게 없다는 듯이 웃으며 떠들어 댔다.

"그래도 놀라서 오줌을 지리는 것보다는 낫지 않습니까?"

"하하, 그렇지. 냄새는 안 나니까."

"푸하하!"

사내들의 소란이 확실히 과했던 모양이다. 누군가가 더는 참아줄 수 없을 정도로. 왁자지껄한 분위기에 찬물을 끼얹듯, 싸늘한 음성이 웃음소리를 가르며 흘러나왔다.

"시끄러운 놈들."

숙소 안에서 부도문이 인상을 쓰며 걸어 나왔다. 그때까지 늘어지게 자고 있었던 것인지 머리며 옷매무새가 잔뜩 헝클어져 있는 모습이다.

순간 사내들의 웃음이 뚝 끊겼다.

남궁호천이 부도문에게 매섭게 쏘아붙였다.

"너! 주제를 모르는 놈이로구나. 주정뱅이 주제에."

남궁호천에게는 부도문이라고 곱게 보일 리가 없었다.

며칠 전 잔치 자리에서 부도문이 '칠현금에 맞아 죽는다' 운운하며 헛소리를 하는 바람에 분위기가 얼마나 험해졌던가? 게다가 자신보다 몇 살은 어려 보이는 주제에 겁도 없이 '놈' 자를 입에 담았으니 참아 줄 일이 아니다.

남궁호천이 재빨리 머리를 굴렸다. 석도명은 몰라도 부도문은 정말로 눈치 보지 않고 마음껏 주물러 줄 수 있을 것 같았다. 남궁호천이 부도문을 노려보며 천천히 다가섰다. 상대를 미리 겁주려는 듯 전신에서 예기를 풀풀 뿜어내면서.

"너, 젊은 놈이 입 조심하는 법을 모르는구나."

"끄끄, 남자는 입으로 사는 게 아니니까."

남궁호천의 입이 쩍 벌어졌다. 그거야말로 자신이 하려던 이야기다. 남자가 입만 나불대지 말라고.

"오냐, 그러면 몸으로 때우는 법도 알겠구나."

"끄끄끄."

자신의 경고를 아랑곳하지 않는 부도문의 웃음에 남궁호천이 결국 인내심을 잃었다. 남궁호천의 손이 벼락같이 부도문의 뺨으로 날아들었다.

짝.

뺨 맞는 소리가 날카롭게 울려 퍼졌다.

"흑!"

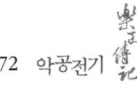

다음 순간 남궁호천은 손을 치켜든 채로 짧은 신음을 내뱉었다. 경악에 찬 그의 두 볼이 붉게 달아올랐다.

남궁호천은 도저히 믿을 수가 없었다.

분명히 먼저 손을 들었다. 그것도 화를 참지 못해 무섭게 빠른 속도로.

헌데 정작 뺨을 맞은 사람은 자신이다.

상대가 언제 손을 움직였는지는 보지도 못했다. 더구나 뺨을 때리는 소리가 단 한 번 들렸을 뿐인데 양쪽 볼이 모두 얼얼했다. 두 번을 때리고도 소리가 한 번만 들렸다니! 손이 소리보다 빠르게 움직이지 않고서는 불가능한 일이다.

'헉, 엄청난…… 고수다.'

부도문의 움직임은 가히 신의 손놀림이라 할 만했다. 무공을 하는 자로서 이런 신기(神技)를 목격한 것은 오히려 감격해야 할 일일 것이다. 그 손이 와 닿은 곳이 자신의 볼만 아니라면 말이다.

남궁호천이 충격과 공포를 가누지 못하고 주춤주춤 물러났다. 거의 넋이 나간 듯했다. 수하들이 남궁호천을 에워싼 채 조용히 사라졌다. 그들 또한 남궁호천이 부도문의 상대가 될 수 없음을 알아봤기 때문이다.

부도문이 단 한 번의 손놀림으로 상대를 제압하는 모습을 지켜보면서 석도명은 다시 마음이 복잡해졌다. 세상일이란 과연 힘으로 누르지 않으면 조용히 끝나는 법이 없는 모양이다.

"후우, 덕분에 난처한 상황을 넘겼습니다."

석도명이 무거운 음성으로 부도문에게 말했다.

짝.

다시 뺨 맞는 소리가 울려 퍼졌다.

석도명이 볼을 감싼 채 부도문을 바라봤다. 석도명은 왜 때렸느냐는 표정을 짓고 있었다.

"원래 맞을 놈은 너였다."

"예?"

부도문은 당최 알아들을 수 없는 한 마디를 남기고 휑하니 방으로 들어가 버렸다.

그날 신시(申時; 오후 3시~5시)가 채 끝나기 전에 석도명과 부도문은 서둘러 남궁세가를 떠났다. 더 이상의 시비에 휘말리고 싶지 않아서다. 올 때도 그랬지만 갈 때도 두 사람을 배웅한 것은 남궁설리뿐이다.

석도명의 연주 실력에 감탄을 금치 못했던 장로 남궁치를 비롯한 남궁세가의 어른들은 그 누구도 나와 보지 않았다. 남궁세가가 석도명을 성대하게 환송하는 모습이 세인들의 눈에 뜨일까봐 걱정이 됐기 때문이다.

남궁한의 유언에도 불구하고, 석도명을 사윗감으로 인정하고 싶지 않은 것이 그들의 솔직한 심정이었다. 적어도 아직까지는.

* * *

"으헉!"

남궁호천이 외마디 비명과 함께 벌떡 일어나 앉았다.

아무것도 보이지 않는 캄캄한 어둠 속이다.

남궁호천은 자기 침상 위에서 방금 잠을 깼다는 사실을 깨닫고는 가슴을 쓸어내렸다. 조금 전의 일은 꿈이었을 뿐이다.

그러나 남궁호천은 쉽사리 몸을 다시 누이지 못했다.

남궁호천이 조심스레 눈을 감았다. 눈앞으로 하얀 손 하나가 둥실 떠올랐다. 옥을 다듬어 조각한 여인의 손이 이보다 더 가늘고 매끄러울 수 있을까?

하지만 그 아름다움을 감상할 여유는 없었다. 손이 그림자처럼 흔들리더니 이내 벼락처럼 뺨을 스치고 지나갔다.

분명 허상(虛像)이 움직였을 뿐인데, 두 볼을 불로 지지는 듯한 고통이 아니, 그보다 더한 공포가 느껴진다.

"하아……."

남궁호천이 한숨을 내쉬었다.

벌써 며칠째 되풀이되고 있는 일이다. 잠들면 꿈을 꾸고, 눈을 감으면 허상을 본다. 검을 들고 수련을 할 때조차도 손 하나가 눈앞에 아른대며 검로를 막아섰다.

그 모든 게 부도문에게 뺨을 맞은 뒤에 생긴 현상이었다.

"그자가…… 내게 무슨 짓을 한 거야?"

남궁호천은 믿을 수가 없었다.

지금까지 어떤 고수도, 어떤 검도 무서워하지 않고 살았다. 죽을 때 죽더라도 사내답게 죽으면 된다고 믿으며 지내온 인생이다. 헌데 고작 맨손 때문에 이렇게 날마다 악몽을 꾼단 말인가? 더구나 맞을 때는 손이 보이지도 않았는데 어떻게 시간이 지날수록 그 광경이 점점 더 선명해지는 것일까?

물론 짐작이 가지 않는 것은 아니었다. 아무래도 부도문의 손속에 담긴 의지가 잔상(殘像)으로 남아 아직까지 자신을 괴롭히고 있는 것 같았다.

남궁호천은 가슴이 무너져 내리는 것을 느끼며 고개를 흔들었다. 자신을 짓누르고 있는 부도문의 의지에서 벗어나지 못하는 한, 악몽에 시달리며 살 수밖에 없으리라는 두려움이 밀려들었다.

"크흐흑, 안 돼……. 이렇게 살 수는 없어."

남궁호천이 두 주먹을 불끈 쥐었다.

명색이 검을 든 자가 이렇게 겁만 먹고 있을 수는 없다. 어떻게든 끝장을 봐야 하리라. 죽든 살든 말이다.

남궁호천이 이를 악물고 창을 바라봤다.

절박한 마음을 아는지 모르는지, 창밖은 여전히 짙은 어둠에 잠겨 있었다.

제3장
목청만 크면
악성(樂聖)이랴

 검존 남궁한과 장항당의 후손 항도가 대결을 벌여 두 사람 모두 목숨을 잃었다는 소식은 빠르게 퍼져 나갔다.
 두 사람의 대결은 여러 가지 면에서 세간을 뜨겁게 달궜다.
 장항당의 비기인 대붕천이 항도의 손에서 펼쳐진 것이나, 남궁한이 제왕검형으로 이를 막아냈다는 사실은 무림인은 물론, 보통 사람들의 가슴까지 들뜨게 했다.
 소문이란 본시 부풀게 마련인지라, 몇 다리를 건너면서 걷잡을 수 없을 정도로 과장이 더해졌다. 그리고 마침내는 항도가 검으로 비바람을 몰아치게 했고, 남궁한이 구름을 타고 다니며 그에 맞섰다는 식으로 정리됐다.

그 바람에 전대 가주를 잃은 남궁세가와 맥이 끊겨 버린 장항당의 이름이 두 가문의 역사에 다시없을 정도로 드높아졌다.

그리고 사람들 사이에서 그 엄청난 무용담이 오간 뒤에는 언제나 안주처럼 따라붙는 이야기가 있었다. 남궁한이 숨을 거두면서 악사를 남궁세가의 사위로 점지하고 갔다는 것이다.

"에이, 헛소문이겠지."

"맞아. 천하의 남궁세가가 악사를 사위로 들일 리가 없잖아."

대부분의 사람들은 남궁한과 항도가 싸우면서 호풍환우(呼風喚雨)를 했다는 말은 믿으면서도 남궁설리의 남편감으로 악사가 거론된다는 사실에는 고개를 가로로 저었다. 항주에서 멀어질수록 그런 현상은 더해졌다.

결국 남궁세가에 대한 이런저런 소문이 멀리 퍼져나간 것과 달리, 석도명의 이름 자체는 항주를 크게 벗어나지 못했다.

그러나 그 와중에도 석도명을 주시하는 사람들은 있었다.

빛 한 줄기 들지 않는 캄캄한 동굴 안이다.

그 짙은 어둠 속에 사람 하나가 벌거벗은 채 거꾸로 매달려 있다. 동굴 천장에서 길게 늘어뜨려진 밧줄에 발목이 묶인 상태다.

사내의 두 팔 또한 밧줄에 매여 몸에 단단히 고정돼 있다.

산 사람이라면 머리에 피가 쏠리는 고통을 이기지 못해 몸부림이라도 치겠건만, 사내의 몸은 시체처럼 꼼짝도 하지 않았다.

저벅, 저벅.

발자국 소리가 들려오더니, 누군가가 동굴 안으로 들어왔다.

백발의 노인이다.

무슨 까닭인지 노인의 손에 들린 등불은 붉은 종이가 두껍게 덧대어져 아주 희미한 불빛을 드리우고 있었다.

마치 동굴 안에서는 밝은 빛을 비추는 것이 금지돼 있기라도 하듯이.

노인은 등불을 위아래로 비춰가며 사내의 몸을 구석구석 살폈다. 어둠을 제대로 밀어내지 못하는 약한 불빛을 받자 사내의 몸에서 뭔가가 흐릿하게 반짝였다.

놀랍게도 사내의 몸에는 얼핏 보기에도 수백 개는 될 듯한 숫자의 금침이 빼곡히 박혀 있었다.

금침의 상태를 꼼꼼하게 확인한 노인의 입가에 옅은 미소가 떠올랐다.

"후후, 잘 참고 있구나. 한 달 후엔 수라인(脩羅絪)의 연공을 시작할 수 있겠어."

"……."

사내는 두 눈을 감은 채로 아무런 반응도 보이지 않았다. 노인이 입을 연 것으로 보아 의식이 살아 있는 상태가 분명한데도 말이다.

흡족한 표정으로 돌아서던 노인이 뭔가 할 말이 있다는 듯이 멈춰 섰다.

"네 녀석 배에 검을 박았다는 그놈 말이다."

시체처럼 미동도 하지 않던 사내의 몸이 그 한 마디에 미세하게나마 떨림을 보였다. 확실히 노인의 이야기를 들을 정도의 의식이 남아 있다는 증거이리라.

"역시 평범한 악사는 아니었던 모양이더구나. 막간대채의 산적들이 그놈 손에 줄초상을 당했다더니, 최근에는 남궁세가와 깊이 얽혀 지낸다고 한다. 검줄 그 늙은이가 하나뿐인 손녀를 맡긴 걸 보면 확실히 보통 놈은 아닐 테지. 무공도 기이하고……. 그놈을 상대하려면 아주 많이 강해져야 할 게다."

사내가 번쩍 눈을 떴다. 노인의 말에 적잖은 충격을 받은 것이다.

그럼에도 어떤 금제가 가해졌는지 사내는 입을 열지 못했다. 그저 붉게 충혈이 된 두 눈으로 원한 서린 시퍼런 안광을 쏘아낼 뿐이다.

노인은 사내의 그런 모습이 오히려 마음에 드는 눈치였다.

"이를 악물고, 혀를 깨물어라. 그 지옥 같은 고통이 바로 깨달음인 게다. 네가 세상에 나가는 날 그깟 놈은 곧 지워지겠지. 흐흐."

노인이 낮은 웃음소리를 긴 여운으로 남기고는 동굴을 빠져나갔다.

혼자 남겨진 사내는 한 치 앞도 보이지 않는 어둠 속에서 다시 눈을 감았다. 온몸에 전해지는 끔찍한 고통을 잊기 위해서였다.

그 고통 속에서 사내는 생각했다.

이제 진심 같은 것에는 신경을 쓰지 않겠다고. 마음을 얻을 수 없다면, 강제로 뺏고 말겠다고.

사내의 정체는 상당문의 삼남 막창소였다.

동굴 밖에서 노인을 맞은 사람은 뜻밖에도 녹림맹의 군사 허이량이다.

"그는 잘 참아내고 있습니까?"

"신공(神功)을 얻을 수 있다는데 제 놈이 버텨야지."

"그가 과연 그만한 재목인지…… 저는 확신할 수 없습니다."

"저 아이를 내게 데려온 건 자네가 아닌가?"

"그렇기는 하지요."

허이량이 못미더운 기색을 지우지 못하자 노인이 낮게 웃었다.

"하하, 내가 10년이나 저 아이를 가르쳤다는 사실을 잊지 말게. 그 긴 세월 동안 고작 상당문의 삼류 무공이나 익히게 했겠는가? 물론 제 놈은 아무것도 몰랐지만."

"하아, 거기까지 미리 내다보신 걸 미처 헤아리지 못했습니다. 역시 궁주십니다."

허이량이 노인을 향해 깊이 허리를 숙였다.

화월촌에서 사고를 치고 달아난 스무 살의 젊은 막창소를 찾아낸 건 바로 자신이다.

언제고 써먹을 기회가 있을 것이라는 생각에 따로 챙겨뒀지만, 금단의 무공인 수라인을 전수하게 될 줄은 꿈에도 몰랐다.

헌데 자신이 알지도 못하는 사이에 일은 처음부터 치밀하게 준비가 돼 있었던 것이다. 심모원려(深謀遠慮; 멀리 내다보고 준비함)란 바로 이런 것이 아니겠는가.

허이량이 탄복을 금치 못하는 눈빛으로 노인을 바라봤다.

노인의 이름은 악소천(岳召天).

진무궁(震武宮)의 궁주이자, 허이량이 진정한 주인으로 모시고 있는 인물이다.

아직은 몸을 숨기고 있는 상황이지만, 허이량은 굳게 믿고 있었다. 그가 세상에 나설 날이 멀지 않았다고. 그리고 그날이 바로 무림의 판도를 뒤엎는 날이 될 거라고.

"칠현검마로 불린다고? 그 악사 놈이……."

악소천이 화제를 돌렸다.

내색은 하지 않았지만, 최근 진무궁의 행사에 번번이 초를 치고 있는 악사 놈이 왠지 신경에 거슬린 탓이다.

"그렇지 않아도 그자에 대해 세세하게 다시 조사를 해봤습니다. 그간의 일은 아무래도 우연의 일치가 아닐까 싶습니다만, 확실히 그의 행적이 공교롭기는 합니다. 더구나 그의 사부인 유일소라는 노인은 유서 깊은 식음가의 장손이기는 합니다만, 생전에 무공에는 문외한이었던 게 분명합니다. 무림맹의 하급 무사들과 잠깐 어울린 흔적도 있기는 한데……. 어떻게 그런 고절한 무공을 익혔는지는 알 수가 없습니다."

악소천이 석도명이라는 이름을 알게 된 것은 아니, 진무궁의 정보망에 그 존재가 포착된 것은 무림맹의 반백제 때다. 처음에는 그저 신통한 연주 실력을 가진 악사가 나타난 정도로만 생각을 했다.

그런데 얼마 지나지 않아 그 이름을 다시 듣게 됐다. 진무궁의 은밀한 계획에 의해 개봉으로 보내졌던 막창소가 석도명에게 부상을 당하고 돌아왔던 것이다.

그 직후 개봉에서 홀연히 자취를 감춘 석도명은 엉뚱하게도 부운정에 나타나 거호대를 궤멸시켜 버렸다.

부도문을 상대하느라 석도명과는 부딪치지 않았지만, 당시 작전을 주도했던 허이량으로서는 완전히 뒤통수를 맞은 격이었다.

일은 거기서 끝나지 않았다. 남궁세가와 소의련의 대결이 충격적으로 끝났다는 소식과 함께 또다시 석도명의 이름이 들려왔다. 이번에는 직접 무공을 쓰지는 않았지만 검졸과 인연이 심상치 않았다.

그 같은 일들이 되풀이 되자 석도명의 존재가 새삼 의심스러워졌다. 석도명이 연루된 일들이 하필이면 진무궁이 무림맹을 겨냥해 벌인 일이기 때문이다.

진무궁의 행사가 워낙 은밀하고 광범위해서 수많은 사람들이 알게 모르게 엮여 들긴 했지만, 석도명의 등장은 확실히 공교로웠다.

허이량이 오늘 녹림맹을 떠나 악소천을 찾아온 것도 뜻밖의 변수로 떠오르고 있는 석도명의 처리를 상의하기 위해서다.

"식음가의 유일소라……."

악소천이 나지막이 중얼거렸다. 왠지 그 이름이 악소천에게도, 허이량에게도 낯설지 않은 것만 같았다.

"우연히 부딪친 것이라고 해도, 싹이 더 크기 전에 잘라야 하지 않겠습니까? 칠현검마라는 이름은 녹림맹에게는 두고두고 망신스러운 기억이 될 겁니다."

녹림 18채의 하나인 막간대채가 칠현검마에게 쑥대밭이 됐다는 소문이 걷잡을 수 없이 번진 상태다.

녹림을 일통한 멸산도제 우무중이 그대로 방치할 수 없는 존재로 커버린 것이다.

"그 이름을 만들어 준 게 누구던가?"

"죄송합니다. 입막음을 한다고 했습니다만……."

허이량의 얼굴이 붉게 달아올랐다.

부도문의 존재를 덮느라 모든 일을 석도명의 소행으로 돌린 사람이 바로 허이량이다.

 가능하면 석도명까지 감추고 싶었지만, 막간대채가 당한 일을 완벽하게 감출 수는 없었다.

 천목산에 쳐들어갔던 막간오귀부와 거호대의 생존자를 제외해도 막간대채의 산적은 수백 명을 헤아렸다.

 그들의 궁금증, 그리고 현장에 없었기 때문에 오히려 더 크게 느껴지는 공포심까지 완벽하게 통제하는 것은 애초에 불가능한 일이었다.

 더더구나 석도명이 거호대를 궤멸시키는 모습을 함께 목격한 부운정 패거리들의 입은 아예 어떻게 해볼 수가 없었다.

 결국 이리저리 흘러나간 소문이 커지고 부풀려지더니 칠현검마라는 신비의 고수를 만들어내고 말았다.

 "그래서 이제는 나에게 고작 악사 따위를 처리해 달라는 겐가?"

 "아닙니다. 녹림맹이 알아서 처리하도록 맡겨 주십사 하는 청을 올리는 겁니다."

 그것은 허이량을 통해서 전달된 멸산도제 우무중의 뜻이었다.

 우무중은 혈제의 전인임이 분명한 부도문을 건드릴 생각은 없었다.

 혈제와 녹림왕의 관계도 있거니와, 녹림맹의 출범을 앞둔 중대한 시기에 부담스러운 적을 만들고 싶지 않기 때문이다.

그러나 녹림에 수치를 안긴 칠현검마라는 이름만은 어떤 형태로든 반드시 응징을 해야 했다. 적어도 그 이름의 절반을 책임져야 할 악사 놈이라도 반드시 제거하겠다는 게 우무중의 뜻이었다.

그런 우무중의 뜻을 전하는 허이량 또한 석도명을 처리함으로써 천목산에서의 실패를 만회하고 싶은 마음이 굴뚝같았다.

그러나 악소천은 고개를 저었다.

"나는 그 아이를 더 지켜볼까 하네."

"예?"

허이량은 놀라지 않을 수 없었다.

대단한 피해를 입힌 것은 아니지만 진무궁의 행사에 번번이 방해가 된 인물이다.

혈제라는 이름 때문에 부도문의 행적은 일단 덮기로 했다지만, 석도명마저 살려둔다니!

악소천이 너털웃음을 터뜨렸다.

"하하, 뭘 그리 놀라는가? 칠현검마도 결국은 그 잘난 십대문파와 오대세가의 담장 밖에서 자라는 싹이야. 얼마간은 무럭무럭 커주는 것도 재미있지 않겠나?"

"예……, 그렇게 조치하겠습니다."

허이량은 악소천의 뜻을 짐작할 수 있을 것 같았다.

진무궁의 최종목표는 무림맹으로 대표되는 십대문파와 오

대세가다. 그들의 존재를 무색하게 만드는 신예 고수들이 많이 등장하는 것 또한 진무궁의 계획 가운데 일부다.

하지만 허이량이 악소천의 생각을 전부 헤아리지는 못한 모양이다. 독백처럼 이어진 악소천의 다음 말에 허이량은 입을 다물지 못했다.

"아니지, 그 아이가 혈제의 전인과 같이 다닌다니 아예 둘을 엮어서 무림맹으로 들여보낼까? 아무래도 그게 더 재미있지 않겠나? 으하하!"

"……."

허이량은 감히 대꾸할 엄두가 나지 않았다.

'하아, 궁주의 생각은 측량할 길이 없구나.'

머리를 쓰는 일에는 언제나 자신이 있지만, 악소천 앞에서는 그렇지도 않았다.

대체 저 머리에는 무슨 생각이 담겨 있는 것일까 하는 경외심만 떠오를 뿐이다.

허이량이 복잡한 눈길로 깊이 허리를 숙였다.

언제나 그렇듯이 모든 것은 악소천의 뜻대로 이뤄질 것이다.

의미를 알 수 없는 악소천의 웃음소리가 긴 꼬리를 남기며 멀리멀리 흩어져갔다.

*　　　*　　　*

낙엽이 지고, 온갖 수목이 앙상한 가지를 드러낸 탓에 깊은 산중의 분위기는 을씨년스럽기만 했다. 청명한 하늘도 그 청승맞은 기분을 달래주지는 못했다.

요즘 들어 파란 하늘을 올려다보면 오히려 가슴이 미어지는 사람이 있다.

얼마 전까지만 해도 녹림 18채의 일원임을 자랑하며 막간산을 호령하던 막간대채의 채주 거산혈호 고삼이 바로 그 주인공이다.

"어후!"

문 앞에서 오래도록 하늘만 바라보던 고삼이 깊은 한숨을 고함처럼 내지르고는 안으로 들어섰다. 자신이 소집한 간부회의를 주재하기 위해서다.

산적들의 인사를 받는 둥 마는 둥 자리에 주저앉은 고삼이 신경질적으로 입을 열었다.

"이게 무슨 개소리야? 막간대채를 뭘로 보고!"

고삼을 화나게 만든 것은 녹림맹의 이름으로 전달된 멸산도제 우무중의 명령서였다.

> 칠현검마는 녹림의 공적이니 멸산도제의 명령 없이 사사로운 보복을 금한다!

뜻밖에도 석도명에게 손을 쓰지 말라는 지시다. 형식상으로는 녹림맹이 공식 대응을 할 테니 그 누구도 경거망동해서는 안 된다는 것이다.

부도문은 몰라도, 그 괴상한 악사 놈은 조만간에 짓이겨 주겠다고 이를 갈고 있던 고삼으로서는 억장이 무너지는 명령이었다.

말은 녹림맹에서 처리하겠다고 하지만, 아직 출범도 하지 않은 녹림맹이 언제 공식 대응에 나선다는 말인가?

부도문에게 손목을 잃고 돌아온 막간오귀부와 거호대주 당서천이 고삼 앞에서 그저 한숨만 내쉬었다.

그들도 느끼는 바가 있었다.

아무래도 녹림맹은 막간대채의 명예회복에는 전혀 관심이 없는 것이다. 당한 놈은 당한 놈이고, 남은 자들끼리 잘 해먹겠다는 심산이리라.

결국 모든 일은 막간대채가 힘을 잃은 탓이다. 벌써부터 녹림 18채에서 막간대채를 탈락시켜야 한다는 이야기가 나오고 있다. 녹림맹의 요직에 막간대채가 끼어들 자리가 별로 없다는 소문도 공공연하게 나돌았다.

화가 치밀었지만, 현실은 냉정했다.

2인자인 부채주 척호기는 죽고, 그 다음을 잇는 막간오귀부는 모두 불구가 됐다.

거기에 정예고수로 이뤄진 거호대 또한 지리멸렬했다. 숫자로는 서른 명 정도가 죽었을 뿐이지만 전체 전력의 절반 이상을 잃었다고 해도 과언이 아니었다.

"채주, 어쩔 게요?"

비록 불구가 됐지만 막간오귀부의 수좌이자, 서열상 2인자가 된 금강부 양멸이 침통한 어조로 물었다.

"너희는 어쩔 거냐?"

고삼이 되물었다. 손목을 잃고 무공을 어떻게 할 것이냐는 질문이다.

실력이 예전같지 않다고 해도 그래도 의지할 건 막간오귀부밖에 없다. 그들이 무공을 회복하는 것이 앞으로의 계획에 중요한 변수가 될 터였다.

양멸이 더욱 어두워진 표정으로 대답했다.

"좌수(左手; 왼손)로 바꾸려면 짧게 잡아도 몇 년이 걸릴 게요. 그래서 의수(義手)를 달기로 했수다. 병장기로 쓸 수 있게끔 특수하게 제작을 할까 하는데…… 그것도 손에 익으려면 최소 몇 달은 잡아먹겠지요."

"몇 달이라……. 오냐, 너희들이 준비되면 우리끼리라도 시작하자."

"하실 거요?"

"한다, 나는 반드시 한다! 이대로 주저앉을 내가 아니다."

"채주의 뜻이 그렇다면 우리 또한 거들겠소!"

막간오귀부가 하나뿐인 주먹을 불끈 움켜쥐었다.

부도문은 두렵지만 그렇다고 평생 치욕을 안고 살 수는 없는 일이다. 자신들에게 패배를 안긴 것으로 세상에 알려진 칠현검마라는 이름만은 반드시 손을 봐야 했다.

그런데 한 사람이 깊은 침묵에 빠져 있다. 이 자리에서 유일하게 석도명과 맞닥뜨렸던 거호대 대주 당서천이다.

고삼이 시무룩한 당서천의 표정을 놓치지 않았다.

"당 대주는 내키지 않는 얼굴이군."

"그자는 너무…… 강합니다. 이번 일이 잘못 되면 우리는 돌이킬 수 없는 피해를 입게 될 겝니다."

"허! 한 번 당하고 오더니 간이 오그라들었군."

"너, 설마 거호대와 우리를 같은 반열에 놓고 보는 게냐?"

막간오귀부가 비난을 쏟아냈다.

솔직히 거호대 정도야 자신들의 힘으로도 언제고 곤죽을 만들 수 있는 상대다. 극마이신으로 추앙받던 혈제의 전인에게 당한 자신들의 패배와는 감히 비교할 수 없는 일이다.

더구나 생존자들의 목격담에 따르면 그 악사 놈은 거호대를 상대하다가 끝내 피분수를 뿜으며 쓰러졌다고 했다.

어디 그뿐인가? 거호대원들이 휘두른 병장기에 이곳저곳 상처를 입기까지 했다질 않은가.

뭔가 괴이한 무공을 익혔는지는 모르겠으나 제대로 된 경지가 아니라는 뜻이다.

"후, 제 말은 그런 뜻이 아니라…… 신중에 신중을 기해야 한다는 뜻이외다."

당서천이 말을 얼버무렸다.

흥분해서 날뛰는 막간오귀부와 채주 고삼 앞에서 우겨봐야 소용이 없을 것 같았다.

그리고 석도명의 무공에 대해서도 뭐라고 정확하게 말을 할 수가 없었다.

한순간 피에 굶주린 마신처럼 자신들을 몰아치던 모습은 분명 끔찍했다. 그러나 금세 제풀에 지쳐 쓰러진 것을 보면 분명 허점이 있기는 있을 터였다.

문제는 그 둘 중 어느 쪽이 석도명의 실체인지를 누가 알겠는가? 당서천은 석도명의 실력을 다시 확인하고 싶은 기분이 전혀 아니었다.

'그 끔찍한 무공은 절대로 다시 접하고 싶지 않았는데……'

당서천이 속으로 한숨을 지었다.

막간대채의 이름으로 복수에 나서기로 한 이상, 자신이 뒤로 빠질 수는 없는 법이다.

어차피 지금까지 살아온 인생을 따져보면 죽어서 지옥 불에 떨어질 게 분명한데 살아서 지옥 불을 한 번 더 맛본다고 뭐가 달라지겠는가?

당서천의 얼굴이 쉬이 밝아지지 않는 것을 보면서 고삼이 호기롭게 외쳤다.

"으하하, 신중을 기하라고? 좋은 말이로구나. 내 그렇지 않아도 따로 생각하는 바가 있으니 당 대주는 걱정을 내려놓아도 될 게야. 암, 그렇고말고."

"달리 대책이 있는 게요?"

양멸이 의아한 표정으로 물었다.

"흐흐, 막간대채를 더욱 강하게 만들어야지. 내가 직접 나가서 고수들을 끌어 올 게야."

막간오귀부의 얼굴에 별로 반갑지 않은 기색이 떠올랐다.

외부에서 고수를 영입하면 산채 내에서 자신들의 입지가 약해질 게 뻔하리라.

그러나 누구도 반대의사를 밝히지 못했다. 자존심을 부릴 상황이 아니었기 때문이다.

"헌데 부도문이라는 자가 그 악사 놈과 붙어 있는 건 어찌합니까?"

천목산에 두 번이나 다녀온, 그래서 부도문을 두 번이나 접했던 구충모가 걱정스럽게 물었다. 아무리 생각해도 부도문은 도저히 당해낼 재간이 없었다.

"부도문, 혈제의 아들인지 뭔지 모를 그놈! 흐흐, 그자까지 상대할 필요는 없지."

막간오귀부와 당서천이 의아한 표정으로 고삼을 바라봤다. 뭔가 꿍꿍이가 있는 것 같기는 한데 그 속내를 짐작할 수 없어서다.

그러나 그것까지 설명해 줄 생각이 없는지, 고삼이 단호하게 외쳤다.

"결정은 내려졌다. 이제 녹림맹이라 해도 우리를 막지 못할 것이다. 우리는 반드시 일어선다! 막간대채에게 수치를 안긴 칠현검마라는 잡놈을 밟고서. 녹림맹이 뭐라고 하든, 우리가 강해지면 되는 게다!"

"좋소이다."

"해봅시다."

막간오귀부가 그 외침에 화답했다.

막간대채의 칼이 그렇게 석도명을 향해 겨눠졌다.

하지만 정작 그 일을 결정한 고삼은 짐작조차 하지 못했다. 칠현검마에게 손을 대지 말라는 명령이 멸산도제 우무중의 뜻이 아니라는 사실을.

물론 그런 명령을 내린 진짜 주인공인 진무궁주 악소천 또한 자신의 계획이 미묘하게 틀어지고 있다는 것을 알지 못했다.

* * *

막간대채의 결의도, 진무궁의 존재도 알지 못하는 석도명의 삶은 평화롭고, 또 단조로웠다.

남궁세가를 떠난 뒤 석도명은 항주 외곽, 서호에서 멀지 않은 곳에 거처를 마련했다. 외딴 벌판에 버려지다시피 한 작은 초옥을 발견하고는 어렵사리 주인을 찾아내 아예 집을 사들인 것이다.

 항주에 얼마나 머물 것인지가 확실치 않은 데도 집을 산 데는 나름의 이유가 있었다. 개봉에서 염장한에게 집세를 바가지 썼던 경험이 있는지라, 다달이 세에 쪼들리면서 살고 싶지 않았다.

 게다가 남궁세가에서 수고비로 제법 거액을 받은 것을 눈치채고 부도문이 크게 입맛을 다신 것도 한몫을 했다. 돈을 그냥 갖고 있다가는 부도문의 술값으로 몽땅 날릴 공산이 컸기 때문이다.

 하지만 일자리는 좀처럼 구해지지 않았다. 천하제일의 색향 항주에 악사가 필요한 기루와 주점은 많았지만 그 어느 곳도 석도명을 받아주지 않았다.

 그 까닭이 남궁세가 때문임을 알게 된 것은 며칠 동안 헛고생을 한 다음이었다.

 한 기루의 지배인이 딱하다는 듯이 석도명을 바라보다가 넌지시 알려준 것이다. 항주에서 감히 남궁세가의 사윗감을 부려먹을 간 큰 기루는 없다고.

 결국 석도명은 항주에 처음 도착했을 때처럼 서호의 망호정에 자리를 잡고 칠현금을 연주하기 시작했다. 석도명의 이름이 남궁세가의 사윗감으로 입소문을 타는 바람에 벌이는 나쁘지 않았다.

겨우 생활비를 충당할 정도로만 벌이를 하면서 틈틈이 무현금 노인의 행방을 찾는 데 힘을 쏟았다. 그리고 남는 시간에는 주악천인경을 반복하고 또 반복하는 지루한 수련이 계속됐다.
 그리고 간간이 무아지경의 순간이 찾아왔다. 그럴 때면 석도명은 자신도 모르게 남궁세가의 제왕검형과 구화문의 구화진천무를 음악 속에 녹여 놓고 있었다.
 이제 익히지 않아도 절로 깊어는 것은 음악만이 아니었다.

 늦은 가을의 짧은 해가 뉘엿뉘엿 저물어 가는 시간이다.
 망호정에서 연주를 마친 석도명이 텅 빈 벌판을 가로질러 집으로 돌아가고 있다.
 '오늘도 술만 퍼먹고 있으려나?'
 석도명은 집에서 혼자 술을 축내고 있을 부도문을 떠올리며 발걸음을 재촉했다.
 한동안 석도명을 졸졸 따라 다니던 부도문은 바깥나들이에 싫증이 났는지, 최근에는 집에 처박혀 술만 퍼마셨다.
 결과적으로 생활 터전이 천목산에서 항주로 바뀌었을 뿐, 삶 자체는 전혀 달라진 게 없는 셈이었다.
 바지런히 걷고 있던 석도명이 잠시 멈칫하는 기색을 보였다.
 '누가 따라오고 있다.'
 석도명은 뒤에서 누군가가 따라오는 기척을 느꼈다.

그것은 주악천인경을 끌어올려 소리를 받아들일 때와는 또 다른 느낌이다. 그저 몸이 알아서 주변의 일을 감지하는 것 같았다.

부도문의 도움으로 임맥이독을 타동시킨 이후 전신의 감각이 매우 예민해진 까닭이다.

인간의 오감 가운데 오직 소리에만 빠져 있던 석도명에게는 또 다른 경험이자, 변화였다.

따라오는 사람이 있음을 눈치채고도, 정작 석도명은 특별한 반응을 보이지 않고 계속 걷기만 했다.

상대의 정체도 또 자신을 따라오는 이유도 짐작하기 어려웠지만, 설령 먼저 아는 척을 한다고 해도 그 다음에는 뭘 어찌할 것인가? 상대가 먼저 자신을 드러낼 때까지 두고 보는 게 차라리 낫다는 생각이 들었다.

석도명은 집 앞에 도착한 뒤에야 마침내 뒤를 돌아봤다.

석도명의 최종 목적지를 확인했다고 마음을 놓은 건지, 뒤를 따르던 사람은 거침없이 거리를 좁혀오고 있었다.

"어쩐 일이십니까?"

석도명이 이내 상대를 알아보고는 가볍게 고개를 숙였다.

그저 최소한의 예의를 갖춘 인사였을 뿐 속은 편하지 않았다.

상대는 얼마 전 남궁세가에서 자신과 실랑이를 벌이다 부도문에게 따귀를 맞은 남궁호천이었다.

"흥, 내가 너한테 보고를 하면서 다녀야 할 처지였더냐?"

남궁호천이 싸늘하게 코웃음을 쳤다.

얼굴을 보아하니 남궁호천은 단단히 작심을 하고 나타난 게 분명했다. 다 큰 사내가 여러 사람 앞에서 뺨을 맞았으니 틀림없이 자존심에 깊은 상처를 입었으리라.

'그예 끝장을 보겠다는 것인가?'

사람 사이의 원한이란 아무리 작은 것이라도 일단 시작된 뒤에는 도무지 멈춰지지 않는 것만 같았다.

"용건이 있으면 말씀하십시오."

석도명이 부드럽지만, 단호한 어조로 말했다.

하지만 남궁호천은 석도명을 안중에도 두지 않는 모습이었다.

그 순간이다.

삐걱.

석도명의 등 뒤에서 문 열리는 소리가 들렸다. 두 사람의 말소리를 듣고 부도문이 밖으로 나온 것이다.

부도문을 보더니 남궁호천의 표정이 딱딱하게 굳어졌다. 아니, 뭔가 결연한 의지가 떠올랐다.

"비켜라! 너를 보려고 온 게 아니다."

남궁호천이 석도명을 옆으로 밀어내더니 곧장 부도문을 향해 걸어갔다.

자신 앞에 쉽게 꼬리를 내린 석도명에게는 처음부터 관심이

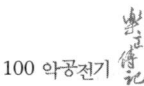

100 악공전기

없다는 태도였다. 확실히 남궁호천이 노리고 온 상대는 석도명이 아니라, 자신의 뺨을 때린 부도문이었다.

거침없이 다가서는 남궁호천을 부도문은 그저 무심히 보기만 했다. 상대를 깔보는 특유의 미소조차 머금지 않은 얼굴이었다.

헌데 부도문과 달리 남궁호천의 얼굴에는 긴장한 기색이 역력했다. 필생의 적을 상대하듯 걸음에도 잔뜩 힘이 실린 상태였다.

문 앞으로 바짝 다가선 남궁호천이 두 눈에 힘을 잔뜩 준 채 부도문을 노려봤다.

석도명이 절레절레 고개를 흔들었다.

'스스로 화를 자초하는구나.'

지난번에 뺨을 후려친 수법만 봐도 부도문은 남궁호천이 당해낼 수 있는 상대가 아니다.

더구나 수틀리면 상대방의 손목쯤은 주저하지 않고 잘라버리는 게 부도문의 괴팍한 성정이 아니던가. 남궁호천쯤 되면 범 무서운 줄 모르는 하룻강아지도 아닐진대, 어찌 저리 무모하게 부도문을 도발하는 것일까?

남궁호천이 두 주먹을 굳게 움켜쥔 채 떨리는 음성으로 입을 열었다.

"나는…… 나는……."

"ㄲㄲㄲ."

"……맞고 싶소이다."

너무나 엉뚱한 말에 석도명이 입을 쩍 벌렸지만 부도문은 조금도 망설이지 않았다.

짝.

부도문의 손이 기척 없이 날아가 남궁호천의 뺨을 후려쳤다.

남궁호천은 무엇을 생각하는지 한없이 복잡한 표정을 지었다. 잠시 후 얼이 빠진 듯한 남궁호천의 음성이 들렸다.

"한 번, 한 번만 더."

"공짜는 가라!"

부도문이 차갑게 코웃음을 쳤다.

남궁호천이 그 한 마디에 무겁게 고개를 떨어뜨렸다. 그리고는 흔들리는 걸음으로 뒤돌아섰다.

축 처진 어깨를 하고 사라져가는 남궁호천의 뒷모습을 보면서 석도명 또한 심사가 복잡했다.

싸움을 피하기 위해서 자신이 먼저 고개를 숙였을 때 남궁호천은 얼마나 경멸 어린 눈길을 보냈던가.

헌데 정작 스스로 자존심을 팽개치고 남에게 뺨을 내주는 까닭은 또 뭐란 말인가?

남궁호천이 뺨 맞기를 자처한 이유가 무엇인지 짐작은 갔다. 아마도 부도문의 손속에서 느낀 바가 있기 때문이리라.

하지만 그와 자신의 차이가 뭔지 궁금했다. 과연 비굴과 용기를 구분 짓는 잣대는 무엇일까?

그런 생각을 하느라 석도명은 부도문이 다가서는 것을 의식하지 못했다.

짝.

부도문이 바람같이 빠른 동작으로 석도명의 뺨을 갑자기 후려쳤다.

"왜……?"

"원래 맞을 놈은 너였다."

얼마 전에 들었던 뜬금없는 대사가 다시 되풀이 됐다.

"하아……."

석도명의 눈빛이 크게 흔들렸다. 부도문이 자신을 때린 까닭을 이번에는 헤아렸기 때문이다.

부도문은 말하고 있었다.

피하려 해도 피해지지 않는 것이 있다. 참는 것만이 답은 아니다. 네가 피하려고 했기 때문에 저놈이 내게 덤벼든 것이다. 우유부단하게 행동함으로 자신이 감당해야 할 일을 남에게 전가하지 말아라. 뺨을 때릴 수 없으면, 차라리 맞을 수 있는 용기라도 보여라.

그런 이야기가 고스란히 전해지는 것 같았다.

하지만 석도명은 그 말에 쉽게 동의할 수 없었다.

자존심을 굽혀서 피 흘리는 싸움을 피할 수 있다면 그게 더 나은 일이 아니겠는가! 힘으로 우열을 가리고, 시비를 따지는 것을 어찌 의(義)라 하고, 도(道)라 하겠는가? 더구나 한때의 분을 이기지 못해서 자신도 감당할 수 없는 잔혹한 힘을 휘두르고 싶지는 않았다.

"어찌 힘을 과시하고 싸우는 것만이 능사이겠습니까? 노군(老君; 노자를 높여 이르는 말)께서는 물(水)이 강한 것은 항상 약한 모습을 보이기 때문이라고 했습니다. 군자는 싸우지 않으므로 세상 사람들이 그와 싸우려 하지 않는다고도 합니다. 불필요한 살생을 피하기 위해서라면 저는 참고 또 참을 겁니다."

석도명이 자신도 모르게 목청을 높였다. 말을 하다 보니 자신의 손에 산적들이 죽어나가던 참혹한 장면이 다시 떠오른 탓이다.

"참는 게 아니라, 참을 수밖에 없는 거겠지."

석도명이 은근히 열을 올린 것과 달리 부도문의 대꾸는 시큰둥했다.

헌데 그 말이 석도명의 가슴에 작은 파문을 만들었다.

'참을 수밖에 없다고?'

자신의 처지를 정확하게 꼬집은 말이다. 생각해 보면 힘이 있고 없고를 떠나서 언제나 남에게 휘둘리며 끌려 다니는 느낌이다. 참는 것조차도 마치 스스로에게 인내를 강요하는 게 아닐까 싶었다.

석도명의 작은 동요를 읽었는지, 부도문이 한 마디를 덧붙였다.

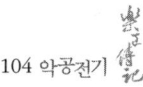

"소인(小人)은 스스로 참아야 하지만, 영웅은 천하가 그를 위해 참아주는 법이지. 끄끄끄."

천하가 나를 위해 참아준다!

부도문의 성정에 걸맞게 패도적이고 광오한 소리다. 석도명이 과거에 그런 이야기를 들었더라면 궤변이라고 웃어넘겼을 것이다.

하지만 지금 이 순간 석도명에게는 그 말이 어쩐지 후련하게 들렸다.

처음에는 멋대로 자신의 생사를 결정했던 막간대채의 산적들이 나중에는 무릎을 꿇고 살려달라고 애원하던 모습이 바로 그런 이치이리라.

따지고 보면 아마도 세상인심이 원래 그런 것이다. 약해 보이면 한없이 짓밟고, 힘이 있으면 알아서 물러나게 마련이다.

그렇다고 석도명이 부도문의 말을 덥석 받아들일 수 있는 성격은 아니었다.

"얼마나, 얼마나 많이 싸우고 죽이면 참아줄까요? 그때처럼 닥치는 대로 때려 죽이면 되는 겁니까? 저는 제 자신이 무서워서 참는 겁니다. 몸 안에서 미쳐 날뛰는 이 힘을 아무에게나 휘두르란 말인가요?"

부운정을 떠난 뒤로는 단 한 번도 입에 올리지 않았던 석도명의 솔직한 심정이 왈칵 쏟아져 나왔다.

차마 대놓고 말하지는 못했지만, '무슨 속셈으로 내게 이런 힘을 심어줬냐'는 원망이 고스란히 담긴 채였다.

"쯧쯧, 언제 어른이 되려는지……."

"……."

부도문이 낮게 혀를 찼다. 그리고는 말귀를 못 알아듣는 놈은 상대하기 싫다는 듯이 머리를 흔들며 뒤돌아섰다.

그러나 부도문에게도 마음에 걸리는 게 있었던 모양이다. 방 안으로 발을 들여놓으면서 부도문이 혼잣말을 하듯 중얼거렸다.

"원래 어린애가 칼을 들면 위험한 게다. 목청만 크다고 악성(樂聖)이 되는 것도 아니고. 끄끄끄."

부도문이 방 안으로 사라진 뒤에도 석도명은 충격을 받은 듯한 표정을 지우지 못했다.

어린애가 칼을 들면 위험한 까닭은 칼을 다루는 법을 제대로 배우지 못했기 때문이다. 자신의 무공이 꼭 그런 꼴이 아니던가. 부도문의 말은 제대로 익혀서 제대로 쓸 생각은 왜 하지 못하느냐는 질책이었다.

'나는 목청만 큰 음치라는 건가?'

석도명이 쓴웃음을 지었다.

좋은 목소리를 낼 수 있다고 해서 감히 음악을 안다고 할 수는 없는 법이다. 부도문의 마지막 말은 자신을 대놓고 비웃은 것이다. '네깟 놈이 무공을 알면 얼마나 아느냐'고.

"하아……."

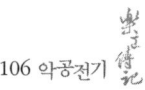

106 악공전기

석도명이 자신의 두 손을 내려다봤다. 두 달 가까이 손에 검을 잡지 않았는데도 손바닥의 굳은살은 여전했다.

하지만 이런 거친 손바닥을 갖게 된 건 고작 2년에 불과했다. 따지고 보면 무공의 세계를 겨우 언저리만 엿보고는 제풀에 나가떨어진 꼴이다. 담대해지자고 그렇게 다짐을 했건만 살인의 충격에 짓눌려 또다시 망설이고만 있었다.

석도명이 천천히 두 손을 거머쥐었다.

가슴 한쪽에 뭔가 단단한 것이 자리를 잡는 기분이 들었다. 상처가 아문 자리에는 굳은살이 돋아나는 것이 자연의 섭리다. 상처가 생기고, 그 상처가 치유되기를 끊임없이 반복하는 것이 결국은 삶이 아니겠는가!

석도명의 마음속에 새로운 다짐이 자리를 잡았다.

살아가면서 아프고 또 아파할 것이다. 그러나 주저하지도, 주저앉지도 않을 것이다. 망설일 시간이 있으면 차라리 더 아파하리라.

그리고 강해질 것이다. 강해지고 또 강해진 다음, 그 다음에 다시 참아줄 것이다.

치밀어 오르는 격정에 사로잡혀 숨까지 헐떡이던 석도명은 검을 찾아 들고 멀리 보이는 작은 산으로 부리나케 달려갔다. 아무래도 산에서의 연공이 몸에 익은 모양이다.

제4장
대림사(大林寺)의 복사꽃

다시 해가 바뀌었다.

겨울이 끝나가도록 석도명은 망호정과 집을 오가는 단조로운 생활을 이어갔다. 간혹 남궁강이 사람을 보내 석도명의 연주를 청하는 것을 제외하고는 별다른 일이 생기지 않았다.

굳이 달라진 것을 들라면 매일 밤 석도명이 산으로 올라가 자정이나 돼야 돌아왔다는 정도다. 당연히 부도문도 더 이상 석도명에게 손찌검을 하지 않았다.

십대문파와 오대세가를 향해 집단 반발의 조짐을 보이던 각지의 중소문파들도, 우무중의 손에 들어간 녹림도 겨울 내내 좀처럼 움직이지 않았다.

그것은 거대한 힘의 충돌을 앞둔 최후의 정적이었다.

항주의 겨울 또한 조용하기만 했다. 무슨 사정이 있는지 소의련은 남궁세가에 대한 적의(敵意)를 감추지 않으면서도, 정작 대놓고 도발을 해오지는 않았다.

남궁세가와 소의련의 갈등이 소강상태를 보이면서 석도명에 대한 관심도 함께 시들해졌다. 남궁설리의 혼인설에 대해 남궁세가가 침묵으로 일관한 것이 결과적으로 주효했다.

하루하루가 순탄하게 지나갔지만 석도명의 마음은 별로 편치 않았다. 무현금의 노인을 찾는 일에 전혀 진전이 없었던 탓이다.

무현금 노인에 대한 소문은 모르는 사람이 거의 없을 정도로 유명했지만 정작 그를 직접 봤다는 사람은 많지 않았다.

물어물어 목격자를 찾아가면 하나같이 확실하지 않은 말만 해줄 뿐이었다. 이를 테면 호숫가에서 밤새 술을 퍼마시다가 무현금을 뜯는 노인을 봤는데, 다시 정신을 차려보면 그 자리에 아무도 보이지 않았다는 식이었다.

어떤 이는 웬 노인이 줄 없는 칠현금을 껴안고 호수에 비친 달그림자를 하염없이 바라보고 앉았는데, 어디선가 구슬프게 칠현금 소리가 들리는 것 같더라는 이야기를 하기도 했다.

노인을 직접 봤다는 몇 안 되는 목격자들의 공통점은 모두 술에 취한 상태였고, 자신이 꿈을 꾼 건지 현실의 일이었는지,

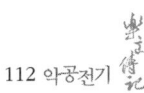

가물가물하다는 것이었다. 그조차도 대부분 몇 년 전의 목격담이었다. 부운정에서 너무 시간을 많이 잡아먹은 게 아닐까 하는 후회가 밀려들었지만 되돌릴 수 있는 일은 아니었다.

"크흠, 생각보다 일찍 왔구먼. 저번에도 가장 좋은 걸 가져가더니."

석도명이 단골로 드나드는 악기점의 주인 왕영창(王映彰)이 먼저 아는 체를 하며 다가섰다.

석도명이 미처 입을 열기도 전에 뭔가를 주섬주섬 챙겨들고 있었다. 석도명의 어깨에 걸린 칠현금이 현이 몇 가닥 끊겨 있는 것을 재빨리 살핀 상태였다.

지난가을 낡은 칠현금을 사간 뒤로 석도명이 왕영창의 가게에 오는 이유는 오직 하나였다. 현을 사기 위해서다.

오직 현만 사가는 처지임에도 왕영창은 석도명에게 제법 친근하게 굴었다. 항주를 통틀어 석도명처럼 자주 현을 사러 오는 손님이 없었기 때문이다.

게다가 소문이 한풀 꺾이기는 했지만 남궁세가의 사윗감으로 거론되던 인물이다. 빈말이라도 친절하게 건네서 나중에 손해를 볼 일은 없을 것이다. 사람 팔자를 누가 알겠는가?

석도명이 뒤통수를 긁으며 대답했다.

"하하, 제 재주가 엉망이라 그렇겠지요."

왕영창의 말처럼 석도명이 가져간 현은 최상품이었다.

딴에는 장래를 생각해서 가격을 꽤 많이 깎아줬는데 석도명이 너무 빨리 줄을 끊어먹는 바람에 왕영창은 은근히 걱정이 됐다. 혹시라도 나쁜 제품을 준 걸로 오해를 할까봐.
 석도명이 스스로의 솜씨를 탓하는 것으로 그 걱정을 덜어줬다. 그런데도 여전히 마음이 개운치 않았는지 왕영창이 얼른 화제를 돌렸다.
 "그래, 그 칠현금은 어떤가? 쓸 만하지?"
 "아, 예. 정말로 좋은 악기를 싸게 샀습니다. 다 어르신 덕분입니다."
 "그럼, 그럼. 척 보면 알겠지만 그게 그 비싸다는 흑오동(黑梧桐)으로 만든 거라고. 벌써 재질이 다르단 말이야."
 왕영창이 침을 튀기며 칠현금을 칭찬하고 나섰다. 팔 때는 생각보다 돈을 더 받았지만, 석도명이 꽤나 마음에 들어 하니 이제라도 생색을 내볼 요량이었다. 하지만 그는 몰랐다. 석도명이 진심으로 칠현금에 탄복하고 있다는 것을.
 "재질도 재질입니다만, 정말로 길이 잘 든 명기(名器)죠. 고음은 맑고, 저음은 중후하며, 울림통 구석구석까지 떨림이 미치지 않는 곳이 없지요. 음역을 가리지 않고 고른 공명을 보여주는 걸 보면 진짜 대가(大家)가 어루만졌던 게 분명합니다. 아……."
 석도명이 말끝에 가벼운 탄식을 내뱉었다. 이렇게 훌륭하게 악기를 길들인 사람이 누구일까 하는 생각이 문득 떠오른 것이다. 그리고 그 대답을 해줄 수 있는 사람이 바로 앞에 서 있었다.

"저, 이 칠현금의 전(前) 주인이 누구입니까?"

"크흠, 그게 말일세……."

왕영창이 난감한 기색을 감추지 못했다. 고급 제품이라고 잔뜩 칭찬을 늘어놓은 판에 칠현금의 진짜 내력을 밝히려니 발이 저렸다.

하지만 석도명의 얼굴이 너무 진지해서 거짓을 둘러댈 엄두가 나질 않았다. 혀를 잘못 놀렸다가 후환을 자초할 수는 없었다. 상대는 어쨌거나 항주를 쥐락펴락하는 남궁세가의 사위가 될지도 모르는 사람이다.

"사실은…… 나도 주인을 모른다네. 1년 전쯤에 웬 주정뱅이 거지가 들고 왔더라고. 출처가 좀 찜찜하기는 했지만…… 워낙 악기가 좋아서 덥석 사들이고 말았지. 알지 않는가? 악기를 다루는 사람이 좋은 명기를 만나면 정신이 나간다는 걸……."

거지가 놓고 간 물건이라는 사실을 털어놓으면서 왕영창은 석도명의 눈치를 보기에 바빴다.

그러나 석도명의 관심은 그런 게 아니었다.

"어디로 가면 그 사람을 만날 수 있을까요?"

"험험, 떠돌이 거지가 어디에 있는지 낸들 알겠는가? 지난 겨울에 얼어 죽지나 않았으면 항주 바닥 어딘가에 있겠지. 거지들에게 물어보게나. 거지들 사이에서는 주질(酒疾)이라는 별명으로 유명한 자거든."

왕영창의 말대로 주질이라는 거지를 찾는 일은 그리 어렵지 않았다. 거지들에게 동전 몇 푼을 쥐어주는 것으로 반나절이 채 가기도 전에 석도명은 주질을 찾아낼 수 있었다.

"훔친 건 절대 아니라고. 난 도둑질은 안 해."

주질이라는 늙은 거지는 술 냄새를 풀풀 풍기면서 대뜸 손부터 내저었다. 칠현금의 출처를 묻는 말에 겁을 먹은 눈치였다.

"그런 뜻으로 물은 게 아닙니다."

석도명이 간단하게 자초지종을 설명하자 주질 노인이 안심한 표정으로 입을 열었다.

"보자, 그게 작년 이맘 때였던가……. 저기 백제(白堤; 백거이가 서호에 쌓은 제방) 끝자락이었지. 그날 술이 좀 과하게 취해서 풀숲에 잠깐 쓰러졌던 모양이야. 자다가 너무 추워서 잠이 깼는데 어디서 칠현금 소리가 들려오더라고. 처음에는 머리털이 쭈뼛하더구먼. 생각해 봐, 불빛도 없는 그 깜깜한 밤에 그런 데서 누가 칠현금을 뜯겠냐고?"

사연은 허무할 정도로 간단했다.

주질이 몽롱한 정신으로 살펴보니 백발이 성성한 노인이 어둠 속에서 미친 듯이 칠현금을 연주하다가 불현듯 일어나 어디론가 사라졌다는 것이다.

나중에 그 자리에 가보니 줄이 끊어진 칠현금이 덩그러니 놓여 있기에 이게 웬 떡이냐 하는 마음으로 가져다 팔았다는 이야기였다. 따져 보니 그동안 주워들은 무현금 노인에 대한 목격담과 꽤나 흡사했다.

석도명의 가슴이 두근거렸다.

"그 노인이 누군가요? 혹시 어디로 갔는지 모릅니까?"

"이보라고, 그 깜깜한 밤에 얼굴이나 제대로 봤겠어? 나한테 어디로 간다고 말을 하고 간 것도 아니고."

"예……, 그렇군요."

기대가 컸던 만큼 석도명의 얼굴에 짙은 실망감이 어렸다.

자신의 손에 들린 칠현금이 어쩌면 무현금 노인의 것인지도 모른다는 사실 외에는 전혀 얻은 것이 없었다.

주질 노인이 갑자기 손뼉을 쳤다.

"맞다. 그 노인네가 정신 나간 소리를 한 마디 했어."

"정신 나간 소리라니요?"

"아 글쎄, 그때 하늘에서 눈발이 날리기 시작했는데, 그걸 보더니 뭐라는 줄 알아? '복사꽃이 곱구나. 죽기 전에 꽃놀이나 가볼까' 그러더라고."

"복사꽃이요……."

눈발을 보고 복사꽃 타령을 했다니, 그 무슨 선문답이란 말인가. 역시나 도움이 되지 않는 이야기였다.

옛 주인을 찾을 길이 없다는 아쉬운 마음을 가누지 못한 석도명은 죄 없는 칠현금만 쓰다듬을 따름이었다.

문득 석도명의 입에서 시 한 구절이 흘러나왔다.

봄이 어디로 돌아갔는지 알 수 없어 오래도록 안타까웠으나
그 봄이 이곳에 와 있는 줄은 몰랐구나.

長恨春歸無覓處 不知轉入此中來

칠현금에 새겨진 금명(琴銘)이다.
순간 뭔가가 석도명의 뇌리를 스쳐 지나갔다.
"도움 말씀 감사합니다."
석도명이 벌떡 일어나 어디론가 달려갔다. 뒤늦게나마 손에 실마리가 잡힌 것 같았다.

*　　　*　　　*

석도명은 서둘러 집으로 향했다. 멀리 갈 일이 생겼으니 짐도 챙기고, 부도문에게도 알려야 했기 때문이다.
헌데 서호 외곽의 작은 숲 어귀에서 석도명은 누군가와 마주쳤다.
"크흠, 이렇게 일찍 집에 가는가?"
상대가 먼저 알은 체를 하며 계면쩍게 손을 뒤로 감췄다.
"예, 오랜만에 뵙습니다."
지난가을 느닷없이 쫓아와 부도문에게 뺨을 맞고 돌아간 남궁호천이다. 석도명은 남궁호천이 서둘러 감춘 것이 술병임을

알고는 미소를 지었다.

그 술병이 누구를 위한 것인지는 물어볼 필요도 없었다.

석도명은 저간의 사정을 쉽사리 짐작할 수 있었다. 남궁호천은 지난겨울 내내 술병을 들고 부도문을 찾아왔던 것이다. 자신이 집을 비우고 없는 낮 시간을 이용해서. 그리고 아마도 적잖이 뺨을 맞고 돌아갔으리라.

"가시죠."

석도명이 얼른 걷기를 청했다. 붉어진 남궁호천의 얼굴을 계속 보기가 딱했기 때문이다.

'이 사람도 참 열심이구나.'

처음에는 너무 거드름을 피우는 바람에 인상이 좋지 않았던 남궁호천이다.

이제 와서 다시 보니 약자에 대한 배려심이 부족한 듯했지만, 다른 사람에게서 뭔가를 배워보려는 집념만은 가볍지 않았다. 처신에 비해 뚜렷한 목표와 열정은 장점으로 꼽을 만했다.

두 사람이 숲에 들어서기가 무섭게 고기를 굽는 냄새가 진동을 했다.

숲 한가운데서 네 사내가 불을 피워놓고 개를 굽고 있었다. 벌건 대낮인데도 사내들은 제법 거나하게 술판을 벌이는 중이었다.

굳이 상관할 일이 아니기에 석도명도, 남궁호천도 별다른 관심을 두지 않고 사내들을 지나쳐 가려고 했다.

헌데 사내들 중 하나가 손을 번쩍 쳐들더니 호기롭게 외쳤다.

"어이, 형제들. 목이나 축이고 가게나."

40줄을 족히 넘긴 나이 탓인지, 사내는 석도명과 남궁호천에게 다짜고짜 반말로 나왔다. 사내의 어투에 남궁호천이 잠시 눈썹을 찌푸리기는 했지만 석도명을 의식했는지 대꾸를 하지 않았다. 대신 석도명이 예의 바르게 고개를 숙였다.

"말씀은 고맙습니다만 용무가 급해서 서둘러 가봐야 합니다. 죄송합니다."

"허어, 이거 젊은 사람들이 풍취를 모르는구먼."

"그러게 말이야. 권주(勸酒)를 마다하면 벌주(罰酒)가 간다는 걸 알아야지."

쉽게 물러날 생각이 없는지 사내들의 말이 시비조로 바뀌었다.

그 말에 남궁호천이 발끈했다.

"뭐요? 지금 벌주라고 했소? 감히 누구한테!"

"흐흐흐, 너는 필요 없으니까 그냥 가고. 거기 악사나 이리 와라. 풍악이 있어야 술맛이 나지."

"크, 그거 좋은 생각이야. 뭐가 아쉽다 했더니 음악이 빠졌구나!"

사내들이 남궁호천은 아예 안중에도 없다는 듯이 석도명을 향해 거만하게 손짓을 했다.

남궁호천의 눈 꼬리가 심하게 치켜 올라갔다.

자고로 남궁이라는 성씨를 달고서 항주 바닥에서 이런 꼴을 당하면 안 되는 것이다.

"네놈들은 누구냐?"

남궁호천이 사내들에게 다가서며 외쳤다.

사내들이 옆구리에 검 한 자루씩을 꿰고 있는 것을 보고는 앞뒤 정황을 스스로 정리한 다음이었다.

남궁호천은 아무래도 사내들이 일부러 시비를 걸고 있는 것 같았다. 자신을 무시하는 척하고 있지만, 필경 소의련의 사주를 받은 자들의 소행이라는 확신이 들었다.

'소의련이 한동안 잠잠하다 했더니.'

남궁호천이 움직이는 것을 보면서 사내들이 주저하지 않고 몸을 일으켰다. 확실히 이런 상황을 기다리고 있었던 게 분명했다.

"흐흐, 지금이라도 너는 그냥 가라. 그러면 곱게 보내주마."

"흥, 건방진 놈들 이거나 먹어라!"

남궁호천이 콧방귀를 뀌며 손을 움직였다. 사내들의 말은 이미 귓등으로도 듣고 있지 않았다.

쐐액.

남궁호천의 손에 들려 있던 술병이 가운데 사내를 향해 날아갔다. 마치 그 술병을 따라 가듯이 남궁호천이 발검과 동시에 몸을 날렸다.

　남궁호천이 통성명도 하지 않고 검부터 뽑은 건 나름의 작전이었다. 상대가 넷이나 되는데다, 미리 준비를 갖춘 채 기다리고 있었다는 점이 마음에 걸렸다. 분위기 반전을 위해 선공만큼 좋은 방법이 있겠는가?

　남궁호천의 손에서 창궁검대의 자랑인 창궁무애검법(蒼穹無涯劍法)이 펼쳐졌다.

　그 검을 정면으로 받은 중앙의 사내가 일순 당황한 기색을 보이며 뒤로 물러섰다. 술병은 어렵지 않게 쳐냈지만 남궁호천의 검이 생각보다 거셌기 때문이다.

　사내는 몇 발자국을 뒤로 뗀 뒤에야 남궁호천의 검을 맞받아치기 시작했다. 이상한 것은 다른 세 사내의 움직임이다. 남궁호천의 신형이 가운데로 치고 들어오면서 자연스럽게 그를 에워싸는 형태가 됐다.

　하지만 그들은 남궁호천을 협공하는 대신 오히려 옆으로 넓게 벌려 섰다. 마치 남궁호천을 공격하는 데는 관심이 없다는 듯이. 아니, 남궁호천 정도를 상대하는데 두 사람이 필요치 않다는 자신감인 것도 같았다.

　'허, 이 사람에게는 참는다는 생각이 아예 없는 모양이구나.'

　남궁호천의 선공으로 갑작스럽게 싸움이 시작되자 석도명이 속으로 혀를 찼다.

어쨌거나 이미 멀어진 상황이다. 석도명이 어쩔 수 없다는 듯이 눈을 감았다. 이 심상치 않은 상황을 제대로 파악하기 위함이다.

채채채챙.

석도명이 주악천인경을 끌어올리자 남궁호천과 사내의 검이 부딪치는 소리가 파도처럼 몰려들었다.

석도명의 뇌리에 두 개의 검이 만들어내는 궤적이 또렷하게 그려졌다.

과거 단호경의 무공을 듣고는 소리의 경중(輕重)과 원근(遠近), 청탁(淸濁)이 제대로 잡히지 않아 애를 먹던 때와 비교하면 비약적인 발전이었다. 무공을 보는 눈이 달라진 까닭이다.

숲속을 뒤덮은 것은 현란한 변화를 만들어내는 남궁호천의 검이다.

남궁세가의 창궁무애검법은 푸른 하늘에 끝이 없다는 그 이름에 걸맞게 쾌(快)와 변(變)을 기본으로 했다.

남궁호천이 부도문에게 자청해서 뺨을 내준 이유도 알고 보면 부도문의 손짓에 담긴 극한의 쾌와 변에 마음을 빼앗겼기 때문이다.

남궁호천의 검은 마치 자로 잰 듯이 치밀하고 정확했다. 당연히 그의 검에서 들리는 소리 또한 완벽한 조화와 균형을 이뤘다.

그러나 석도명은 표정이 어두웠다. 무심하게 남궁호천의 검을 받아내는 사내의 수법이 결코 가볍지 않은 탓이다.

'음험하다.'

석도명은 까닭 모를 위험을 느끼고 있었다.

남궁호천의 현란한 검식을 툭툭 쳐나가는 사내의 검 자체는 단조로웠지만 왠지 그 속에 날카로운 이빨을 숨기고 있는 것만 같았다.

붕, 부웅.

남궁호천의 선제공격에 잠시 밀려났던 사내가 자세를 가다듬기가 무섭게 그의 검 소리가 달라졌다. 이어 남궁호천이 허공에 만들어낸 치밀한 검막을 사내의 검이 사납게 찢고 들어갔다.

쾅.

곧이어 한 차례의 충돌음이 터지면서 남궁호천의 몸이 뒤로 튕겨 나왔다.

중심을 잃고 비칠대는 남궁호천의 등을 석도명이 한 손으로 받아냈다. 아니, 남궁호천이 뒤로 떠밀려 나가다가 석도명에게 몸을 기댔다고 하는 것이 옳을 지도 몰랐다.

"쿨럭."

남궁호천이 격한 기침을 토해내면서 그 자리에 주저앉았다. 내상을 입은 것이다. 오른쪽 팔뚝 위로는 제법 깊은 상처를 입었는지 선혈이 흥건하게 흘러내렸다.

남궁호천을 물리친 사내의 검이 곧장 석도명에게 겨눠졌다.

"크흐흐, 피 맛을 본 김에 끝장을 보자고. 두 놈 모두 숨통을 끊어주지."

석도명이 몸을 굽혀 남궁호천의 손을 잡았다. 아니, 남궁호천의 손에 들린 검을 자기 손으로 옮겨 쥐었다.

석도명이 검을 늘어뜨린 채 말했다.

"사소한 말싸움 때문에 이렇게 피를 흘려야겠습니까?"

"흥! 솔직히 처음부터 말로 할 생각은 아니었거든."

"푸흐흐, 악사 놈이 검을 들었으니 어디 실력이나 구경해 보자고."

사내들이 코웃음을 쳤다.

석도명 또한 더 이상 입을 열지 않았다.

바보가 아닌 이상, 상대가 살인에 전혀 거리낌이 없는 자들임을 알 수 있었다. 이런 경우까지 점잖게 참아줄 필요는 없으리라.

"후회하지 마십시오. 당신들이 자초한 일입니다."

석도명이 검을 곧게 올려 세웠다.

그와 동시에 가슴이 먼저 끓어올랐다. 사내들이 내뿜는 살기와 남궁호천의 팔에서 피어오른 혈향 때문이다. 단전에서도 도도한 기운이 꿈틀거리며 부풀어 올랐다.

"후우……."

석도명이 한 차례 심호흡을 한 뒤 왼발을 반보 가량 앞으로 내뻗으며 자세를 낮췄다. 구화진천무의 기수식인 묘조이립(淼

鳥泥立)이다. 그와 동시에 석도명의 뇌리로 주악천인경의 구결이 스쳐갔다.

사창교어 부상탈야(四暢交於 不相奪也), **네 가지 기운이 어울려 서로 빼앗지 않는다!**

금방이라도 고삐 풀린 말처럼 날뛸 것만 같던 단전의 기운이 무겁게 가라앉기 시작했다. 그와 함께 코끝을 감돌던 혈향도, 전신에 쏘아지던 따가운 살기도 더는 느껴지지 않았다.
"타앗!"
남궁호천을 쓰러트린 사내가 먼저 검을 찔러왔다. 석도명의 기세가 심상치 않게 바뀌었음을 느낀 탓이리라.

터엉—!
숲속으로 금속성이 긴 꼬리를 남기며 울려 퍼졌다. 검신이 제대로 부딪쳤다는 증거다. 상대가 뒤로 몇 걸음을 주춤주춤 물러섰다. 검끝이 심하게 요동을 치는 것으로 보아 석도명의 검에 크게 충격을 받은 모습이었다.
일만격의 오의를 담아 잔뜩 무거워진 검에 내공까지 실었으니 천하에 보기 드문 중검(重劍)이 펼쳐진 상태였다.
"크흑, 과연 한 수가 있었구나."
낮은 신음을 토해낸 사내가 자신의 동료들에게 눈짓을 보냈다. 합공을 하자는 신호였다.
다른 세 사내가 소리 없이 검을 뽑아드는 것을 보면서 석도명이 서둘러 옆으로 걸음을 옮겼다. 남궁호천과 최대한 거리를 떼어 놓기 위해서였다.

사내들 또한 이미 힘을 쓰지 못하는 남궁호천에게는 눈길조차 주지 않았다.

이윽고 네 사람이 석도명을 향해 사납게 짓쳐들어왔다.

사내들의 움직임은 그림자처럼 표홀했다. 석도명을 향해 곧장 찔러 들어오는 것 같던 네 개의 검이 뱀처럼 구불거리며 허공에서 불규칙하게 방향을 바꿨다.

석도명이 검을 앞으로 내뻗었다.

우우우웅.

석도명의 검이 바람 소리를 토해내면서 허공에서 갈라졌다. 검 한 자루로 열 곳의 방위를 점하는 일적십거(一積十拒)의 수비식이 펼쳐진 것이다.

채채채챙.

네 자루의 검이 열 개의 검영과 부딪치면서 요란한 쇳소리가 울렸다.

석도명이 자신들의 검을 완벽하게 막아내는 것에 아랑곳하지 않고 사내들은 같은 공격을 집요하게 되풀이했다.

무슨 이유인지 석도명 또한 묵묵히 공격을 막아내기만 할뿐 좀처럼 반격을 시도하려는 기미를 보이지 않았다.

츠츠츳—

뱀이 풀숲을 헤쳐 가는 듯한 기분 나쁜 소리가 사내들의 검

끝에서 흘러나왔다.

그 소리는 너무 작아서 어지간한 고수들도 쉽게 알아챌 수 있는 게 아니었다.

병장기가 불꽃을 일으키며 부딪치는 혼전의 와중에는 더욱 그랬다. 남궁호천도 조금 전에 그 소리를 전혀 듣지 못한 상태에서 사내의 검에 당하고 말았다.

아니, 신경을 곤두세운 채 싸움을 지켜보고 있는 지금 이 순간에도 남궁호천은 사내들의 검이 괴이한 소리를 내고 있음을 전혀 알지 못했다.

하지만 하필 상대가 석도명이라는 게 사내들에게는 불행이라면 불행이었다. 석도명은 검의 움직임보다 소리의 변화에 오히려 신경을 기울이고 있었다.

"하압!"

네 사내의 입에서 기합이 터졌다.

츳, 츳, 츳, 츳.

최후의 일격을 알리는 소리와 함께 네 개의 검이 사납게 떨어져 내렸다.

석도명 주위에 엄밀한 방어막을 치고 있던 열 개의 검영이 네 곳에서 동시에 허물어졌다. 아까와 마찬가지로 사내들의 검이 검영을 찢고 들어온 것이다.

훤하게 드러난 석도명의 몸은 사방에 빈틈이 드러났다.

"헛, 석 악사!"

남궁호천의 입에서 다급한 탄성이 터져 나왔다.

석도명이 제법 탄탄하게 공격을 막아낸다 싶더니 자신과 똑같은 꼴을 당하는 게 아닌가! 방어막이 깨졌으니 네 개나 되는 검을 어떻게 막아낸단 말인가?

'제길, 이렇게 죽는 거냐?'

남궁호천이 절망감을 이기지 못하고 질끈 눈을 감았다.

그의 머릿속에서 석도명이 피를 뿜으며 쓰러지는 장면이 생생하게 그려졌다. 그 다음에는 자신의 명줄이 끊어지리라.

남궁호천이 눈을 감은 바로 그 순간 석도명은 사내들의 궤적을 따라 빙글 몸을 돌려 세우면서 검을 가슴 앞으로 끌어당겼다. 사내들의 공격을 받아 부서져 내리던 열 개의 검영이 안개처럼 흩어져 석도명의 검으로 빨려 들어갔다.

"본양무운(本陽无雲)!"

석도명의 입에서 낭랑한 외침이 울려 퍼졌다.

구화진천무의 제일초식 후반부인 중천지일(中天指一)로 검영을 모으기가 무섭게 바로 제이초식을 펼쳐낸 것이다.

텅, 텅, 텅, 텅.

네 차례의 금속성이 잇달아 울리더니 순식간에 적막이 찾아들었다.

석도명과 네 사내의 신형이 그 자리에 소리 없이 멈춰 섰다.

남궁호천이 천천히 눈을 떴다. 그리고는 충격으로 입을 다물지 못했다.

제일 먼저 석도명을 에워싼 사내들의 모습이 눈에 들어왔다. 검을 내려치다 말고 뻣뻣하게 굳은 자세로 서 있는 모습이다. 기이하게도 손에 들린 검이 하나같이 허리가 잘려나가 반 토막이 되어 있었다.

"크흑!"

사내 가운데 하나가 고통스런 신음을 흘리며 무릎을 꿇었다. 가슴이 한 일(一)자로 갈라져 피를 뿜어냈다. 네 사람 모두 가슴에 같은 모양의 상처를 입었지만 제일 나중에 검을 맞은 그의 부상이 가장 깊었다.

그러나 석도명 또한 편안치 못한 기색이 역력했다.

공력 소모가 극심했는지 금방이라도 쓰러질 것처럼 숨을 헐떡였다. 게다가 검을 쥔 손이 눈에 띌 정도로 흔들렸다.

그럼에도 사내들은 쉽게 움직이지 못했다. 네 사내가 마치 약속이라도 한 듯이 석도명의 검만 뚫어져라 쳐다보고 있었다.

믿을 수 없게도 석도명의 검은 대장간 아궁이에서 막 꺼낸 듯이 붉게 달궈져 있었다.

치이익.

주변의 공기가 타들어가는 듯한 소리가 검에서 흘러나오기 시작했다. 석도명이 동작을 멈춘 것과 상관없이 검은 계속해서 뜨거워지고 있다는 증거였다.

"더…… 하시겠습니까?"

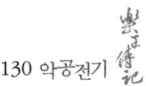

석도명이 힘겨운 음성으로 물었다.

누가 보기에도 석도명이 몸을 가누기가 어려운 것이 분명했지만, 사내들은 섣불리 덤비지를 못했다. 석도명의 손에 들린 검이 계속 공기를 태우는 소리를 냈기 때문이다.

"크흐흐, 우리 철혈사사(鐵血四蛇)가 방심을 했던 모양이구나."

사내들 가운데 우두머리로 여겨지는 자가 씁쓸하게 웃더니 다른 사내들에게 눈짓을 했다.

다음 순간 사내들은 쓰러진 사내를 부축해 쏜살같이 달아났다.

"하아……."

석도명이 그제야 피곤함이 잔뜩 배어나는 긴 숨을 내쉬며 검을 내렸다. 붉게 달궈져 있던 검이 언제 그랬냐는 듯이 순식간에 제 빛깔을 찾았다.

겨우 몸을 추스른 남궁호천이 석도명에게 다가서며 입을 뗐다.

"산동의 철혈사사라면…… 혼자 있을 때도 십대문파의 장로를 두려워하지 않는다고 하는 사파의 고수들이라오. 남궁세가를 노리는 자들이 사방에 손을 뻗은 모양인데……."

"그렇군요."

석도명이 고개를 끄덕였다.

확실히 철혈사사의 무공은 막창소나 막간대채의 거호대와

는 비교할 수 없을 정도로 강했다.

그들의 검을 제때 잘라내지 못했다면 그 다음 수에서 상처를 입는 건 바로 자신이 됐을 것이다. 구화진천무의 수비식이 깨지는 순간, 얼마나 당황을 했었던가?

헌데 석도명이 놀란 눈으로 남궁호천을 바라봤다.

"왜 저에게 말을 높이십니까?"

꼬박꼬박 반말을 하던 남궁호천의 말투가 어느새 바뀌어 있었다.

"미안하오. 나를 용서하시구려."

"무슨 말씀이십니까?"

남궁호천이 털썩 고개를 숙여 버리자 석도명은 당황스러웠다.

"내가 눈이 없어서 칠현검마를 미처 알아보지 못했소이다. 나로 인해서 소협이 남궁세가에 나쁜 마음을 갖지 않기만을 바랄 뿐이외다."

남궁호천은 자신 앞에 서 있는 이 초라한 악사가 칠현검마라는 데 일말의 의심도 갖지 않았다.

부도문이 잔치 자리에서 한 마디를 했던 일도 있거니와, 작금 강호에 칠현금을 걸머지고 다니는 사람으로서 저런 실력을 보여줄 수 있는 은거 고수가 달리 있겠는가?

남궁호천은 은근히 석도명의 눈치를 보고 있었다.

자신은 철혈사사 가운데 한 명도 버텨내지 못했는데, 석도명은 피 한 방울 흘리지 않은 채로 네 사람의 검을 자르고 상처까지 입혔다.

막간대채를 싹쓸이 했다는 소문에 비하면 내공이 좀 딸리는 것도 같았지만, 원래 소문이란 과장이 있기 마련이다.

하지만 남궁호천은 자신이 계산을 엄청나게 잘못하고 있다는 사실을 몰랐다.

석도명이 있는 힘을 다해서 철혈사사를 상대한 것도, 회심의 일격을 날린 뒤에 크게 흔들린 것도 모두 사실이다.

다만 석도명의 상태는 남궁호천의 생각과 크게 달랐다.

석도명은 어떻게든 상대를 이기기 위해서가 아니라, 죽이지 않으려고 최선을 다했던 것이다. 마지막 순간 구화진천무의 불길이 바깥으로 타오르지 않게 하려고 검에 화기(火氣)를 눌러 담느라 이를 악물어야 했을 정도다.

사내들의 검을 잘라내면서 자신의 검이 상대의 가슴을 깊이 파고들지 않도록 하는 데는 정말로 세심한 주의가 필요했다.

비록 마지막 순간에 가속이 더해진 탓에 네 번째 사내가 생각보다 심하게 다치기는 했지만 말이다.

부운정에서 한 차례 고비를 넘긴 뒤, 석도명은 피 냄새에 미쳐 날뛰는 부도문의 기운을 중화시켜 가라앉힐 수 있었다.

그러나 살기에 노출되면 폭주하려 드는 단전의 기운을 쉽게, 그리고 정교하게 다스릴 수 없는 게 여전한 고민거리였다.

석도명이 실전에서 자신의 힘을 억누르기 위해 발버둥을 치고 있다는 사실을 알았다면 남궁호천은 질투에 눈이 멀어 필경에는 입에 거품을 물고 쓰러졌으리라.

하지만 생각을 잘못한 것은 남궁호천만이 아니었다.

철혈사사 또한 같은 실수를 범하고 있었다. 그리고 그 같은 실수가 머지않아 더 큰 비극을 불러오게 될 줄은 그 누구도 알지 못했다.

"하아……."

석도명이 결국 깊은 한숨을 토해냈다.

이제는 정말로 칠현검마라는 이름을 피할 수 없게 된 모양이다.

엄밀히 말해서 '검마' 소리를 들을 사람은 자신이 아니라 부도문이다. 스스로 책임을 져야 할 부분이 있다면 '칠현검마' 네 글자 가운데 앞의 두 글자뿐일 것이다.

하지만 이 상황에서 남궁호천에게 대체 무슨 변명이 통하겠는가?

석도명이 잠깐의 고민 끝에 결연한 음성으로 입을 열었다.

"오늘 일은 비밀로 해주시면 안 되겠습니까? 부탁드리겠습니다."

"그러지요. 덕분에 목숨을 구했으니 신의를 지켜야지요."

의외로 남궁호천은 대답을 망설이지 않았다.

사실 석도명이 고민을 하는 동안에 남궁호천도 생각을 정리

할 수 있었다. 앞으로 석도명과 관계를 어떻게 할지에 대해서.

남궁호천은 우선 칠현검마라는 칙칙한 별호에도 불구하고 석도명이 사파의 인물은 절대 아닐 것이라고 믿었다.

알려지기로는 칠현검마가 벌인 일은 녹림 18채의 산적들을 해치운 것밖에 없기 때문이다.

더구나 무림맹 군사인 사마중과도 깊은 인연을 맺고 있다질 않던가. 천하제일의 지략가라는 사마중이 실수로라도 사파의 인물을 가까이 할 리가 없었다.

그렇다면 석도명 같은 고수와 우호적인 관계를 맺어서 나쁠 게 없다는 계산이 나온다. 비록 첫 단추는 깔끔하게 끼우지 못했지만 관계는 이제부터 개선하면 되는 것이다.

'나보다 강한 자에게는 뭐 하나라도 건질 것이 있다!'

이게 바로 낭궁호천의 인생철학이 아니던가.

그런 속내를 알 리 없는 석도명으로서는 남궁호천의 대답이 고마울 따름이다.

"그리 말씀해 주시니 감사합니다."

"아니오. 협의를 따르는 사람으로서 서로 돕고 사는 게 당연하지 않겠소. 구명(救命)의 신세를 갚기 위해서라도 최선을 다해 석 소협을 돕겠소이다."

남궁호천은 이제 부담스러울 정도로 친근한 표정을 짓고 있었다.

석도명이 그 얼굴을 향해 한 가지를 더 부탁했다.

"아무래도 남궁 소협께서 저를 전처럼 편히 대해 주셔야 할 것 같습니다. 나이도 제가 한참 어리고…… 남들이 이상하게 보겠지요."

"아, 그런 문제가 있겠소. 아니, 있겠구먼. 허허허."

남궁호천이 잠시 더듬거리다가 이내 말을 놓았다.

석도명이 '전처럼 편하게'라고 말해 주니 적잖이 안심이 되는 기분이었다. 그 말은 그동안 자신의 행동에 그다지 불만을 갖지 않았다는 뜻이 아니겠는가.

남궁호천이 감탄한 얼굴로 석도명을 바라봤다.

이렇게 보니 사람이 어찌 그리 달라 보이는지! 아무에게나 쉽게 고개를 숙이는 비겁한 놈인 줄로만 알았더니, 사실은 엄청난 실력에 겸손까지 두루 갖춘 장한 청년이 아니던가 말이다.

'이렇게 어른이 돼 가는 건가?'

그 순간 석도명은 자신의 손을 망연하게 내려다보고 있었다. 가슴속의 답답함은 떨치기 어려웠지만, 소득이 아주 없지는 않았다. 최소한 칼을 쥔 자신의 손이 조금은 덜 위험해졌음을 확인한 것이다.

헌데 무슨 까닭인지 석도명이 고개를 들어 이번에는 남궁호천을 봤다.

'이 사람, 악인은 아니지만…… 재주가 아깝다.'

남궁호천이 자신에게 한껏 호감을 표시한 탓이었을까? 석도명의 눈에는 남궁호천의 장단점이 극명하게 보였다. 게다가 그의 무공과 됨됨이에서 느껴지는 아쉬움이 너무나 컸다.

잠시 후 남궁호천과 나란히 숲을 빠져 나가는 석도명의 표정이 왠지 복잡해 보였다. 이따금 낮은 한숨을 내쉬면서 남궁호천의 옆얼굴을 보고, 또 보기만 했다.

＊　　＊　　＊

철혈사사의 습격을 받고 열흘 뒤 석도명은 부도문과 함께 강서성(江西省) 노산(盧山)을 오르고 있었다.

산기슭을 얼마 오르지 않아 산문(山門)이 석도명과 부도문을 맞았다. 부도문이 산문에 걸린 현판을 소리 내어 읽었다. 어딘가 뚱해 있는 음성이다.

"대. 림. 사(大林寺)."

석도명이 빙긋이 웃으며 부도문을 바라봤다.

두 차례의 겨울을 함께 나다보니 부도문의 화법에는 익숙해질 대로 익숙해진 상태다.

지금 부도문은 따지고 있었다. 급히 갈 데가 있다면서 허둥지둥 집을 떠나더니 고작 찾아온 곳이 절이냐고.

그러나 석도명은 대꾸를 하지 않았다. 때론 부도문 앞에서 말을 하지 않는 게 더 낫다는 사실 또한 터득했기 때문이다.

잠시 뒤 대림사 안으로 접어든 석도명과 부도문을 향해 젊은 승려가 다가섰다.

"두 분 시주께서는 어떤 일로 오셨는지요?"

"예, 그게……."

석도명이 머뭇거렸다. 마음이 급해서 몇 날 며칠을 달려왔지만 막상 할 말이 마땅치 않았다. 그러나 계속 뜸만 들이고 있을 수도 없는 일이다.

"그러니까…… 이곳에 혹시 칠현금을 잘 하시는 분이 계시지 않습니까?"

"칠현금이요? 아, 무악(無樂) 스님을 찾으시나 봅니다."

"그분이 어디 계십니까?"

석도명이 반색을 하며 되물었다. 스님을 찾으러 온 것은 아니었지만 '무악'이라는 이름이 걸렸다. 법호(法號)에 악(樂)자를 썼다는 게 이상했기 때문이다.

음악이 없다는 말은 '음악을 버렸다'거나 '음악을 잊는 경지가 됐다' 그런 뜻일 것만 같았다.

"글쎄요, 무악 스님을 뵙기는 어려울 텐데요."

젊은 승려의 얼굴에 난처한 표정이 떠올랐다.

대림사 뒤편으로 나 있는 산길은 제법 가팔랐다.

"망할 놈, 경신술이나 배우지……."

부도문의 입에서 불평 어린 한 마디가 흘러나왔다. 구불구불 이어지는 산길에 짜증이 난 것이다.

자신의 실력이라면 정상까지라도 단숨에 오를 텐데 느러터진 석도명의 걸음에 맞추느라 속도를 낼 수가 없었다.
"하하, 어린애한테 너무 많은 걸 가르치면 탈이 납니다."
석도명이 밝게 웃었다. 왠지 부도문의 불평이 자신에게 더 많은 것을 가르쳐 주지 못해서 안달이 난 것처럼 들렸다.
지난가을 부도문에게 두 차례 뺨을 맞고 난 뒤 적극적으로 무공을 익히고 있지만, 새로운 것을 익히는 데는 거의 공을 들이지 않았다.
내공을 제대로 다스리고, 그것을 구화진천무에 연결하는 데 힘이 부쳐서 경신술이나 다른 초식을 배우는 일에는 엄두조차 내지 못했다.
게다가 제왕검형의 배움마저 뇌리에서 뱅뱅 맴돌고 있는 마당에 무얼 더 배운단 말인가! 부도문의 말마따나 무공에 관한 한 아직 어린아이에 불과한 자신에게 너무 힘에 부치는 일이었다.
그리고 웬일인지 경신술에는 더더구나 욕심이 생기지 않았다. 비록 더디다고 해도 한 걸음, 한 걸음을 꾹꾹 눌러 밟으며 걷는 것이 자신의 성미에 맞았다.
어차피 인생이든, 음악이든 서두르지 않고 자신의 길을 갈 생각이었다. 하물며 무공이라고 다르겠는가?
석도명의 고집을 읽었는지, 부도문이 다시 입을 다물었다.
젊은 승려가 알려준 대로 노산 정상을 얼마 남겨두지 않은 산길 끝에 암자 두 개가 나타났다.

정확히 설명하자면 산길을 끼고 마애암(磨崖庵)이 자리를 잡았고, 거기서 갈라진 좁은 계곡 길을 내려가 맞은편 벼랑으로 다시 올라간 곳에 봉선암(奉禪庵)이 있었다.

무악은 마애암에 머물고 있다고 했다.

석도명의 발자국 소리를 들었는지 마애암에서 중년의 승려가 걸어 나왔다.

"어찌 이곳까지 오셨습니까?"

사람들이 좀처럼 찾지 않는 곳에 나타난 두 사람이 조금은 미심쩍은 듯한 기색이었다.

"무악 스님을 뵈려고 왔습니다."

"이런, 헛걸음을 하셨군요. 스님은 아무도 뵐 수가 없습니다."

승려가 고개를 저었다.

석도명은 그 까닭을 모르지 않았다.

이미 산 아래에서 젊은 승려에게 무악이 입적(入寂; 승려의 죽음)을 앞두고 있다는 이야기를 듣고 온 길이다. 건강도 건강이려니와, 본인 스스로 이승의 인연을 정리하려는지 사람을 일체 만나지 않은 지가 달포 가량 됐다고 했다.

그러나 무악이 곧 세상을 떠날 사람이라면 더더구나 물러날 수가 없었다.

"죄송합니다만, 한 번만 여쭤 주시겠습니까? 항주에서 이 칠현금을 가지고 왔습니다. 무현금에 대해서 듣고 싶어 왔다고 전해 주십시오."

"글쎄요……, 먼 길을 오셨으니 여쭤 보기는 하지요."

승려가 잠시 망설이다가 그 말을 남기고 암자 안으로 들어갔다. 잠시 뒤 다시 모습을 드러낸 승려의 표정은 어둡기만 했다.

"스님께서는 아무도 만나지 않으시겠답니다. 자신은 음악을 잊었으니 할 말도 없다고 하십니다."

"예……, 이미 잊으셨군요."

석도명이 힘없이 고개를 떨어뜨렸다. 가느다란 실오라기 하나를 겨우 잡았다고 생각했는데 그조차 이렇게 끊겨 버리는가 하는 생각에 마음을 가누기가 어려웠다.

"그럼, 소승은 이만."

승려가 합장을 했다. 그만 돌아가라는 뜻이다.

헌데 석도명은 돌아서는 대신 암자 앞에 자리를 잡고 앉았다. 그리고 칠현금을 무릎 위에 올려놓았다.

"얼굴을 뵐 수 없다면 부디 한 곡만 연주하게 해주십시오. 아마도 평생 음악을 좋아하셨다니 그것까지 마다하시지는 않을 겁니다."

승려가 말없이 합장을 했다. 막지는 않겠다는 의미였다. 석도명의 표정이 너무도 간절함을 느낀 탓이리라.

석도명이 눈을 감고 호흡을 가다듬었다.

대림사(大林寺)의 복사꽃 141

공연히 손이 떨려왔다. 얼굴조차 보지 못했는데 방 안의 노승이 무현금 노인일 것이라는 확신이 서고 있었다.

대림사의 젊은 승려에게 캐물은 결과, 무악이 승계(僧戒)를 받은 것은 불과 1년 전이었다. 그 전에는 대단한 악사였다는 소문은 있지만 그 내력을 아는 사람이 별로 없다고 했다.

석도명이 주악천인경으로 소리의 기운을 끌어올린 다음 칠현금 위로 두 손을 놀렸다.

그 모습을 지켜보던 승려의 눈이 휘둥그레졌다. 석도명이 묵음을 펼친 까닭에 칠현금에서 전혀 소리가 들리지 않았기 때문이다.

석도명이 정성을 다해 퉁겨낸 일곱 개의 현이 들리지 않는 음률을 방문 너머로 흘려보냈다.

석도명의 머릿속으로는 자신이 연주하는 곡조와 함께 그 가사가 스쳐가고 있었다.

**사람 사는 곳엔 4월이라 꽃이 다 졌는데
산사에는 복사꽃이 이제야 활짝 피기 시작하는구나.
봄이 어디로 돌아갔는지 알 수 없어 오래도록 안타까
웠으나
그 봄이 이곳에 와 있는 줄은 몰랐구나.**

人間四月芳菲盡 山寺桃花始盛開
長恨春歸無覓處 不知轉入此中來

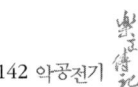

백거이가 지은 '대림사 도화(大林寺 桃花)'라는 시다.

 황제의 측근으로 개혁을 추진하다가 반대파에게 내몰려 이곳 강주(江州)의 사마(司馬; 지방장관인 자사보다 2품계 낮은 관직)로 좌천된 백거이가 대림사의 복사꽃에 반해 지었다는 작품이다.

 그 풍경이 얼마나 아름다운지, 훗날 대림사가 사라진 뒤에도 그 유적지에는 화경(花徑; 꽃길)이라는 이름이 붙어 오래도록 사람들의 사랑을 받게 된다.

 어쨌거나 석도명의 칠현금에 새겨진 금명은 바로 대림사 도화라는 시의 후반부였던 것이다.

 칠현금의 전 주인이 느닷없이 복사꽃을 입에 담은 뒤, 꽃구경을 가겠다는 말을 했다고 들었을 때 석도명은 노인이 혹시 금명에 묘사된 대림사의 복사꽃을 보러 간 게 아닐까 하는 생각이 떠올랐다.

 노인이 연주를 하던 자리가 백거이가 항주자사 시절에 쌓았다는 백제라는 사실도 예사롭지 않았다.

 게다가 백거이가 지은 시 가운데 '다닐 때는 새끼 띠 옷을 입고, 앉아서는 무현금을 타노라' 하는 구절도 있지 않던가!

 대림사를 떠올리자 또 다른 사실이 짜 맞춘 듯이 맞아떨어졌다. 대(大)시인 도연명이 바로 노산 자락의 시상에서 태어나 평생 노산을 대상으로 시작(詩作)에 심혈을 기울였던 것이다. 그리고 도연명 하면 빼놓을 수 없는 것이 바로 무현금이다.

생전의 도연명은 음악을 전혀 모르면서도 무현금을 옆에 두고 술을 마시기를 좋아한 것으로 전해졌기 때문이다.

왠지 무현금 노인이 그런 단서를 뿌리고 다니는 것 같았다. 아니, 스스로 옛 시인들이 발자취에 취해서 살아가는 듯했다. 그래서 백거이의 시를 믿고 무턱대고 이곳으로 달려온 것이다.

심력을 다한 석도명의 연주는 이내 끝이 났다.

마침내 방 안에서 가느다란 목소리가 들려왔다.

"들어……오게."

문밖을 지키고 섰던 승려가 다시 한 번 놀란 표정을 짓더니 석도명을 방 안으로 안내했다.

자신이 낄 자리가 아니라고 생각을 했는지 부도문은 움직이지 않았다.

석도명이 떨리는 가슴을 억누르며 방으로 들어섰다.

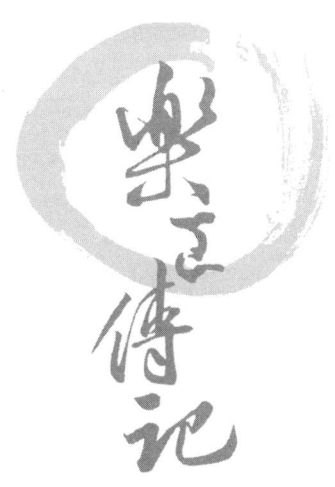

무악은 누운 채로 석도명을 맞았다. 앉아 있을 기운도 없는 모양이었다.

"자네를…… 누가 가르쳤나?"

무악은 석도명이 스스로를 소개할 시간도 주지 않고 질문부터 했다. 석도명에게 범상치 않은 재주를 가르친 사람이 누구인지가 궁금해서 입이 타들어가는 듯했다.

"제 사부님은…… 식음가의 후예이십니다."

순간 무악의 동공이 크게 확대됐다.

"일소…… 유일소, 그 친구의 제자인가?"

이번에는 석도명이 입을 다물 수가 없었다.

벼락을 맞는다 한들 이보다 놀라울까? 만에 하나 그 가능성을 생각하지 않은 것은 아니지만, 설마 사부의 이름을 이곳에서 듣게 되다니!

"예, 그분의 못난 제자 석도명입니다."

석도명은 무악에게 따로 묻지 않아도 알 수 있었다. 사부가 생전에 그토록 찾았다는 교방신기 장기수가 바로 그임을!

사부보다 몇 살 젊다고 했으니 거의 아흔을 바라보는 나이다. 그가 아직 살아 있는 것도, 또 이렇게 만나게 된 것도 모두 기적 같기만 했다.

사부의 집념이 두 사람을 이어준 건 아닐까 하는 생각에 석도명은 가슴이 미어졌다.

그때 무악이 중년의 승려를 향해 손짓을 보냈다. 승려가 무악을 일으켜 벽에 기대어 앉혔다.

힘든 기색으로 겨우 몸을 추스르고 앉은 무악의 두 눈에선 회한에 찬 눈물이 흘러내렸다.

무악이 품 안을 더듬어 뭔가를 꺼내 들었다.

"허허, 이걸 이대로 가슴에 묻고 가는 줄 알았더니……."

석도명이 조심스레 그 물건을 받아들었다. 투박한 천을 펼치니 서찰로 여겨지는 종이가 한 장 나타났다.

석도명이 종이를 펼쳐 보고는 놀란 눈으로 무악, 아니 장기수를 바라봤다.

"아마 자네가 익힌 것이겠지?"

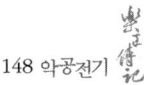

"예. 아직 가야 할 길이 멉니다."

석도명은 첫 구절만 보고도 그것이 무엇인지를 알았다.

악극즉우(樂極則憂), **음악 끝에 근심이 있다!**

장기수가 내보인 종이에는 주악천인경이 적혀 있었다. 얼핏 헤아리기에 글자 수가 서른 자 남짓한 것을 보니 일부분에 지나지 않았지만, 그 내용은 분명 주악천인경이다.

"허허, 표정을 보니 자네도 몰랐구먼. 내가 이걸 갖고 있는 줄을……"

"사부님께서는 돌아가시는 날까지 과거에 대해서는 한 마디도 하지 않으셨습니다. 사부님의 유지를 받들기엔 제가 너무 부족했기 때문이겠지요."

"그 실력이 부족하다 하고, 또 갈 길이 멀다고? 유일소 그 친구가 욕심이 많은 건지, 자네가 겸손한 건지……"

"제가 많이 부족합니다."

"아니, 그 친구가 원래 욕심이 많았지. 허허."

주름으로 뒤덮인 장기수의 얼굴에 문득 그리움이 떠오른다. 필경 유일소를 생각하고 있음이리라.

"이 물건이 어떻게 내 손에 있는지…… 들어 볼 텐가?"

"예."

석도명이 깊이 고개를 숙였다.

속세의 인연을 끊고 스님이 됐고, 이제 입적을 앞에 둔 사람이다. 차마 청하기 어려웠던 일을 직접 말해 주겠다니 가슴이 뭉클했다.

"지금도 그렇지만 황제가 음악을 너무 좋아하던 시절이었어. 황제가 음악으로 정치를 하려고 드니…… 악사마저 정치에 내몰리게 된 게야. 비극은 거기서 비롯됐지……."

장기수의 이야기는 그렇게 시작됐다.

'음고의 표준인 황종의 규격을 어떻게 정할 것이냐'에서 시작된 음악적인 논쟁이 정치적인 암투로 변질되고, 그런 갈등 끝에 식음가가 멸문으로 접어든 사건은 고아 출신의 장기수에게는 기회였다.

유일소의 부친인 유벽이 대악정에서 파직된 다음, 경연을 통해서 그 자리를 꿰어 찼을 때만 해도 장기수는 그 모든 것을 자신의 실력으로 이뤄냈다고 믿어 의심치 않았다.

수련악공으로 황궁에 들어온 뒤 해마다 치러지는 경연에서 단 한 번도 일등의 자리를 놓친 적이 없는 몸이 아니던가.

천하제일 식음가의 천재라던 유일소조차 장기수를 이겨 보지 못했다.

하지만 실력을 갖추지 못한 악사 몇 명을 황궁 악공으로 받아들이라는 부당한 인사 청탁을 거부한 것이 장기수에게는 괴로움의 시작이었다.

새로이 예악 업무를 장악한 태상경 고순화(高淳禾)에게 불려가 온갖 폭언을 들었기 때문이다. 특히 한 마디가 장기수의 가슴을 찔렀다.

"네놈이 잘 나서 대악정에 올린 줄 아느냐? 식음가의 장손 유일소가 너한테 번번이 고배를 들었다기에 그게 기특해서 특별히 손을 쓴 거다. 천한 놈이 출세를 했으면, 처신을 제대로 해야지!"

자신이 선택 받은 이유가 고작 식음가의 명성을 견제하기 위해서라는 말을 들었을 때 장기수는 황궁을 떠나야 한다고 생각했다.

하지만 그러지 못했다. 천하제일의 악사, 황궁 최고의 악사라는 명예를 쉽게 놓을 수가 없었기 때문이다.

천재라는 소리를 듣기 위해서, 최고가 되기 위해서 얼마나 이를 악물고 노력을 했는데 그걸 쉽게 포기한단 말인가?

유일소가 스스로 눈을 뽑고 광인으로 몰려 황궁에서 내쳐졌을 때도 아는 체를 할 수가 없었다.

권력과 타협을 하다 보니 어느새 스스로도 권력의 단맛에 길들여지고 말았다.

그러던 어느 날 장기수는 서찰 한 통을 받아들었다. 그리고 경악을 감출 수가 없었다.

음악 끝에 근심이 있다(樂極則憂)는 비장한 구절로 시작된 글귀는 너무 심오해서 충격 그 자체였다.

문제는 그 글이 중간에서 끊긴 게 분명할 정도로 너무나 짧았다는 것이다.

마치 '나는 이런 길로 가고 있다'고 자랑을 하려고 보낸 것만 같기도 하고, 황궁에 갇혀 허송세월만 하는 장기수의 처지를 안타까워하는 마음이 담긴 것도 같았다.

그 서찰에는 이름도, 간단한 안부 인사조차 없었지만 장기수는 그걸 보낸 사람이 유일소라는 것을 믿어 의심치 않았다.

그날 이후로 서찰 안의 글귀가 날마다 그의 가슴을 옥죄어왔다.

'하늘의 음악이 여기에 있다'는 유일소의 목소리가 귓가를 울리는 것 같아 괴로움으로 잠을 이루지 못하는 불면의 밤이 계속됐다.

이제 장기수에게는 황궁 생활도, 대악정의 자리도 더 이상 즐겁지가 않았다.

자연히 태상경 고순화의 비위를 맞추는 일도 시들해졌다. 아니, 권력자의 주구(走狗; 앞잡이)가 되어 그동안 저질러 왔던 온갖 비리가 고통스러워서 견딜 수가 없었다.

"내가 보는 앞에서 황궁 악공은 물론 악리(樂吏; 음악담당 관리)까지도 뇌물을 받고 받아들였지. 대악서의 예산도 빼돌리고. 그걸 방조하고, 아니 동조한 내 자신이 혐오스러워서 견딜 수가 없었다네. 날마다 생각했지. 스스로 눈을 뽑은 유일소는 지금 어디선가 하늘의 소리에 다가서고 있을 텐데 나는 이게 뭔가……, 그래서 괴롭고 괴로웠지."

"예……."

자신의 치부를 털어놓으면서도 장기수는 그저 담담했다. 달리 위로할 말은 떠오르지 않았지만 석도명은 장기수의 괴로움이 어떤 것인지 알 것 같았다.

"견디다 못해 태상경 고순화 대감을 찾아갔다네. 그리고 처음으로 용기를 내어 따졌지. 더 이상 음악을 더럽히지 말라고. 그랬더니 그가 내게 뭐라고 했는지 아는가?"

"말씀…… 하시지요."

석도명은 입이 말랐다. 이제부터 장기수가 하려는 이야기가 심상치 않음을 알았기 때문이다.

"나 보고 그러더군. '식음가의 사람들이 어떻게 사라진 줄 아느냐? 너같이 근본 없는 놈을 쥐도 새도 모르게 없애는 건 일도 아니다.' 나도 그때 처음 알았다네. 식음가의 참극이 단지 산적들의 소행이 아니라는 것을."

"산적들의 소행이 아니라고 하셨습니까? 그러면 대체 누가……."

"유감스럽게도 나 또한 그게 누구 짓인지를 모른다네. 다만 짐작하기로는 그 일에 무림의 문파, 그것도 제법 힘을 쓰는 정파가 개입됐을 거라 생각하네."

"무림이요? 그것도 정파가?"

석도명의 충격은 이루 말할 수 없는 것이었다.

관직을 뺏고 멀리 내쫓았으면 그만이지, 죄 없는 식솔들까지 도륙을 해야 한단 말인가? 게다가 그 끔찍한 일을 다른 곳도 아닌 무림의 정파가 도왔다니!

"허허, 그때는 세월이 그랬다네. 하여간 잊을 수가 없어. '네놈이 설령 황궁을 떠나 도망을 간다고 해도 내 손아귀를 벗어날 수는 없을 게다. 관부는 물론 무림인들까지 내 손아귀에 있으니 말이다.' 태상경이 시퍼런 눈길로 그렇게 호언장담을 했지. 그래서 도망치듯 개봉을 떠나야 했고, 다시는 돌아갈 엄두도 내지 못했다네."

"고순화라는 사람, 그리고 그의 가문은 어떻게 됐습니까?"

"왜? 찾아서 복수라도 하게? 허허, 이미 늦었다네. 그 집안도 내가 황궁을 떠난 뒤 5년쯤 있다가 역모에 휘말려 멸문지화(滅門之禍)를 당했어. 권력이 다 부질없는 거지, 암 그렇고말고……."

석도명은 식음가의 최후에 대해서는 더 이상의 것을 들을 수 없었다.

장기수는 식음가의 흔적을 쫓는 일이 무의미하지 않겠냐고 했다. 조직적으로 뒤처리가 이뤄진 일을 40여 년이 지난 지금에 와서 제대로 파낼 수도 없거니와, 옛일을 뒤져본들 얻을 것도 없다는 충고였다.

석도명이 가슴에 남아 있는 마지막 궁금증을 입에 올렸다.

"저…… 무현금에 담긴 깨달음에 대해서 여쭤도 되겠습니까?"

"허허, 그 헛소문이 자네 귀에도 들어갔구먼. 그 일은 잊게. 그저 마음이 병든 늙은이가 죽기 전에 세상 구경 한 번 나갔다가 벌인 미친 짓이라네. 자네에겐 이미 그보다 더한 것이 있지 않은가."

"예……."

석도명은 장기수가 다시금 괴로워하고 있음이 느껴져 더 캐물을 수가 없었다.

그럼에도 불구하고 쉽게 떨쳐지지 않는 아쉬움이 장기수에게 읽힌 모양이다.

"젊은 날…… 세상은 나를 천재라고 했지. 맨손으로 식음가의 천재를 이겼다고 칭송이 끊이질 않았어. 하지만 말일세. 진짜 천재는 자네 사부였네. 그런데 그가 나를 이기지 못한 까닭을 아는가?"

"말씀해 주십시오. 이유가 무엇입니까?"

"허허, 식음가라는 이름이 유일소를 망친 거라네. 뛰어난 일을 하면 식음가의 후광(後光) 덕분이고, 작은 실수라도 하면 식음가를 이을 자격이 없다고 손가락질을 받았지. 사실 나는 그걸 이용해서 번번이 유일소 그 친구를 꺾었어. 하지만 나중에는 나 또한 같은 덫에 걸렸으니……. 그리고 이제 와서는 그가 너무 부럽구먼. 가문을 잃고, 두 눈을 잃고…… 그래서 결국에는 자네 같은 훌륭한 제자를 얻은 게야. 모든 걸 잃고 자네를 거둔 사부의 마음, 그걸 잊지 말게."

"부족한 제자지만…… 사부님의 마음은 언제나 잊지 않고 있습니다."

"그래, 그거면 된 거라네."

그 말을 끝으로 장기수는 침묵에 빠져들었다. 석도명 또한 목이 잠겨들기는 마찬가지였다.

　얼마간의 침묵이 흐르고 난 뒤 장기수가 지친 음성으로 입을 열었다.

　"내 이야기는 여기서 끝일세. 이제…… 좀 쉬고 싶구먼."

　"예, 제가 너무 오래 괴롭혀 드렸나 봅니다."

　석도명이 자리에서 일어나 장기수를 향해 공손히 고개를 숙였다.

　그 순간 장기수가 밭은기침이 섞인 음성으로 한 마디를 던졌다.

　"쿨럭, 아까 그 연주…… 듣고 싶어 할 사람이 있을 게야. 봉선암에……."

　석도명이 그 말을 새기고 방을 나섰다.

　밖으로 나온 석도명은 아찔한 기분이 들었다. 처음 왔을 때만 해도 그저 흐리기만 했던 날씨였는데 지금은 사방이 짙은 안개에 뒤덮여 한 치 앞을 볼 수가 없었다.

　노산의 명물인 운무(雲霧)가 찾아든 것이다. 북쪽으로 장강(長江)과 송나라에서 가장 큰 호수라는 파양호(鄱陽湖)가 가까이 있는 까닭에 노산은 짙은 안개가 자주 끼는 것으로 유명했다.

　"앞이 하나도 안 보이는구나."

　석도명이 나지막이 중얼거렸다. 자신의 처지가 꼭 안개에 싸여 방향을 잃은 것만 같았다.

이제 어디로 갈 것인가? 오래전에 없어진 식음가의 뒤를 쫓는 건 이제 별 의미가 없다.

식음가의 비극에 가슴이 아프지만, 그 모두가 돌이킬 수 없는 일인 것이다.

그러나 석도명은 쉽게 마음을 털어내지 못했다. 명문 정파의 탈을 쓰고 식음가의 사람들을 비참한 죽음으로 몰아넣은 자들과 그의 후예들이 어디선가 제 욕심을 채우며 잘 살고 있을지도 모른다고 생각하니 자꾸 화가 치밀어 올랐다.

"용서해서는 안 되는 거잖아. 절대로!"

석도명이 자신도 모르게 불끈 주먹을 움켜쥐었다.

사부의 오랜 맞수는 사부가 자신을 거둔 마음만 기억하고 나머지는 다 잊으라 한다. 그러나 마음이 그렇게 되질 않는다.

그 고민 속에서 석도명의 발길은 안개를 헤치고 어딘가로 향하고 있었다.

석도명이 홀리듯 찾아온 곳은 계곡이라고 하기에는 좀 작고 바위틈이라고 하기에는 좀 큰 골짜기를 사이에 두고 마애암과 마주 보고 선 봉선암이다.

봉선암 앞에서 잠시 머뭇거리다가 문을 밀었다.

"저, 들어가도 되겠습니까?"

석도명이 열린 문틈으로 머리를 밀어 넣으며 물었다. 기척도 따로 내지 않고 바로 문부터 연 데는 이유가 있었다. 익숙한 웃음소리가 들려오고 있었기 때문이다.

"*끄끄끄*, 대가리가 들어왔으면 다 들어온 거잖아."

부도문이 특유의 쇳소리로 석도명을 맞았다.

자기가 주인이라도 되는 듯이 방 가운데에 자리를 잡은 부도문 앞에는 얼추 50줄에 접어든 것으로 보이는 초로의 승려가 마주앉아 있었다.

"우히히, 저건 뭐냐? 네놈 친구냐?"

승려가 석도명을 턱으로 가리키며 부도문에게 물었다.

"*끄끄끄*, 저놈이랑 친구한 적 없다. 그냥 네놈이 친구를 삼지 그러냐."

"푸흐흐, 그럴까? 이봐 친구, 얼른 안 들어오고 뭐해!"

느닷없이 승려의 손짓을 받은 석도명이 안으로 들어갔다. 그리고 두 사람 옆쪽으로 품(品)자가 되게 앉았다.

"난 두공(頭空; 머리가 비어 있음)일세. 친구는 이름이 뭐지?"

"예, 석도명이라고 합니다."

두공이라는 승려가 천연덕스레 통성명을 청하고, 석도명이 덤덤하게 이름을 밝혔다.

"*끄끄끄*, 어린놈을 친구로 둬서 좋겠구나."

"시끄럽다 이놈아, 저야말로 어른도 몰라보는 주제에!"

"이런 대가리에 피도 안 마른 놈이……."

"무슨 소리! 피 한 방울도 안 남기고 대가리가 텅 비었거늘! 나 법호가 두공이라고! 어이, 안 그런가, 친구?"

두공이 마치 동의를 구하듯 석도명의 등을 펑 소리가 나게 손바닥으로 후려쳤다.

석도명이 대답 대신 고개를 흔들었다.

누가 어른이고, 누가 아랫사람인지를 가릴 수가 없을 정도로 두 사람의 대화는 엉망이었다.

석도명은 대충 상황을 짐작하고 있었다. 방 안에 들어서는 순간 술 냄새가 진동을 했기 때문이다.

두 사람 사이에 놓인 작은 탁자에는 벌써 술병 여러 개가 나뒹굴고 있다. 부도문의 말이 갑자기 많아진 걸 보면 그 사이에 꽤나 퍼부어댄 게 분명했다.

서른 살도 안 돼 보이는 부도문과 이놈저놈하며 실랑이를 벌이면서도 두공이라는 늙은 승려는 별로 노여운 기색을 보이지 않았다. 그 또한 술에 취해 인사불성의 경계를 넘은 모양이다.

두 사람이 갑자기 서로의 나이를 따지고 들더니 종내는 "네 놈 나이부터 밝혀라", "나는 나이를 너무 먹어서 기억나지 않는다", "나는 네 애비와 동갑이다" 하면서 유치한 말싸움에 열을 올리기 시작했다.

석도명이 어처구니가 없는 표정으로 두 사람을 바라보다가 이내 싸움 구경을 포기하고 고개를 들어 방 안을 둘러봤다.

처음 들어올 때부터 좀 지저분하다 싶었는데 찬찬히 살펴보니 더러워도 너무 더러웠다. 방바닥이 거의 보이지 않을 정도로 종이 쪼가리가 사방에 널려 있고, 벽이란 벽은 온통 먹물을 뒤집어쓴 상태였다.

헌데 잔뜩 눈살을 찌푸리고 있던 석도명의 표정이 조금씩 펴지더니 이내 얼굴 가득 호기심이 떠올랐다.

'그림을 그리는 사람인 모양이로구나.'

석도명은 바닥에 버려진 종이가 전부 그림을 그리고 난 뒤에 내던져진 것임을 깨달았다. 벽을 뒤덮고 있는 먹물자국도 자세히 살펴보니 그림 위에 그림을 그리고 또 그려 형체를 알아볼 수 없게 된 것이었다.

방 상태만 봐도 그저 그림을 그리는 사람이 아니라, 그림에 미쳐 사는 사람임을 알 수 있었다.

그때였다.

우장창.

두공이 탁자 위에 뒹굴고 있던 빈 술병을 손으로 확 밀쳐내면서 버럭 소리를 질렀다.

"오냐, 그래 이제부터 네놈이 내 애비해라!"

"끄끄끄, 애비고 나발이고 절부터 해야지."

두 사람이 갑자기 탁자 위로 머리를 디밀더니 이마를 맞대고 죽어라 밀어대기 시작했다.

그 모습을 보면서 석도명이 칠현금을 집어 들었다. 부도문은 물론 두공까지 만취신공을 발휘할 기세였던 것이다.

석도명이 능숙하게 자세를 갖추더니 망설이지 않고 칠현금

위로 손을 놀렸다.

다만 이번에도 칠현금은 소리를 내지 않았다. 장기수가 봉선암에서 묵음을 들려주라고 했던 것이 아마도 두공을 두고 한 말임을 쉽게 짐작할 수 있었다.

오래 지나지 않아 부도문이 먼저 탁자에 고개를 박은 채로 잠들어 버렸다.

두공 또한 두 손으로 머리를 감싸 쥐고는 움직이지 않았다. 잠이 든 것 같기도 했고, 석도명의 연주를 깊이 음미하는 것 같기도 했다.

마침내 석도명의 연주가 끝났다.

"……."

"……."

석도명이 조용히 두공의 눈치를 살폈지만, 두공은 멍한 표정으로 천장만 올려다봤다.

헌데 석도명이 칠현금을 무릎에서 내려놓으려는 순간이다.

갑자기 두공이 달려들어 석도명을 와락 안아 버렸다.

"크허엉!"

"스, 스님."

결코 작지 않은 체구의 두공이 석도명의 품에 매달려 통곡에 가까운 울음을 터뜨렸다. 석도명은 너무 당황스러워서 어쩔 줄을 몰랐다.

"으헝…… 나는 이 나이를 처먹도록 붓질조차 못하는데……

으흐흑, 자네는 이리도 젊건만, 젊건만…… 어찌 칠현금 소리로 허공에 그림을 그린단 말인가? 으허어엉, 나는 대가리만 빈 게 아니야, 대가리만 빈 게 아니었다고!"

석도명은 그제야 두공이 목 놓아 우는 이유를 알 수 있었다. 묵음을 통해 허공에 그려진 심상(心象)을 보고 감동이랄까, 충격을 받은 것이다. 그림을 그리는 사람으로서 충분히 느낄만한 소회였다.

다시 생각해 보니 꽤나 신선한 반응이었다. 이때까지 심상을 그저 소리를 다른 형태로 느낀 것이라고만 생각했지, 그걸 그림으로 본 적은 한 번도 없었다.

사람이란 과연 자기가 익숙한 방법, 자신이 잘 아는 길을 통해서만 생각하고 또 인식하는 존재인가 보다.

두공은 석도명의 옷자락이 흠뻑 젖도록 눈물을 쏟아낸 끝에야 고개를 들었다.

석도명에게서 몸을 뗀 두공이 조금 전과는 전혀 다른 묵직한 음성으로 뜻밖의 질문을 건넸다.

"자네의 음악, 정말 잘 들었네. 헌데 그 음악은 어디에서 와서, 어디로 가는 겐가?"

"예?"

석도명이 놀라서 선뜻 대답하지 못했다.

"음악이 어디로 가는지 아느냐?"

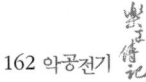

사부가 자신에게 처음에 그렇게 물었었다. 그리고 그 대답은 아직까지도 자신 있게 할 수가 없었다.

석도명이 조금 자신 없는 목소리로 대답했다.

"음악은 마음에서 비롯된다고 들었습니다. 허니 마음에서 나온 것은 결국 마음으로 되돌아가지 않겠습니까?"

"마음이라…… 과연 그랬어."

"제 답이 틀렸다고 생각하십니까?"

두공의 반응이 신통치 않은 것 같아서 이번에는 석도명이 되물었다.

"푸흐흐, 사람의 입장에서는 과히 틀린 말도 아닐 테지."

"사람의 입장이라고요?"

석도명은 두공의 말을 정확히 알아들을 수가 없었다.

음악을 사람의 입장에서 들어야지, 설마 동물의 입장에서 들어야 한다는 말인가?

과거 유일소가 동물의 소리를 들으라고 등을 떠민 일이 있지만 그조차도 종국에는 사람의 마음을 이해하기 위해서였다. 사람이 아니면 누구의 입장에서 음악을 들어야 하는 것일까?

"바르게 생각하는 사람은 출가(出家; 집을 떠남 또는 세속의 인연을 버림)하여 집에 머물지 않는 법이네. 호수를 등지는 백조처럼 이 집도, 저 집도 버려야 하는 거라네. 얻고자 하는 게 불법(佛法)이든 음악이든, 아니면 내가 좋아하는 그림이든, 바르게 생각하려면 나 자신부터 버려야 한다는 말이지."

"나 자신을 버린다……. 사람이 사람을 버리고 그 다음에는 어디로 가라는 말씀이신지요."

석도명은 어느새 자세를 꼿꼿이 하고 있었다.

"크흐흐, 그걸 알면 내가 이러고 있겠는가? 자넬 붙잡고 눈물이나 짜고 있겠냐고!"

잠시 진지해지는 것 같던 두공의 얼굴에 알 수 없는 장난기가 떠오르고 있었다.

석도명은 왠지 여기서 물러나서는 안 될 것 같다는 생각이 들었다.

"스님께서는 그림을 그려 어디로 가려고 하십니까? 가르쳐 주십시오. 한 달이고 두 달이고 아니, 몇 년이 걸려도 좋으니 배우겠습니다. 먹을 갈라 하시면 갈고, 물을 채우라 하면 채우겠습니다."

이번에는 석도명이 두공의 소맷자락을 잡고 늘어졌다.

"크흠, 땡중한테 배울 게 뭐가 있다고. 차라리 자네가 나를 제자로 거두면 안 될까?"

"스님!"

석도명이 다부지게 두공을 바라봤다. 뜻한 바를 이루기 전에는 절대로 물러나지 않겠다는 결의다.

두공이 딴청이라도 피우려는 듯 고개를 들어 죄 없는 천장만 올려다봤다. 그리고 침묵 끝에 불쑥 선문답 같은 한 마디를 던졌다.

"내 아는 바는 없네만…… 크흠, '청산은 먹으로 그리지 않아도 천년의 병풍이요(靑山不墨千年屛), 흐르는 물은 줄이 없어도 만고의 금이로다(流水無絃萬古琴)', 그런 말이 있다네."

"유수무현(流水無絃)……."

석도명이 마지막 말을 되씹으면서 가볍게 떨었다. 머리로 그 뜻을 새겨보기도 전에 이미 가슴이 복받쳐 올랐다.

줄이 없는 금, 무현금이 진정 어디에 있어야 할지를 알 수 있었다.

두공이 석도명의 깨우침을 도우려는 듯 말을 이어갔다.

"청산이 우뚝 버티고 있거늘 지필묵으로 옮겨 담는다고 그게 담아지겠으며, 흐르는 물줄기가 그치질 않는데 그 가락을 칠현금으로 읊어 무엇 하리요? 무위자연(無爲自然)이라, 애쓰지 않아도 그 모두가 자연 속에 있구나."

"자연…… 자연으로 가라는 말씀이군요. 음악이든, 그림이든."

"아마도 그래야 하지 않겠나? 사람의 마음조차도 말일세."

"예…… 그렇겠지요."

허공에서 눈이 마주친 두 사람이 고개를 끄덕였다.

석도명은 마치 거울 안에 갇혀 있다가 거울 바깥으로 걸어 나온 것처럼 가슴이 탁 트이는 기분이었다.

음악이 사람의 마음에서 비롯되고, 또 그런 까닭으로 다시 마음으로 돌아가야 함은 틀리지 않으리라. 허면 그 마음은 어디로 가야 하는 걸까? 두공 스님의 말은 그 점을 지적한 것이었다.

사람의 마음에 천착(穿鑿; 파고들어 연구함)하되 종내는 사람의 몸도, 사람의 마음도 버려야 하는 것이다.

순간, 석도명의 뇌리에 뭔가가 떠올랐다.

"그쪽은 사람의 마음이 그렇게 의지할 만한 것이라고 믿는지 모르겠지만, 선악(善惡)의 구별도, 예와 비례의 차별도 두지 않는 있는 그대로의 마음이란 그저 혼돈일 뿐이지요. 그래도 변덕스런 마음 따위에 의지하겠다면 저로서는 더 할 말이 없네요."

무림맹에서 치국의 도를 놓고 설전을 벌였던 한운영의 차가운 음성이다.

생각해 보니 그날 대답이 궁했던 것은 결국 마음이 가야 할 곳을 제대로 생각하지 못한 탓이었다.

이제라도 한운영을 다시 만난다면 조금은 다른 대답을 해줄 수도 있을 것 같았다.

'허, 이런 순간에 한 소저는 왜 떠오른담?'

석도명이 고개를 저어 잡념을 털어냈다. 지금은 새로운 깨달음에 정신을 집중해야 할 때였다.

때마침 울려 퍼진 두공의 웃음소리가 석도명의 의식을 현실로 끌어당겼다.

"으허허, 내 밑천을 까보였으니 이제 자네가 가르침을 내려야 하지 않을까?"

"예……."

석도명이 머뭇거리자 두공이 불쑥 몸을 일으키려는 자세를 취했다. 그 다음에 이어진 말은 석도명을 혼비백산케 하는 것이었다.

"자, 필요하다면 내가 절이라도 올리지. 아홉 번을 다 채워서."

"헉, 아닙니다."

석도명이 손사래를 쳤다. 농담으로라도 구배지례를 받을 수는 없는 일이었다.

두공이 목말라 하는 가르침에 대해서 얼핏 마땅한 이야기가 떠오르지 않았지만, 오래 주저할 수가 없었다.

석도명이 이내 마음을 정하고 두공의 눈을 똑바로 바라봤다.

"제게 두 구절을 알려 주셨으니 저 또한 두 구절을 전해 드리겠습니다. 그러면 공평하겠지요."

"우흐흐, 바로 그걸세."

석도명이 손을 들어 허공에 여덟 글자를 써내려갔다. 부도문의 방식을 흉내낸 것이다.

두공이 망설이지 않고 허공의 글귀를 읽어 내려갔다.

"일기만허(一氣滿虛; 하나의 기운이 가득하고 또 비어 있다), 관물제상(貫物齊象; 사물을 꿰고, 물상을 하나로 한다)……."

두공의 몸이 돌처럼 굳어졌다. 그 또한 석도명 못지않게 충격을 받은 눈치다.

무거운 침묵에 빠져든 두공 앞에서 석도명 또한 깊은 생각에 잠겨들었다.

방 바깥도, 마음속도 여전히 깊은 안개에 뒤덮여 있었으나, 그래도 어디로 가야 할지 어렴풋이 방향이 잡히는 느낌이었다.

석도명과 부도문은 그 뒤로 보름 가까이를 더 머물다가 봉선암을 떠났다.

두 사람이 대림사를 떠날 무렵, 노산 골짜기에는 한창 복사꽃 망울이 맺히고 있었다. 머지않아 그 꽃망울이 터질 테지만, 꽃구경까지 할 처지가 아니었다.

항주를 출발하면서 달포 안에 돌아오리라는 기별을 남궁세가에 넣고 떠났기 때문이다.

서둘러 노산을 내려온 두 사람은 그제야 알게 됐다. 세상이 발칵 뒤집혔다는 것을.

오랜 세월 숨죽이고 있던 강호의 폭풍이 비로소 시작되고 있었던 것이다.

    *   *   *

 무림맹의 본전(本殿)인 청공전이 무거운 침묵에 싸여 있다. 실내에 사람들이 가득했지만 모두가 침통한 표정으로 입을 열지 않았다.

 불편한 침묵이 얼마나 지속됐을까? 마침내 군사 사마중이 입을 뗐다. 분위기가 어쨌든 회의를 진행시키는 것이 그의 역할이었다.

 "현재의 상황은 충분히 파악을 하셨을 테니 이제 대책을 마련해야 하지 않겠습니까?"

 좌중의 시선이 사마중에게로 향했다.

 참석자는 모두 열다섯. 십대문파의 장문인과 오대세가의 가주, 그리고 무림맹주 여운도다.

 서극문의 손강과 서천산 칠대무가에게 패배를 맛본 뒤 봉문 상태에 들어간 천산파의 장문인 목순의 모습은 보이지 않았다.

 1년에 두 번 열리는 십대문파와 오대세가의 연석회의 가운데 춘계 회의는 예산문제를 따지는 게 보통이었다.

 하지만 오늘은 상황이 달랐다. 녹림 18채가 녹림맹을 구성하기로 했다는 소식이 무림맹에 전해져 있었기 때문이다.

 2년 전 혜성처럼 나타나 녹림 18채를 일통한 멸산도제 우무중이 불과 십여 일 전에 녹림맹의 창설을 공개적으로 선포하고 나선 것이다.

그것도 날짜를 교묘하게 맞춘 바람에 무림맹 연석회의가 졸지에 녹림맹에 대한 대책회의로 둔갑하고 말았다.

일은 거기서 끝난 게 아니었다.

마치 작당이라도 한 듯이 또 하나의 급보가 날아들었다. 정확하게는 무림맹 앞으로 공동 서한 아니, 통지문이 전달됐다.

개봉과 하남 일대의 중소문파가 단체를 구성해 무림맹에서 집단 탈퇴하겠다는 내용이었다. 그리고 사태는 걷잡을 수 없이 확대될 조짐을 보이고 있었다.

"대체 무림맹은 뭘 한 거요? 이런 사태가 벌어지도록 손을 놓고 있었단 말이오?"

사마중을 향해 고함에 가깝게 목청을 높인 사람은 종남파의 장문인 칠성검객 두한모다.

사마중이 가당치 않다는 듯이 그 말을 맞받아쳤다.

"무슨 소리를 하는 게요? 무림의 상황이 심상치 않다고 수차례 경고를 했건만, 오히려 외부규찰 인력을 줄이라고 요구한 건 종남파였소이다. 어디 그뿐이오? 중소문파의 이권(利權)을 보호해 달라고 협조문을 띄운 게 몇 번이냐 말이오!"

"허, 책상 앞에 앉아서 고작 붓대 몇 번 놀린 걸로 소임을 다했다는 말로 들리는구려. 책임을 지기 싫으면 차라리 솔직하게 털어놓는 게 낫지 않겠소?"

"사건의 본질을 보자는 것이외다. 20여 년 만에 녹림이 준

동을 하고 있는 판에 거대문파와 중소문파가 힘을 모으지는 못하고 되레 반목만 하고 있질 않소! 그게 일부 문파의 마구잡이식 이권사업 때문임을 천하가 알고 있소이다."

그 말에 누군가가 자리를 박차고 일어섰다. 헌원세가의 가주 구허진겸 헌원소다.

"듣자듣자 하니 말이 과하오! 일부 문파라니? 여기서 다시 또 편을 갈라 보자는 게요? 그럴 요량이면 좀 더 분명하게 말을 하시오. 이게 모두 헌원세가와 종남파 때문이라고!"

"그 말이 반드시 틀린 것도 아니겠구려!"

사마중은 헌원소의 공격을 피하지 않았다.

사실 무림맹에 전달된 중소문파의 공동 서한에서 대표로 이름을 올린 문파가 개봉의 상당문과 풍화장이었다.

그 원인이 바로 2년 전에 종남파와 헌원세가가 꿰찬 사춘각이라는 유명 기루 때문임을 좌중의 사람들이 모두 알고 있었다. 종남파와 헌원세가가 개입하지 않았더라면 자기들끼리 싸움을 벌였을 두 문파가 오히려 손을 잡은 것이다.

어디 그뿐인가? 상당문과 풍화장의 뒤를 이은 중소문파들이 하나같이 종남파와 헌원세가에게 주루, 객잔 등에 대한 이권을 빼앗긴 전력을 갖고 있었다.

사마중이 그 같은 사실을 지적하자 이번에는 종남파의 두한모가 벌떡 일어섰다.

"적반하장(賊反荷杖)도 유분수외다! 사마 가주는 그런 말을 할 자격이 있소이까?"

"무슨 말을 하려는 게요?"

사마중은 두한모가 자신을 굳이 사마 가주로 부른 사실에 신경이 쓰였다.

다음 말이 아무래도 사마세가를 싸잡아 비난하려는 것임을 짐작했기 때문이다.

"흥, 이권사업에 관해서는 천하에 사마세가를 따를 문파가 없음은 세 살짜리 아이도 아는 일이오. 우리가 고작 2년 동안 벌어 봐야 얼마나 벌었겠소? 50년이 넘는 세월 동안 알뜰하게 축재(蓄財; 재산을 모음)를 한 사마세가의 발치도 따라잡지 못할 거외다."

"허……"

사마중은 어이가 없어서 말이 나오지 않았다.

사마세가가 오대세가 중에서도 사업수완이 뛰어난 것은 분명한 사실이다.

사찰과 도관, 정통 무가에 뿌리를 둔 십대문파와 달리 돈이 되는 일에는 거리낌 없이 뛰어들어 재산을 불렸고, 그를 바탕으로 세가의 힘을 급속하게 키울 수 있었다.

사실 천마협의 침공 당시만 해도 사대세가는 있어도, 오대세가라는 말은 존재하지도 않을 정도로 사마세가의 위상은 보잘 것 없었다. 헌데 밖으로는 무림맹을 규합해 이름을 높이고, 안으로는 축재를 통해 급속하게 몸집을 키우는 데 성공을 했다.

 사마세가의 그 같은 약진에 대해 여러 문파가 내심 시기를 하고 있음을 사마중 또한 모르지 않았다.

 사실 종남파와 헌원세가가 중앙무대 진출을 꾀하며 적극적으로 기루와 주점에 손을 뻗친 것은 과거 사마세가의 사업 방식을 답습한 것이기도 했다.

 그러나 사마중이 생각하기에 두한모의 말은 억지 주장이었다.

 사마중이 노기를 억누르며 말을 이어갔다.

 "적어도 사마세가는 약자를 부당하게 억압하거나, 그로 인해 무림의 평화에 누를 끼친 일은 없소이다."

 "뭐요? 그러면 우리는 약자를 부당하게 억압을 했다는 게요?"

 "사마세가가 얼마나 뒤를 잘 닦았는지 이제라도 다시 파봅시다!"

 두한모와 헌원소가 일제히 언성을 높였다. 여차하면 무력 충돌도 마다하지 않겠다는 기세였다.

 그때였다.

 "어허허, 어허허!"

 누군가가 너털웃음을 터뜨렸다. 좌중의 시선이 그에게로 모여졌음은 물론이다.

 흰 수염을 어루만지며 소리 내어 웃고 있는 사람은 곤륜파의 무암선인(蕪巖仙人)이었다.

사람들의 관심이 자신에게 모이기를 기다렸던 것인지, 무암선인이 잠시 뜸을 들이다가 천천히 입술을 뗐다.

"어째 시절이 꼭 50년 전으로 돌아간 것 같구려. 허허, 그때도 그랬지……. 곤륜산이 피바다가 됐는데 다들 나 몰라라 팔짱만 꼈어. 이번에는 피바람이 어디서 시작될지 모르겠구먼. 부디 서쪽은 아니어야 할 텐데 말이야. 어허허."

청공전이 다시 침묵에 빠져들었다. 무암선인의 말에 뼈가 들어 있었기 때문이다.

과거 무림의 분열상을 꼬집은 대목도 아팠지만, 이번에 사단이 벌어진다면 그게 어디 꼭 서쪽이겠냐는 말이 더 따끔했다.

천마협이 되돌아온다면 왠지 서쪽에서는 아닐 것 같았다. 무림맹이 오랜 세월 서쪽 변방을 샅샅이 훑고 다녔지만 천마협의 흔적은 전혀 찾지 못했다. 그들은 멀찌감치 근거지를 옮긴 게 분명했다.

만에 하나 천마협이 엉뚱한 곳에서 다시 나타나고, 그게 하필 자기 지역이라면 어쩌겠는가? 그럴 경우 기댈 곳이라고는 역시 무림맹밖에는 없다는 생각이 모두의 머릿속에 떠올랐다.

자리를 박차고 일어났던 두한모와 헌원소가 슬그머니 다시 앉았다. 이런 분위기에서 더 이상 뻗대봐야 모양새만 추해질 듯해서다.

무암선인이 웃음을 지우지 않은 얼굴로 사마중에게 물었다.

"대충 장내가 정돈된 것 같으니 회의나 계속 합시다. 사마 군사는 달리 알고 있는 내용이 있소?"

사마중은 말을 꺼내기 전에 무암선인에게 먼저 고개를 숙여 감사의 뜻을 표시했다. 천마협에게 큰 피해를 입고도 무림맹에 반감을 감추지 않는 종남파, 헌원세가와는 달리 곤륜파는 항상 협조적이었다.

"먼저 현재 상황부터 알려 드리겠습니다. 금강대(金剛隊)와 외찰대에 소속된 중소문파의 제자들이 며칠 전부터 속속 철수하고 있습니다. 문제는 개봉과 하남 일대의 문파뿐 아니라 절강, 산동, 하북에 이르기까지 여러 지역의 문파들이 같은 움직임을 보이고 있다는 점입니다. 아무래도 사전에 준비가 있었던 모양입니다. 군사부(軍師府)에서 입수한 정보에 따르면······."

사마중이 잠시 말을 끊었다. 중요한 대목을 앞두고 있다는 신호였다.

사람들의 얼굴이 하나같이 어두워졌다.

"각지의 중소문파들이 은밀하게 손을 잡고 있습니다. 지난해 항주에서 소의련을 구성했던 것처럼 지역별로 단체를 만든 다음 일종의 연합체를 만들 모양입니다. 그리고 중소문파의 이권을 대변해 줄 수 있는 절정 고수를 찾아 대표로 세우기 위해서 움직이고 있다고 합니다."

"단체를 만들고 또 대표를 내세운다고? 허, 제2의 무림맹이 생기겠소이다."

"그러게요. 무림맹주도 둘이 되겠구려."

"허참, 이게 무슨 꼴인지……."

여기저기서 낮은 탄식이 흘러나왔다. 자다가 물벼락을 뒤집어 쓴 꼴이었다.

십대문파와 오대세가를 상대로 중소문파들이 반기를 들다니! 황제가 정치를 잘못해서 민란이 일어났다는 이야기는 들어 봤어도, 무림에 이런 일은 처음이었다.

좌중의 수군거림이 잦아들자 사마중이 다시 입을 열었다.

"그리고…… 지금 서극문의 손강이 개봉을 향해 움직이고 있답니다."

"허어!"

또 한 번의 탄식이 쏟아졌다. 중소문파들이 대표로 내세우려는 인물이 바로 일광무흔 손강임을 깨달았기 때문이다.

손강은 천산파를 봉문으로 몰고 간 절정의 고수다. 그것도 손강이 실력을 다 드러낸 게 아니라는 소문이 파다했다.

혹자는 손강이 십대문파의 장문인보다 한 수 위일 것이라고 했다.

그 모두가 호사가들이 지어낸 과장된 이야기일 테지만, 이 자리의 그 누구도 손강을 얕잡아 볼 수는 없었다. 어느 날 갑자기 손강이 찾아와 자신에게 비무를 청하면 결과를 장담할 수 있을까? 그런 생각이 여러 사람의 머릿속에 떠올랐다.

하지만 모두가 그런 것은 아니었다.

"천산파의 일은 유감이오만, 우리 모두가 손강을 걱정해야 할 것 같지는 않구려. 중소문파들이 잠시 서운한 감정에 빠져 무림맹을 등졌다고는 하나, 우리와 전면전에 나서기야 하겠소? 내 정사대전(正邪大戰)이란 말은 들어 봤어도, 거대문파와 중소문파가 대소대전(大小大戰)을 벌인다는 말은 처음 듣소이다. 우리가 경계할 것은 무림의 우환이자, 민초(民草; 백성)의 근심거리인 녹림이 아니겠소?"

무당파의 장문인 장량진인(暲亮眞人)의 음성이다.

그 말에 일부는 고개를 끄덕였고, 또 다른 이들은 얼굴이 다소 굳어졌다.

장량진인의 말은 옳았다. 하지만 그 이면에는 '무당파는 손강 정도를 걱정하지 않는다'는 자신감이 담겨 있었다.

'천산파의 일은 유감'이라는 표현 또한 가만히 뜯어보면, '손강의 상대가 고작 천산파에 지나지 않으니까 당한 것 아니냐'는 이야기였다.

냉정하지만 틀린 지적도 아니었다. 과거에도 천산파는 십대문파 가운데 가장 실력이 떨어지던 문파였을 뿐 아니라, 천마협의 침공으로 가장 많은 피해를 입고 겨우 세력을 추스른 곳이기 때문이다.

그런 면에서 보자면 손강보다는 녹림맹을 경계하는 게 옳았다. 녹림왕의 후예인 멸산도제 우무중의 실력이야말로 의심의 여지가 없는데다 녹림 18채의 전력 또한 간단치 않았다.

하지만 장량진인의 말에 고개를 끄덕이지 않은 사람 가운데는 사마중도 포함돼 있었다.

사마중이 고개를 저으며 자신의 의견을 밝혔다.

"꼭 그렇지만은 않을 것이외다. 녹림맹이 먼 산에서 타오르는 불길이라면, 중소문파의 이탈은 집안 문제이기 때문이외다. 병법에도 이르기를 먼 불은 지켜보라(隔岸觀火)고 했소. 오히려 무림맹이야말로 투량환주(偸梁換柱)의 술책에 당하는 우(愚)를 범해서는 아니 될 것이라고 생각하오."

"투량환주라, 가히 타당한 지적이오."

화산파의 구유청(具幽淸)이 기다렸다는 듯이 맞장구를 치고 나섰다.

'대들보를 훔치고, 기둥을 바꿔 친다'는 뜻의 투량환주는 삼십육계(三十六計) 가운데 스물다섯 번째 계략이다. 적을 공격하기 전에 그 내부를 이간질하고, 사람을 빼내 무력화하는 술책이다.

사마중은 무림맹으로 상징되는 정파 무림이 안에서부터 무너져서는 안 된다는 것을 강조하기 위해 그 같은 표현을 사용한 것이다.

이번에도 일부는 고개를 끄덕이고, 나머지는 수긍할 수 없다는 표정을 지어보였다.

구유청이 자신의 주장을 거들고 나섰는데도 정작 사마중마저 밝은 얼굴이 아니었다. 구유청이 그저 무당파의 발목을 걸기 위한 것으로 여겨진 탓이다.

문파 간에 서로 의견이 다를 수는 있는 법이다. 하지만, 이런 식으로 빤하게 편이 갈리면 타협이 불가능하다.

사마중이 도움을 구하는 눈빛으로 무림맹주 여운도를 바라봤다. 여느 때와 다름없이 여운도는 지금까지 단 한 마디도 하지 않고 있었다.

마침내 무림맹주, 청공무제 여운도가 느릿하게 오른손을 들었다. 무림맹을 이끌어가는 신분임에도 불구하고 마치 발언권을 얻으려는 듯한 동작이다.

그에게 발언권을 주거나, 반대로 빼앗을 수 있는 사람이 이 자리에 딱히 있지도 않은데 말이다.

어쨌거나 여운도가 손을 한 번 움직이는 것으로 모든 시선이 그에게 향했다.

"그래 기둥이 얼마나 뽑히겠소?"

여운도가 질문을 던진 사람은 사마중이었다.

그 뜻을 못 알아들을 사마중이 아니다. 거침없는 대답이 이어졌다.

"아시다시피 무림맹의 인원은 십대문파와 오대세가의 제자로 이뤄진 오당(五堂)이 300명, 그 외의 문파 출신으로 구성된 금강대 300명, 후기지수를 따로 선발한 창룡대 100명이 핵심입니다. 여기에 무림맹 경비와 여가허 치안유지, 외곽순찰 등을 담당하는 외찰대의 하급무사 500명이 있지요. 현재 예상으로는 금강대가 절반 가량 떠나고, 외찰대는 6할 정도가 빠져나갈 것으로 봅니다. 오당은 2년 전에 발생한 천산파의 공백을 제외하면 별다른 변화가 없을 것이고, 창룡대 역시 1할 내외의 손실이 예상됩니다. 그리고 군사부를 비롯한 별외(別外) 부서 또한 큰 영향을 받지 않을 전망입니다."

천산파가 빠진 지금 십대문파라는 말이 어울리지 않았음에도 사마중은 구대문파라고는 말하지 않았다. 한 명의 손실이 아쉬운 마당에 아군의 범위를 줄일 필요는 없었다.

천산파가 봉문에 들어간 지 벌써 2년이 흘렀지만, 무림맹에서 그 누구도 구대문파라는 표현을 쓰지 않았다. 다른 문파의 불행을 내놓고 떠드는 것 같았기 때문이다.

"흠, 그러니까 금강대 150명에…… 외찰대 하급무사 300명 정도가 빠져나가는 걸로 호들갑을 떨었다 이거요?"

사마중의 앙숙으로 소문난 헌원소가 기다렸다는 듯이 빈정거렸다.

사마중이 그냥 듣고만 있을 까닭이 없다.

"글쎄올시다. 겉으로 드러난 숫자만 따지는 것은 차원 낮은 셈법이라오."

"뭐요?"

발끈하는 헌원소를 여운도가 손을 들어 제지했다. 헌원소가 '어디 들어나 보자'는 듯한 표정으로 사마중을 쏘아봤다.

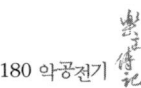

"평상시 같으면 그 정도 출혈을 감수할 수 있을지도 모르오. 하지만 이제 여가허 바깥으로 나가면 어디가 아군이고, 어디가 적군인지를 알 수 없는 지경이 되질 않았소이까? 무림맹은 먼 바다에 고립된 섬이나 다름없는 신세요. 십대문파와 오대세가 또한 자기 집 앞마당을 빼고는 마음 놓고 다닐 곳이 별로 없을 거외다."

"허어……."

누구랄 것도 없이 여러 사람의 입에서 탄식이 터져 나왔다.

모이면 별것 아닌 듯하지만, 오히려 흩어 놓으면 쉽게 감당이 되지 않는 게 중소문파들이다. 그 심각성을 깨달은 것이다.

그 사실을 각인이라도 시키려는 듯 사마중의 말이 이어졌다.

"아마도 많은 사람들이 십대문파와 오대세가가 천하를 나누어 지배한다고 믿었을 것이오. 하지만 생각해 보시오. 고작 십여 개의 문파가 어찌 천하를 다 채우겠소이까? 우리는 그저 점(點)을 찍고, 선(線)을 그었을 뿐이지만, 그 여백을 채워 면(面)으로 만들어 준 것은 이름 없는 협사(俠士)였고, 보잘 것 없는 중소문파들이었소이다. 과거 정파연합은 천마협을 치러 나가면서 배후를 찔릴 걱정 같은 것은 하지도 않았소. 그게 과연 누구 덕이었냐 말이오!"

청공전이 다시 깊은 침묵에 잠겨 들었다. 보잘 것 없는 문파들이 힘을 모아봐야 별수 있겠냐고 깔보던 분위기는 더 이상 찾아볼 수 없었다.

그때 무림맹주 여운도가 자리에서 일어났다. 뭔가 중대한 발언을 할 모양이었다. 그 낌새를 알아챈 모든 사람들의 시선이 여운도의 입술에 고정됐다.

"과정이 어찌됐던 간에 일이 이 지경에 이르게 된 것은 나의 불찰이외다. 그 책임을 통감하고 또 통감하는 바이오. 해서 나는 이 시간부로 무림맹주의 자리에서 물러나겠소이다!"

아무도 예상치 못한 선언이었다.

여운도의 발언이 너무나 뜻밖이었던 탓에 누구도 선뜻 반응을 보이지 못했다.

여운도가 뚜벅뚜벅 청공전을 걸어 나가기 시작했다.

"아니, 맹주!"

사마중이 다급하게 맹주를 외쳐 불렀지만, 여운도는 뒤도 돌아보지 않고 밖으로 사라졌다. 사마중이 황급하게 그 뒤를 쫓았다. 남겨진 각 문파의 수장들은 좀처럼 충격에서 벗어나지 못했다.

목석처럼 앉아 있던 소림의 정각선사가 그예 눈을 감았다.

"아미타불, 기어이 번뇌가 바다를 갈랐구나. 바다를 갈랐어!"

정각선사의 허탈한 음성이 청공전을 오래도록 맴돌았다.

제6장
멀리 가려 넓어진다

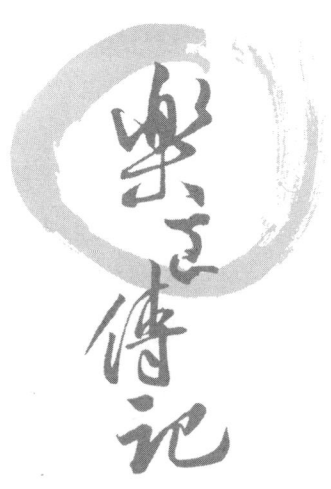

　남궁세가의 가주 남궁강은 밤늦도록 잠을 이룰 수가 없었다. 무림맹에서 급하게 돌아온 직후라 단 하루라도 휴식을 취하고 싶었지만, 생각이 차고 넘쳐 침상에 몸을 누일 마음이 생기지 않았다.
　답답한 마음에 처소를 나선 남궁강의 발걸음은 자신도 모르게 연무장으로 이어지고 있었다. 연무장에 다가가던 남궁강의 얼굴에 의아한 기색이 떠올랐다.
　'누구지? 이 야심한 시각에.'
　이미 자시(子時)를 넘겨 축시(丑時; 새벽 1시~3시)로 접어드는 늦은 시간인데도 연무장에서는 불빛과 함께 예리한 파공성이 새어나오고 있었다.

 남궁강이 기척을 죽인 채 조용히 연무장 안으로 발을 들여놓았다.

 그곳에 남궁호천이 홀로 검을 휘두르고 있었다. 얼마나 검에 깊이 취했는지 남궁강이 들어선 것도 알지 못했다.

 흐뭇하게 그 모습을 지켜보던 남궁강의 미간이 슬쩍 찌푸려진다. 늘 보아오던 남궁호천의 검이 왠지 낯설었기 때문이다.

 '허, 그 녀석 대체 뭘 하는 게냐?'

 물 흐르듯 부드럽기만 하던 남궁호천의 창궁무애검법이 오늘따라 눈에 띄게 흔들렸다.

 남궁강은 그 까닭을 이내 눈치챌 수 있었다. 남궁호천이 순간순간 무리하게 검의 속도를 죽이고 있었던 것이다. 마치 일부러 호흡을 끊으려고 애를 쓰는 것만 같았다.

 남궁강은 남궁호천이 대체 무슨 이유로 그런 기이한 짓거리를 하고 있는지는 도저히 알 수가 없었다.

 그 순간 남궁호천이 머릿속으로 누군가와의 대화를 떠올리고 있다는 사실 또한 짐작 밖의 일이었다.

　"이런 말씀을 드려도 될지 모르겠습니다."
　"해주시오. 아니…… 크흠, 해주게나. 뭐든 듣겠네."
　석도명의 이야기에 남궁호천은 어색하게 말투를 바꿔가며 대답했다.
　"황궁에서만 연주되는 아악(雅樂)이라는 음악이 있습니

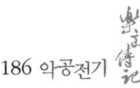

다."

"흠, 그건 나도 아네만."

"아악에는 박자가 없습니다. 모든 음을 처음부터 끝까지 똑같은 길이로 연주하지요."

"꽤나 지루한 음악이겠구먼."

"그렇지요. 하지만 타악기는 또 어떤가요? 정 반대로 박자는 있으나 음률이 없습니다."

"대체 뭘 말하고 싶은 겐가?"

"변하는 것만이 변화는 아니다……. 그런 생각은 안 해 보셨습니까?"

"그러면 뭐가 진짜 변화인가?"

"격(格)을 깨는 것, 파격(破格)이지요."

"뭐, 파격이라고?"

철혈사사의 기습을 받던 날, 석도명의 집으로 가는 들판에서 오간 이야기였다.

그날 석도명이 '변화는 파격'이라고 했을 때 남궁호천은 알 수 없는 현기증을 느꼈다. 그리고 그것이 자신이 펼친 창궁무애검법을 두고 한 말이라는 사실을 알고서는 식은땀까지 흘려야 했다.

망연자실해 있는 남궁호천을 향해 석도명은 말했다.

변화가 일정 수준에 오르면 그 자체로써 또 하나의 틀이 된다고, 그 틀을 깨야 더 큰 변화에 오르는 법이라고. 물이 가득 찼으면, 그릇을 키워야 더 많은 물을 담지 않겠냐고. 철혈사사가 작은 변화로 남궁호천의 현란한 변화를 깬 것은 그 격이 달랐기 때문이라고.

남궁호천은 그제야 알았다.

나이 서른을 넘기면서 창궁무애검법에 더 이상의 성취가 없는 것은 자신이 변화에 집착하느라 바로 그 변화의 틀에 갇혔기 때문이라는 것을.

그리고 그날부터 스스로의 검법을 깨부수기 위해 이를 악물었다. 물이 가득 차 있다는 석도명의 말은 과연 그르지 않았다. 단지 생각을 바꾼 것만으로 남궁호천은 자신의 검이 빠르게 달라지고 있음을 체감할 수 있었다.

절정 고수에게나 찾아오는 줄 알았던 심득(心得)이라는 것이 몇 마디 대화 속에서 찾아 들리라곤 꿈에도 생각하지 못했던 경험이었다.

부도문에게서 쾌를 얻고, 석도명에게서 변의 오의를 깨달은 남궁호천의 검은 하루가 다르게 상승의 길로 접어들고 있었다.

'버려라, 버려라!'

남궁호천이 마치 정해진 초식을 거스를 듯이 검의 속도를 줄이면서 속으로 되뇌고 또 되었다.

남궁호천의 머릿속에서 창궁무애검법이 하얗게 지워졌다. 그리고 어느 순간 손끝이 하염없이 가벼워졌다. 남궁호천이

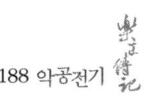

있는 힘을 다해 검을 내뻗었다.
"상화정천(霜花淨天)!"
남궁호천은 꿈을 꾸는 기분이었다. 소리 없이 허공을 베어 나가는 자신의 검 끝에 검영이라고 하기에는 너무 흐릿한 흔적이 꼬리를 물고 따라 붙었다. 그것은 너무도 흐릿해서 가느다란 실 가닥이 매달린 것 같았다.
그 실 가닥을 뿌리치려는 듯 검은 갈수록 빨라지고 또 빨라졌다.
남궁호천은 이내 그런 생각조차 잊고 말았다.
"헛!"
나지막한 탄성을 내지른 것은 그 모습을 지켜보던 남궁강이다.
'호천아, 네가 마침내 서리꽃(霜花)을 피웠구나.'
남궁강은 놀라움을 금할 수가 없었다.
남궁호천이 만들어낸 실 가닥은 창궁무애검법이 십이성(十二成)을 넘어 극성(極成)에 달하면 나타나는 현상이다.
비록 가주의 비전 무공인 제왕검형에 매달리느라 상대적으로 창궁무애검법에는 소홀했다고 하지만, 자신이 상화를 피워낸 것은 마흔이 넘어서였다.
어려서 뛰어난 재주를 보여주다가 몇 년 동안 정체에 빠져 있던 남궁호천이 드디어 껍질을 깨고 나온 것이다.
이윽고 창궁무애검법을 끝낸 남궁호천이 남궁강을 발견하

고는 황급히 다가와 고개를 숙였다.

"가주께서 이 늦은 시간에 어인 일이십니까?"

"하하, 걱정이 많아서 도통 잠을 이룰 수가 없더니 이제 너의 검을 보고 내 마음이 크게 가벼워졌구나."

"부끄럽습니다."

남궁강의 칭찬에 남궁호천의 얼굴이 붉게 달아올랐다.

나이 스물을 넘어서면서, 그러니까 가문에서 공식적인 직책을 갖게 된 뒤로 이런 칭찬을 받아 보기는 처음이다.

자기 연배에서 언제나 최고였는데도 어느 순간부턴가 집안 어른들은 남궁호천을 칭찬하지 않았다. 성장이 정체된 탓이었다.

"호천아……."

"예."

정말로 오랜만에 불리어진 이름이다.

남궁호천은 남궁강이 뭔가를 말하고자 함을 알고는 조용히 고개를 숙였다.

"내 너의 성취를 보고 특별히 당부할 것이 있구나."

"새겨서 듣겠습니다."

"너도 알고 있듯이 남궁세가의 가주는 직계 혈통이 이어왔다. 내 뒤를 이을 사람도 내 아들 환(奐)이 뿐이다. 하지만 이것을 명심하여라. 우리 가문의 오랜 역사에서 언제나 가주가 가장 강했던 것은 아니다."

"가주……."

"너는 부디 강해져라. 남궁세가를 위해서 말이다."

"예, 죽을힘을…… 다하겠습니다."

남궁호천은 목이 잠겼다.

남궁강의 당부, 그것은 바로 자신에게 남궁세가의 최고 고수가 되어 달라는 말이다.

아니, 그렇게 될 것을 믿고 있다는 뜻이다. 남궁세가의 핵심 전력인 창궁검대의 수검좌 자리를 맡고 있으면서도 이런 신뢰를 받아보기는 처음이었다.

그러나 남궁강에게는 할 말이 더 남아 있었다.

"허허, 그리고 이것도 알아 두어라. 아주 가끔은, 정말 아주 가끔은 가주가 아니면서도 제왕검형을 익힌 사람이 있었더란 말이지. 허허허."

"예?"

남궁호천은 자신의 귀를 의심해야 했다. 자신에게 제왕검형을 전수하겠다는 말이다.

갑자기 눈가가 시큰거렸다. 오래도록 가슴 한구석에 쌓여 있던 방계 혈통의 설움이 눈 녹듯 사라지는 것 같았다.

또래에서 언제나 최고였지만, 혹시라도 차별을 받을까봐 마음에 늘 그늘이 지곤 했다.

일만 있으면 먼저 나서고, 남에게 실력을 보이지 못해 안달이 났던 것도 그런 연유였다. 항상 앞서 달리고 있으면서도 혹시라도 미끄러지는 게 아닐까 해서 늘 안달이 나 있었다.

하지만 이제야 깨달을 수 있었다. 진정한 실력만 있으면 되는 일이었는데 공연한 자격지심으로 나 자신이 나를 가뒀던 것이다.

그 서러운 마음을 안 것일까? 남궁강이 남궁호천의 어깨를 가볍게 두드려 주고는 연무장 밖으로 걸어 나갔다.

"내일부터 시작하자꾸나. 허허허."

남궁강의 마지막 한 마디를 들으면서 남궁호천은 이 순간이 정녕 꿈이 아님을 다시 실감할 수 있었다.

'석 악사, 고맙네.'

남궁호천이 석도명을 떠올리며 눈가에 맺힌 눈물방울을 소매로 닦아냈다.

유순하기만 한 석도명의 얼굴, 그 맑은 웃음이 떠올랐다.

"하하, 제가 어떤 격(格)을 깨기 위해서 노력 하냐고요? 워낙 부족한 게 많아서 어디 한두 가지로 되겠습니까? 깨고, 깨고 또 깨야지요. 제일 먼저 저라는 사람의 격부터 깨야지요. 인격(人格) 말입니다."

"아니, 자네 인격이야 그만하면 훌륭하지 않은가?"

"멀리 가려면 저부터 더 넓어져야 하지 않을까요? 왠지 요즘은 자꾸 그런 생각이 들거든요. 하하하."

남궁호천이 대화 끝에 '자네는 어떤 것에서 파격을 추구하고 있나'라고 물었을 때 석도명은 그렇게 대답하며 활짝 웃었었다.

 남궁강의 따뜻한 배려에 마음이 녹고 나니, 그 말에 담긴 뜻이 새삼 가슴에 와 닿았다. 아마도 석도명은 자신에게 말해 주고 싶었던 것이리라. 검이 변하려면 사람도 함께 변해야 한다고.

 남궁호천은 다짐했다. 변하고 또 변하리라고.

 후일 남궁세가를 빛낸 최강자 중 하나로 기억될 거인이 이렇게 탄생하고 있었다. 물론 아직은 먼 훗날의 일이었지만.

*　　*　　*

 대림사를 떠난 석도명과 부도문이 항주에 도착한 것은 남궁강이 무림맹에서 돌아오고 사흘이 지난 뒤였다.

 석도명은 항주에 도착하기가 무섭게 남궁설리를 찾아갔다.

 오랜만의 만남이었다. 혼인 이야기가 부담스러웠는지, 석도명이 남궁세가를 떠난 뒤로 남궁설리가 먼저 찾아오는 법은 없었다.

 "오랜만에 뵙네요. 지난겨울에는 고생이 많았다면서요. 찬바람 맞느라."

 남궁설리는 석도명이 망호정에서 겨울을 보낸 이야기로 안부 인사를 대신했다. 한 번도 찾아가진 않았지만, 석도명의 소식을 늘 챙기고 있다는 말을 하고 싶었던 모양이다.

아니, 남궁세가에 머물기를 마다하고 스스로 고생을 자초한 석도명의 처사가 야속하게 느껴져서 그런 것인지도 몰랐다. 석도명이 남궁세가를 떠난 이유가 자신과의 혼담이 부담스러웠기 때문이라고 남궁설리는 믿고 있었던 것이다.

"하하, 추운만큼 벌이도 괜찮았답니다."

무디기만 한 석도명이 남궁설리의 말을 대수롭지 않게 받았다. 남궁설리가 얼른 화제를 바꿨다. 너무나 무덤덤한 석도명의 얼굴을 보고 있노라니 왠지 화가 날 것 같았다.

"제 얼굴을 보려고 온 건 아니실 테고……."

"여쭤볼 게 있어서 왔습니다. 사실은 도움이 필요해서."

"말씀하세요."

"제가 워낙 강호의 일에 문외한이기는 합니다만, 어디서 이런 말을 들었습니다. 과거 무림의 여러 문파가 은밀하게 관부의 세도가와 줄을 댄 일이 있다고. 그게 정말로 가능한 일인가요?"

남궁설리가 놀란 표정을 지었다. 석도명의 입에서 강호에 대한 이야기를 듣게 될 줄은 꿈에도 몰랐기 때문이다.

남궁설리는 쉽게 대답하지 못했다. 석도명의 질문이 워낙에 심상치 않은 탓이다. 그렇다고 대충 얼버무리기엔 자신을 바라보는 눈길이 너무나 진지했다.

"하아…… 먼저, 제 이야기를 너무 단정적으로 듣지 않았으면 좋겠어요. 저 또한 많은 것을 알지 못하니까요. 그런 마음으로 들으실 수 있다면 제가 아는 범위에서 대답을 해드리죠. 하지만 저 또한 묻고 싶군요. 왜 그런 것에 관심을 갖는지."

"돌아가신 제 사부님께서 그런 일에 휘말리셨던 모양입니다. 너무 늦기는 했지만, 진실을 알고 싶어서요."

"네에……."

남궁설리는 잠시 뜸을 들인 뒤에야 어렵게 이야기를 시작했다.

"석 악사께서 물으신 이야기는 아마도 제 조부께서 한창 활약을 하시던 무렵의 일인 것 같군요. 당시에는 관부의 고위 인사들과 뒷거래를 하는 문파들이 있었다고 들었어요. 그런 거래를 통해서 이뤄진 일들은 대개 떳떳하지 못한 것이었다고도 하고요."

"죄 없는 사람을 대신 죽여주는 일도 있었습니까?"

"천하에 아쉬울 것 없는 세력가들이 왜 무림인의 도움이 필요했을까요? 은밀하게 칼을 써야 할 일이 많았기 때문이겠죠."

"설마 정파에서도 그런 일을 했습니까?"

"후후, 석 악사는 너무 순진하시네요. 관부의 인물이 범죄집단이나 다름없는 사파와 손을 잡았다가 그 뒷감당을 어떻게 하겠어요? 뒷거래는 본시 서로의 치부를 까발릴 수 없는 상대하고나 가능한 법이죠. 무림 문파의 입장에서 보면 당시에는 사정이 너무 나빴어요. 반백제에 참석하셨으니 천마협에 대해서는 들어 봤겠죠?"

"물론입니다만……."

"천마협 때문에 정파는 너무 큰 상처를 입었지요. 당시에는 그 피해를 빨리 복구하는 게 한 문파의 명운을 좌우하는 일이었답니다. 일례로, 오대세가에 끼지 못했던 사마세가가 지금은 어지간한 십대문파를 압도할 수 있는 건 그 시기를 잘 넘긴 탓이죠. 반대로 종남파와 헌원세가는 그 때 뒤쳐진 걸 만회하지 못해서 지금까지 계속 분란을 일으키는 신세가 됐고요. 시대상황이 그랬으니 관부의 고위인사들이 내민 달콤한 제안을 떨쳐내기란 쉽지 않았을 거예요. 특히 그쪽에서 요구한 일이 아주 극악하지 않은 경우에는 타협이 더 쉬웠겠죠."

"경우에 따라서는 극악한 일도 받아들인 곳이 있었다는 말로 들리는군요."

"충분히 가능한 일이에요."

"뒤로는 그런 짓을 해놓고도 지금도 겉으로는 뻔뻔하게 협의(俠義)를 외치고 있을 테죠?"

석도명이 복잡한 눈길로 남궁설리를 바라봤다.

그 눈길을 어떻게 해석했는지 남궁설리가 손을 내저었다.

"호호, 저를 그런 눈으로 보지 마세요. 적어도 남궁세가는 그렇지 않답니다."

"저도 그렇게 믿고 싶습니다."

"정말이랍니다. 생각해 보세요. 남궁세가가 어디에 있는지."

"예, 그렇군요."

석도명은 남궁설리의 이야기를 납득할 수 있었다.

남궁세가가 자리를 잡은 항주는 대륙의 동남부에 해당한다. 서쪽에서 치고 들어온 천마협은 절강 땅을 밟지도 못했다.

게다가 수백 년 넘게 천하제일의 색향이라는 항주의 절대강자가 돈벌이에 아쉬울 리가 없질 않은가.

다시 생각해도 남궁세가가 그런 일을 벌였을 가능성은 아주 낮았다. 석도명이 남궁설리에게 물었다. 진짜로 알고 싶은 게 남아 있었다.

"과거의 일을 알기가 아마도 쉽지 않겠지요. 혹시 방법이 없을까요?"

"후우, 정말로 위험한 걸 알려고 하시네요. 그게 석 악사께 그리 중요한 일인가요?"

"어쩌면 소용없는 일일 겝니다. 하지만 제 마음이 가만히 있어지질 않습니다. 설령 진실을 안다고 한들, 제 손으로 아무것도 하지 못하겠지요. 그래도 알아야겠습니다. 제가 사부님께 해드릴 일이 이런 것밖에 없나봅니다."

"……."

남궁설리는 물끄러미 석도명을 바라보기만 했다.

남궁설리의 가슴 밑바닥으로부터 석도명의 우직함, 순수함이 고스란히 느껴졌다.

'하아, 당신은 정말 어쩔 수 없는 사람이군요.'

문득 그런 생각이 들었다. 어쩌면 자신이 진심으로 이 남자를 좋아하게 될지도 모른다고.

남궁설리의 붉은 입술이 다시 움직였다.

"쉽지 않을 겁니다. 당사자들은 죽어도 비밀을 털어놓지 않을 테니까요. 하지만 대강의 사정을 파악하고 있을 만한 곳이 두 군데 있지요."

그곳이 어디냐고 묻고 싶었지만, 석도명은 마른침부터 삼켰다. 몹시 긴장한 까닭이다.

그 대답은 남궁설리가 알아서 내놓았다.

"그 첫 번째는 황제 직속의 감찰기구인 황성사예요. 황족을 통하지 않으면 어지간한 벼슬로도 접근이 불가능한 곳이죠. 그 다음은 아마도 무림맹에서 답을 찾아야 할 것 같군요."

"무림맹이요?"

"예, 무림맹의 군사부라면 그런 정보가 남아 있을지도 몰라요. 어디까지나 추측이지만."

"추측이라면 아닐 수도 있다는 이야기 아닌가요?"

"후후, 무림맹은 십대문파와 오대세가의 집중 견제를 받고 있죠. 황궁처럼 강한 힘이 없다는 뜻이에요. 그래서 옛날부터 군사부에서 비밀리에 각 문파의 치부를 은밀하게 캐고 다녔다는 이야기가 있어요. 그렇게 모인 정보가 군사부에 아직도 보관돼 있다는 소문이죠. 군사부가 아니라, 사마세가에 있을지도 모르지만요."

"그럴 수 있겠군요."

석도명이 고개를 끄덕였다.

생전에 사부와 가까이 지냈다는 사마광이 무림맹 초대 군사라고 했다. 그리고 현재는 그 아들이 군사 자리를 잇고 있으니 군사부에 모인 정보는 곧 사마세가의 것이라고 해도 과언이 아닐 터였다.

"자, 제가 해드릴 수 있는 이야기는 다 해드렸어요. 과연 어느 곳에서 석 악사께 지나간 과거를 알려줄까요?"

"글쎄요……."

석도명은 자신 있게 대답할 수가 없었다. 황성사나 무림맹이나 자신에겐 턱없이 높은 존재들이다.

'사마세가라면 도와줄까?'

아무리 생각해도 떠오르는 것은 사마중뿐이다. 그의 부친과 사부가 가까웠다고 하니 그나마 도움을 청해볼 수 있을 것도 같았다.

그러나 그런 부탁을 섣불리 해도 좋을지는 자신이 없었다. 솔직히 사부와 사마광의 관계에 대해서도 제대로 알지 못하는 처지가 아니던가!

잠시 뒤 남궁세가를 나서는 석도명의 발걸음은 천근만근 무거웠다.

"무림맹이라……. 무림맹, 다시 여가허로 돌아가야 하나?"

석도명이 무거운 한숨만 남기고 남궁세가에서 멀어져 갔다.

　　　　*　　　*　　　*

"오늘은 이만 하자꾸나. 아무래도 회의를 소집해야겠다."
남궁강이 검을 내려놓으며 말했다.
남궁호천이 의아한 표정을 지었다.
제왕검형을 배우기 시작한 지 고작 열흘째지만, 남궁강이 이렇게 빨리 수련을 끝낸 적이 없었기 때문이다.
얼굴이 계속 심각한 것을 보니 뭔가 까닭이 있는 게 분명했다. 회의를 소집하겠다는 데는 그만한 이유가 있으리라.
"무슨 고민이 있으십니까?"
남궁강이 연무장 어귀의 돌계단에 털썩 주저앉아 남궁호천에게 옆에 앉으라는 손짓을 보냈다.
남궁호천이 자신의 질문에 대한 답을 들은 것은 남궁강 옆에 조심스럽게 자리를 잡은 다음이었다.
"사마세가의 소가주가 다녀간 것은 알고 있겠지?"
"무림맹에서 연통(連通; 소식을 전함)할 것이 있어서 왔다고 들었습니다만."
"무림맹이 많이 바뀔 게다."
"예……."
남궁호천이 긴장한 표정을 감추지 못한 채 남궁강의 옆얼굴을 바라봤다. 동시에 가슴 한쪽에서는 뿌듯한 감정도 일고 있었다.

남궁강을 고민하게 만들었다면 매우 중요한 이야기이리라. 그리고 자신은 그런 중요한 이야기를 먼저 듣게 될 정도로 가주의 두터운 신임을 받고 있는 것이다.

"알려지지 않은 일이다만 지난 번 연석회의에서 무림맹주가 맹주직을 내놓았었다."

"예? 어찌 그런 일이……."

"작금의 강호 사정이 마음에 들지 않았던 게지. 생각해 봐라. 무림맹주가 20여 년 전에 혈혈단신으로 제압해 놓은 산적들이 녹림맹을 세우겠다고 선언을 했다. 중소문파들은 떼를 지어 무림맹을 탈퇴하고 있고. 그런데도 거대문파들은 이권에 눈이 멀어 무림맹이 무너지든 말든 팔짱만 끼고 있지. 청공무제도 더 이상 참기가 어려웠을 게다. 솔직히 껍데기뿐인 무림맹주 노릇을 그만큼 해줬으면 오래 한 거야."

"그러면 무림맹주가 바뀌는 겁니까?"

"허허, 이런 상황에서 누가 그 자리를 떠맡겠느냐? 무슨 수를 써서라도 청공무제를 붙잡아야지. 그 사실을 가장 잘 알고 있는 사람이 무림맹주 자신일 게다."

남궁강이 말한 대로였다.

여운도가 떠난 뒤 각 문파의 수장들이 격론을 벌였지만 결론은 하나였다. 지금 상황에서 무림맹주를 바꿔서는 안 된다는 것이다.

 마땅히 여운도의 자리를 대신할 사람도 없었거니와, 중소문파들이 줄지어 무림맹을 떠나는 마당에 맹주까지 무림맹을 버리게 할 수는 없었다.

 그럴 경우 십대문파와 오대세가의 독선이 무림맹을 파탄으로 몰고 갔다는 비난이 쏟아질 게 불을 보듯 훤했다.

 여운도가 이대로 맹주직에서 물러난다면 절반쯤이나마 남아 있는 금강대와 외찰대 자체가 완전히 와해될 공산이 컸다.

 그들 대부분이 청공무제 여운도의 활약에 취해 스스로 무림맹을 찾아온 사람들이었기 때문이다.

 명문 정파를 배경으로 삼지 못하는 많은 무림인들에게 맨몸으로 무림맹주에 오른 여운도는 꿈이자, 삶의 이정표였다.

 결국 무당의 정각선사와 무당의 장량진인, 화산의 구유청이 군사 사마중과 함께 여운도를 찾아갔다. 그리고 며칠에 걸친 설득 끝에 여운도로부터 맹주자리를 지키겠다는 약속을 받아 내는 데 성공했다.

 하지만 거기에는 단서가 달렸다. 여운도가 요구한 것은 무림맹의 개혁, 그 한 가지였다.

> "이제라도 무림맹이 아니, 강호가 십대문파와 오대세가의 전유물이 아니라는 사실만 몸으로 보여주시길 바라겠소. 그 같은 의지를 실천하기 위해서 먼저 무림맹의 조직부터 근본적으로 뜯어 고칠 것이오. 그것만 동의해 준다

면 내 기꺼이 무림맹을 떠받치는 작은 기둥 역할을 하겠소이다."

십대문파와 오대세가의 가주들은 앞으로 여운도가 추진할 개혁안을 무조건 추인(追認; 사후승인)하겠다고 약조를 한 뒤에야 무림맹을 떠날 수 있었다.

오늘 사마세가의 소가주 사마형이 가지고 온 것이 바로 여운도가 공언했던 무림맹 개혁방안이었다.

남궁강은 머리가 복잡했다. 개혁방안의 내용이 생각 이상으로 파격적이었기 때문이다.

"청공무제는 무림맹의 모든 조직을 하나로 통폐합하겠다는구나. 오당이니 금강대니 외찰대니 하는 구분이 완전히 사라지는 거지. 그게 무슨 의미겠더냐?"

"제 짧은 생각으로는…… 기득권의 포기를 요구한 것 아니겠습니까?"

"그래, 바로 보았다. 그동안에는 개인의 출신성분, 문파에서의 배분 등에 따라 무림맹에서의 역할과 직책이 저절로 정해졌지. 하지만 이제부터는 오직 실력으로만 평가 받게 될 거다. 무공이 뛰어나면 떠돌이 낭인이라 할지라도 소림이나 무당의 제자를 수하로 거느릴 수 있다는 이야기지. 무섭지 않으냐?"

"예…… 두려운 일입니다."

남궁호천의 얼굴 역시 남궁강 못지않게 무거웠다.

실력만으로 서열을 정한다!

당연한 이치 같지만, 실상은 그처럼 무서운 일이 또 있겠는가? 그동안에는 문파 간의 정리와 체면을 생각해서 대충 인정해 주고 넘어가 줬지만, 앞으로는 그럴 수가 없는 것이다.

무림맹에서 자파 제자들이 어떤 자리를 차지하느냐가 곧 바로 그 문파의 위상을 결정해 줄 테니 말이다.

각 문파의 입장에서 보자면 무림맹에 보낼 제자를 고르는 일 또한 쉽지 않아질 터였다.

치열한 경쟁에서 살아남을 수 있는 정예를 가리고 가려서 보내지 못하면, 나중에 무슨 개망신을 당하게 될지 모를 일이었다.

남궁강 또한 그 점을 걱정하고 있었다.

하지만 남궁강은 그 쉽지 않은 고민을 끝내기로 마음을 정했다. 그 같은 결심이 남궁강의 입에서 흘러나왔다.

"무림맹의 조직개편을 위한 서품전(序品典)이 머지않아 열릴 게다. 설리는 창룡대에 소속되어 있으니 당연히 가야 할 테고……, 나는 네가 함께 가줬으면 싶구나."

"가주……."

남궁호천이 벌떡 일어나 놀란 표정으로 남궁강을 바라봤다.

남궁강이 왜 이렇게 중요한 이야기를 자신에게 먼저 꺼냈는지를 이제야 알 수 있었다.

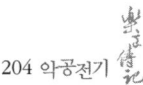

가주는 자신을 남궁세가의 대표로 무림맹에 보내려는 것이다. 세가의 안전을 책임지는 창궁검대의 수검좌로 남아 있는 한 무림맹에 발을 디딜 일은 평생 없을 줄 알았는데 말이다.

"해보겠느냐?"

"하겠습니다. 죽을힘을 다해서 변하고 또 변하겠습니다."

"허허, 그런 결심이면 충분한 게야. 암, 그렇고말고."

남궁강이 후련하게 웃음을 터뜨렸다.

이런 어수선한 시국에 장래를 기대할 수 있고, 앞일을 맡길 수 있는 사람이 하나 더 생겼다는 건 행운이었다.

그때 남궁호천이 조심스레 말을 꺼냈다.

"한 가지 드릴 말씀이 있습니다."

"말해 보거라."

"석 악사를 어찌 하실 의향이신지요. 저는 그가 남궁세가와 너무 멀어지지 않기를 바랄뿐입니다."

"석 악사를?"

남궁강이 의아한 표정을 지었다. 뜻밖의 이름이었다.

'그 친구가 대체 이 아이에게 뭘 한 걸까?'

남궁강의 머릿속으로 여러 가지 생각이 떠올랐다.

그러고 보니 달포가 훌쩍 넘도록 석도명을 보지 못한 것 같았다. 한동안은 석도명을 규칙적으로 불러들여 묵음을 듣기도 했다.

자신의 부친이 그랬듯이 제왕검형에 대해 어떤 깨우침을 얻을까 하는 기대심리가 있었기 때문이다.

그러나 겨울이 끝나갈 무렵부터는 그 일에도 슬슬 게으름을 피우고 있었다. 들어도, 들어도 별다른 진전이 생기지 않은 탓이다.

'혹시…….'

문득 떠오르는 것이 있었다.

"너도 석 악사에게 도움을 받았느냐?"

갑자기 달라진 남궁호천의 검이 아무래도 석도명과 관련이 있는 것 같았다.

"예, 그에게 받은 작은 도움이 제 눈을 뜨게 해줬습니다."

"허어……."

남궁강은 기가 막혔다.

석도명이 대체 어떤 재주를 지녔기에 부친이 그를 통해서 제왕검형의 극의를 깨달았고, 남궁호천마저 창궁무애검법의 벽을 넘었단 말인가? 헌데 자신은 무슨 문제가 있어서 아무것도 얻지 못하는 건가?

석도명이 범상치 않다고 생각을 했지만, 아무래도 자신은 그의 진면목을 제대로 보지 못한 모양이다.

"네가 보기에 석 악사……, 그는 어떤 사람이냐?"

"저도 그를 잘 안다고 할 수는 없겠지요. 제 느낌일 뿐입니다만, 그는 아주 먼 곳을 보고 가는 사람입니다."

"허허, 먼 곳에 목표를 두고 애쓰는 사람이 천하에 어디 한

둘이더냐?"

"저 자신도 그런 줄 알았습니다. 그러나 뒤늦게 돌이켜보니 언제부턴가 눈앞만 보고 있었지요. 헌데 석 악사는 멀리 보기 위해서 스스로를 끝없이 채찍질하는 것 같습니다. 남에게는 관대하면서 자신에게는 한없이 엄한 사람, 그런 사람이라고…… 저는 생각합니다. 제 짐작이 너무 앞서 간 건지는 모르겠습니다만……"

남궁호천이 자신 없는 음성으로 말꼬리를 흐렸다.

석도명을 안다고 말하기에는 정말로 아는 게 너무 없었다. 어쩌면 몇 마디 말만 듣고서 석도명에게 너무 많은 기대를 걸었는지도 모른다.

하지만 지금의 이야기만은 있는 그대로의 솔직한 심정이다. 최근 자신에게 일어난 모든 변화가 석도명을 따라가려는 마음에서 비롯된 것이기 때문이다.

'그래, 아버님이 설리의 짝을 허투루 고를 분이 아니거늘.'

남궁강은 일단 지켜보자는 생각으로 석도명과 남궁설리의 혼담을 슬쩍 덮었던 일이 후회스러웠다.

기회가 있을 때 덥석 잡아둬야 했는데, 무림인이 아니라는 이유로 공연히 망설였던 것이다.

"말이 나온 김에 네 의견이 듣고 싶구나. 석 악사가 설리의 짝으로 어울릴 것 같으냐?"

"하하, 제게 친누이가 있었다면 벌써 강제로 합방이라도 시컸을 겁니다."

표현은 과격했지만 남궁호천은 대답을 망설이지 않았다.

남궁강은 궁금해졌다. 사람에 대한 이처럼 철석같은 믿음은 대체 어디서 오는 걸까?

"허허, 설리가 할 일이 태산이로구나. 무림맹의 서품전에도 대비해야 하고, 석 악사와 혼사도 추진해야 하고……."

남궁강이 누구에게랄 것도 없이 나지막하게 중얼거렸다.

아무래도 먼저 석도명을 만나야 할 것 같았다.

그 무렵 석도명은 해가 중천에서 얼핏 기우는 것을 보면서 외출 준비를 하고 있었다.

망호정으로 일을 나가기 위해서다. 날이 풀리면서 서호의 야경을 즐기려는 청춘남녀들이 늘어난 덕분에 석도명의 일과도 그에 맞춰 뒤로 늦춰졌다.

칠현금을 메고 집을 나서던 석도명이 문 앞에서 전혀 의외의 인물을 발견했다.

"오랜만이구먼."

말은 무뚝뚝했지만, 석도명을 대하는 사내의 태도에는 스스럼이 없었다.

"예, 오랜만입니다. 가주께서는 안녕하신지요?"

"글쎄, 자네가 2년 전에 소리도 없이 내빼는 바람에 가친께서 상심이 아주 크셨지. 하하."

사내가 짐짓 친근한 표정을 지으며 크게 웃어보이자 석도명은 되레 난감한 기분이 들었다.
　'왜 이렇게 친한 척을 하지?'
　석도명과 사내의 인연이라곤 반백제를 앞두고 사마중의 방에서 잠깐 얼굴을 스친 게 전부였다.
　사실 석도명은 머리를 쥐어짠 끝에야 겨우 상대의 이름을 기억해낼 수 있었다.
　무림맹 군사인 사마중의 장남이자 사마세가의 소가주인 그의 이름은 사마형이었다.
　"저 때문에 상심을 하셨다니요?"
　"반백제가 끝난 뒤 아버님께서 직접 자네 사부를 뵈러 가셨었지. 헌데 무덤만 남아 있고, 자네는 찾을 수가 없더구먼."
　"당시 사부님께서 갑자기 돌아가셨습니다. 사부님께서 당부하신 일이 있어서 장례를 마치고 떠났지요."
　석도명이 저간의 사정을 아주 간략하게 설명했다. 사부와 자신의 일을 타인에게 주절주절 늘어놓고 싶지도 않았지만, 그보다는 사마중이 왜 사부를 찾아왔었는지 그 까닭이 궁금했다.
　하지만 사마형은 다시 엉뚱한 것을 물었다.
　"자네, 남궁세가와는 어떤 관계인가?"
　느닷없는 질문에 석도명의 얼굴에 또 다른 궁금증이 떠올랐다.

　　　　　＊　　　＊　　　＊

　사마형이 다녀간 바로 다음날 석도명은 오랜만에 남궁강의 부름을 받았다.
　여느 때처럼 칠현금부터 내려놓는 석도명을 향해 남궁강이 가볍게 손을 저었다. 오늘의 용건이 칠현금 연주를 듣는 게 아니었기 때문이다.
　"그래 생각은 충분히 해봤는가?"
　석도명은 남궁강의 질문을 언뜻 알아들을 수가 없었다. 대체 자신이 뭘 생각했어야 하는 건가?
　"생각이라고 하심은……."
　"허허, 젊은 사람이 벌써부터 건망증인가? 이 사람아, 내 딸과의 혼사에 대해서 시간을 두고 생각해 보자고 하지 않았던가? 계절이 두 번 바뀌고, 해가 변했으면 생각할 시간은 충분했을 텐데 말이야. 허어, 무심한 사람 같으니라고. 혼기가 꽉 찬 아이를 늙어 죽게 할 생각이던가?"
　"아, 예……."
　석도명은 왠지 남궁강이 자신과 남궁설리의 혼사를 서두르지 못해 조바심을 내고 있는 것만 같았다. 당장 혼인 날짜를 잡자는 말이 남궁강의 입에서 금방이라도 쏟아질 듯한 분위기였다.
　'내 태도가 너무 모호했구나.'

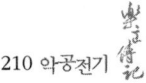

석도명은 자신이 남궁설리와 혼인할 뜻이 없음을 남궁강에게 이미 밝혔다고 생각했었다. 당시 남궁강이 시간을 두고 생각해 보자고 한 말은 소문이 수그러들 때까지 조용히 덮어두자는 의미로만 받아들였다.

  헌데 상대는 전혀 그런 뜻으로 한 이야기가 아니었던 모양이다. 애초에 자신이 좀 더 분명하게 말을 했더라면 이런 불편한 상황을 초래하지는 않았을 텐데 말이다.

  사실은 남궁강이 의도적으로 석도명을 몰아붙인 것에 지나지 않았다.

  남궁호천과 대화 끝에 석도명을 사위로 들이겠노라고 단단히 마음을 먹은 뒤였기 때문이다.

  하지만 고지식한 석도명은 모든 게 자신의 우유부단함 때문이라고 덜컥 믿어 버렸다.

  석도명은 이제라도 진실을 밝혀야 할 것 같았다. 시간을 끌면 끌수록 남궁설리의 상처만 깊어지지 않겠는가?

  "죄송합니다만 저는 남궁 소저와 혼인을 올릴 생각이 없습니다."

  "허어, 이거 대놓고 거절이구먼. 혹시 따로 마음에 둔 처자가 있는가?"

  "누군가를 여인으로 마음에 품어 본 일도, 혼인을 생각해 본 일도 없습니다. 악사의 길을 가기에도 벅찰 따름입니다."

  석도명은 잠시 정연을 떠올렸다.

여인을 마음에 둔 것은 정연이 유일했다. 하지만 그건 어디까지나 누이로서, 어머니로서 그리워하는 마음일 것이다.

자신에게 정연은 이 세상에 단 하나뿐인 혈육이다. 혈관의 피가 아니라, 영혼의 피를 나눈.

"허허, 악사의 길이라…… 과연 그랬군."

석도명이 딱 부러지게 거절을 하는 바람에 남궁강은 실망을 감추기 어려웠다. 그래도 석도명에게 따로 정해 둔 여인이 없다는 사실이 최소한의 위안을 가져다줬다.

'너무 갑자기 밀어 붙였나? 당최 연애 문제는 서툴러서…….'

남궁강은 전술상의 변화가 필요하다는 판단을 내렸다.

자고로 속공이 안 먹히면 지구전(持久戰)으로 가면 된다. 지구전 중에서도 으뜸은 포위전(包圍戰)이다. 남궁세가와 석도명 사이에 이런저런 인연을 만들고, 곁에 가까이 붙잡아 두면 언제고 기회는 오게 돼 있다.

석도명이 사내임이 분명한 이상, 언제고 여인이 그리워질 것이고 그때 가장 가까이 있는 사람이 남궁설리라면 승부는 거의 끝나지 않겠는가?

남궁설리의 미모와 재주는 어디 내놔도 결코 빠지지 않으니 말이다.

"크흠, 내가 너무 서둘렀던 모양일세. 암, 장부에게는 장부의 길이 있는 법이지. 하지만 명심하게. 여인을 너무 멀리하는 것 또한 장부의 도리는 아니라네. 이제부터라도 다시 생각해 보게."

"예. 명심하겠습니다."

"그나저나 자네 입으로 한 약속은 잊지 않았을 테지. 설리를 도울 일이 있으면 기꺼이 하겠노라고."

"물론입니다."

석도명이 남궁강의 시선을 피하지 않았다. 스스로 한 말은 반드시 지키겠다는 의지였다.

"무림맹에 가주게나. 설리를 위해서."

"예? 무림맹이라고 하셨습니까?"

"허허, 그리 놀랄 만한 일은 아닐 걸세."

석도명이 놀란 반응을 보이자 남궁강이 웃음을 머금었다. 악사에게 무림맹으로 가 달라는 것은 확실히 무리한 부탁이다. 우선 상대를 안심시키는 게 필요하리라.

"몇 달 뒤 무림맹에서 중요한 서품전이 치러질 예정이라네. 그리고 이번 대회는 전쟁을 방불케 할 정도로 치열한 싸움터가 될 걸세. 그런 험한 자리에 딸을 내보내야 하는 내 심정이 어떨지 짐작이나 할 수 있겠나? 그래서 자네에게 도움을 청하는 걸세. 내 부친을 도왔듯이 설리에게 도움이 될 수 있을 게야. 솔직히 자네의 연주를 그렇게 듣고도 나 자신은 도통 진전이 없네만, 젊은 사람들끼리는 뭔가 통할 수도 있지 않겠나? 더구나 우리 가문의 누군가가 큰 도움을 받았다면서 자네를 극구 추천하더구먼. 부디 내 청을 거절하지 말게나."

남궁강의 이야기는 길었다. 행여 석도명이 거절이라도 할까 봐 이런저런 이유를 장황하게 갖다 붙인 까닭이다. 그리고 자신의 말마따나 딸에 대한 걱정과 관심이 더해진 것도 사실이었다.

말을 마친 남궁강이 석도명을 바라봤다.

남궁강의 말에 석도명은 바로 대답을 하지 않았다. 혼자 뭔가를 생각하는 눈치였다.

"자네, 남궁세가와는 어떤 관계인가?"
"그걸 왜 물으십니까?"
"남궁세가에 매어 있는 사람을 마음대로 부를 수는 없지 않은가?"
"지금 저를 부른다고 하셨습니까?"
"그래 내 가친, 무림맹 군사께서 자네를 보고자 하신다네."

석도명은 어제 자신을 찾아온 사마형과의 대화를 떠올렸다.

사마형이 대뜸 남궁세가와의 관계부터 물은 까닭은 남궁설리와의 혼담 탓이었다.

남궁세가의 사위가 될 사람을 다른 가문에서 함부로 불러들일 수가 없기 때문이다. 석도명이 항주에 있다는 소식을 작년 가을에 듣고서도 선뜻 사람을 보내지 못하다가, 이제야 무림맹의 연통문을 핑계 삼아 찾아온 것 또한 그런 연유라고 했다.

'후우, 결국은 이것도 예정된 운명인가?'

석도명은 일이 너무 공교롭다는 생각이 들었다.

사실은 사마중이 자신을 만나고 싶어 한다는 이야기에 하마터면 함성을 지를 뻔했다.

어떻게 하면 무림맹 군사부를 기웃거려볼까를 고민하고 있던 차에 사마중의 부름을 받다니! 하늘이 돕는 것만 같았다. 마음 같아서는 그 길로 사마형을 따라 여가허로 가고 싶었다.

그러나 석도명은 그럴 수가 없었다. 남궁세가와 아직 정리되지 않은 문제가 남아 있다. 자신의 입으로 분명히 남궁설리를 돕는데 최선을 다하겠다고 말했던 것이다.

그래서 사마형에게는 남궁세가와 개인적인 문제를 해결하는 대로 무림맹을 찾아 가겠다는 약속을 했을 뿐이다.

헌데 바로 그 다음날 남궁강의 입에서 무림맹으로 가달라는 말이 나온 것이다. 이걸 어찌 우연이라고만 하겠는가?

석도명은 보이지 않는 운명의 끈이 이번에는 자신을 무림맹으로 잡아끄는 것만 같았다.

'사부님! 이 못난 제자, 끝까지 가보겠습니다. 가서 확인하겠습니다. 식음가를 비극으로 몰아넣은 흉수가 누구인지를.'

석도명이 결심을 다지며 주먹을 움켜쥐었다.

석도명의 생각이 너무 길었던 모양이다.

"허어, 내가 너무 어려운 일을 부탁한 겐가?"

인내심을 잃은 남궁강의 음성이 들려왔다.

"아닙니다. 약속은 지켜야지요. 가겠습니다, 무림맹에!"

석도명은 남궁세가와 동행을 할 경우 무림맹에 가더라도 사마세가와는 거리가 생길 수밖에 없을 것임을 알았다.

정작 아쉬운 부탁을 해야 할 곳은 남궁세가가 아니라, 사마세가였지만 석도명은 남궁세가와의 인연을 박찰 수가 없었다. 자신의 입으로 한 말을 뒤집을 성격이 아닌 탓이다.

확실히 석도명다운 선택이었다.

"허허, 고마우이. 정말 고마워."

남궁강이 반색을 하며 웃음을 터뜨렸다.

하지만 곧이어 얼굴에 웃음을 지우고는 석도명을 빤히 바라봤다. 또 할 말이 남았다는 뜻이다.

"말씀하시지요."

"흠, 내가 이제부터 칠현금을 배워볼 생각이라네. 자네 생각은 어떤가?"

"예?"

"어째 반응이 그 모양인가? 남궁세가의 가주가 칠현금을 배운다. 잘 어울리지 않나? 으허허."

석도명은 딱히 할 말을 몰라 난감하기만 했으나, 남궁강은 그에 아랑곳하지 않고 하염없이 웃기만 했다.

무림맹을 향한 석도명의 발걸음은 그렇게 기묘한 형태로 첫 단추가 꿰어지고 있었다.

제7장
장강(長江)을 건너다

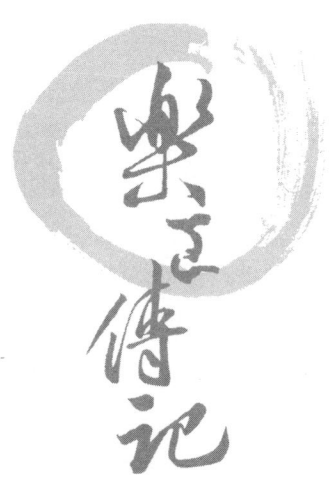

 언제나 그렇듯 올해도 봄은 아쉬움만 잔뜩 남긴 채 짧게 스쳐갔다.
 그러나 무림에 연을 대고 살아가는 이들은 그 짧은 봄조차 느낄 여유가 없었다. 녹림맹의 출범, 중소문파들의 무림맹 탈퇴와 같은 굵직한 사건들이 꽃 대신 강호의 봄을 장식했기 때문이다.
 여름이 시작될 즈음 강호의 정세는 또다시 몇 가지 사건을 향해 가파르게 달려가고 있었다.
 가장 먼저 세상을 달군 것은 녹림맹이 중양절에 맞춰 개파대전을 갖기로 했다는 소식이다. 녹림맹주로 결정된 멸산도제 우무중이 그날 취임식과 동시에 무림을 향해 중대발표를 할 것이라는 소문이 뒤따랐다.

뒤이어 무림맹을 집단 탈퇴한 각 지역의 중소문파들이 결국 소의련(小義聯)의 이름 아래 손을 잡는다는 공식 선언이 터져 나왔다.

무림맹의 예측대로 일광무흔 손강이 소의련주로 추대되자 그때까지 사태를 관망하던 수많은 중소문파들이 앞 다퉈 소의련으로 모여들었다. 공교롭게 소의련의 개파대전 또한 중양절로 날짜가 잡혔다.

그 일을 두고 녹림맹과 소의련이 사전에 모의를 한 것이 아니냐는 의혹이 제기되기도 했지만, 이내 신빙성 없는 낭설로 끝나고 말았다.

녹림맹과 소의련이 굳이 중양절을 선택한 이유는 누가 봐도 자명했기 때문이다.

바로 무림맹의 연중 최대 행사인 양곡대전 승전일이 중양절 닷새 뒤였던 것이다. 태생적으로 무림맹과 척을 진 두 세력이 무림맹의 잔치에 재를 뿌리고 싶어 한다는 속사정을 알 만한 사람들은 다 알았다.

무림맹도 마냥 손을 놓고 있지는 않았다. 여운도가 맹주직을 걸고 고집했던 무림맹 개혁안이 드디어 세상에 공개된 것이다.

무림맹을 단일조직으로 통합하고, 모든 직책을 실력에 따라

재분배한다는 내용이 알려지면서 세상이 발칵 뒤집혔다. 성급하게 소의련으로 달려갔던 중소문파 가운데 일부가 무림맹 복귀를 고민하고 있다는 소문도 심심치 않게 흘러나왔다.

그 무렵 무림맹의 이름으로 또 하나의 포고문이 사방에 붙여졌다.

> 무림맹은 더 이상 십대문파와 오대세가의 전유물이 아니다. 뜻이 있는 자, 무림맹으로 오라.
> 나이도, 귀천(貴賤)도, 남녀도 따지지 않는다. 천하를 구할 뜨거운 협의만 있다면 무공조차 따지지 않으리라!

무림맹에서 사람을 뽑으면서 무공을 따지지 않는다는 황당한 이야기가 사람들의 이목을 집중시켰다.

녹림맹과 소의련의 출범 소식조차 무림맹의 파격적인 행보에 묻혀 버리는 것 같았다. 특히 무림맹의 직책을 재조정하기 위해 치러질 서품전의 결과를 두고 갖은 예상과 추측이 난무했다.

그 같은 열기를 반영하기라도 하듯 이제 겨우 여름의 초입인데도 태양은 연일 폭염을 쏘아대고 있었다.

노산으로 뻗은 관도를 두 사내가 나란히 걷고 있다. 석도명과 부도문이다.

남궁세가와 함께 무림맹에 가기로 약속을 한 석도명이 지금

장강(長江)을 건너다 221

향하고 있는 곳은 여가허가 있는 북쪽이 아니라 엉뚱하게도 서쪽이다.

대림사에 머물고 있던 장기수가 그예 세상을 떴다는 소식을 받고 서둘러 가는 길이었다.

장례는 이미 끝이 났지만, 향불이라도 올리고 떠나야 마음이 편할 것 같았기 때문이다.

무림맹에 가는 것은 그 다음에 해야 할 일이었다.

찌는 날씨가 성가신지 두 사람 모두 좀처럼 말이 없다.
"굼벵이."
부도문이 불쑥 침묵을 깼다. 왠지 불만이 가득한 목소리다.
"하하하."
석도명이 웃음을 터뜨렸다. 부도문이 골을 내는 까닭을 잘 알기 때문이다.

요즘 부도문은 한 가지 일로 석도명을 계속 물고 늘어졌다. 왜 경신술을 익히려고 들지 않느냐는 것이다.

한곳에 눌러 앉아 있을 때는 별로 문제가 되지 않았지만, 이렇게 먼 길을 나서고 보니 느려터진 석도명의 발걸음이 골칫거리가 됐다.

몇 달 전 대림사를 찾아갔을 때 부도문이 같은 이유로 석도명을 떠봤지만, 그때나 지금이나 석도명은 경신술에 관심을 보이지 않았다.

크게 웃고는 있지만 석도명의 속도 마냥 편하지는 않았다.

'이번에는 무슨 바람이 불려는 걸까?'

대림사에 다녀온 뒤로 석도명은 음악에 빠져 다른 걸 배우고, 고민할 여유가 없었다.

'자연으로 돌아가라'는 한 마디를 가슴에 담기는 했지만, 딱히 뭔가 깨달음이 생기지는 않았다. 그렇다고 연주 솜씨를 높이려 애를 쓰지도 않았고, 주악천인경의 구절들을 일일이 되새기는 일에 매달린 것도 아니다.

그저 잊고, 비우고, 지우면서 기다리고 있었다. 알 수 없는 그 무엇이 가슴을 가득히 채워올 때를.

어려서 사춘각에서 음악을 배울 때 깨우침이 느리다고 야단을 맞은 것도, 유일소의 가르침에도 불구하고 눈을 뽑을 마음이 생기지 않은 것도 따지고 보면 가슴 속에 그 뭔가가 제때 차오르지 않았기 때문이다.

어느 순간 바람처럼 다가올 깨달음의 순간을 위해서 석도명은 당장에는 비우는 것 외에는 아무것도 할 수가 없었다.

부도문이 그런 속내도 모르고 석도명을 흘겨봤다. '네놈 때문에 나까지 사서 고생을 하고 있는데 어디서 웃음을 짓느냐'는 힐난이다.

석도명은 궁색한 변명이라도 늘어놔야 할 것 같았다.

"그게 말입니다. 아프고 또 아픈 것이 인생이라고 하지 않습니까? 발이라는 것도 아프고 아파봐야 되지 않을까요? 그 아픔을 견딜 수 없을 때 경신술을 배우게 되겠죠."

부도문이 어이가 없다는 듯이 머리를 흔들었다.

"끄끄끄, 아픈 거라면 내가 도와줄 수 있는데."

"헛, 아닙니다. 안 도와주셔도 됩니다."

석도명이 기겁을 하며 손을 저었다.

살인의 충격에 질려 무공을 기피한다고 뻥을 쳤던 부도문이다. 발까지 수난을 당하게 할 수는 없었다.

"쯧쯧, 할 게 없어서 차별이냐?"

"예?"

거두절미(去頭截尾; 머리와 꼬리를 자르고 요점만 말함)를 기본으로 하는 부도문의 화법에는 어지간히 이력이 난 석도명이지만, 이번 말은 쉽게 알아듣지 못했다.

경신술을 이야기하다가 말고 갑자기 차별이라니?

석도명을 골려 먹을 작정이라도 했는지 부도문은 갑자기 발을 앞으로 내딛었다. 부도문의 신형이 바람 소리를 내며 화살처럼 쏘아졌다.

부도문의 한 마디가 저 멀리서 메아리처럼 들려왔다.

"끄끄끄, 무공이 별거냐? 검을 들어 허공을 겨누면 검법이고, 발을 들어 땅을 디디면 신법인 게지."

석도명이 우뚝 걸음을 멈췄다. 부도문의 말이 가슴에 묘한 파장을 남겼기 때문이다.

부도문은 말한 것이다. 무공의 갈래가 아무리 달라도 결국은 사람이 몸을 움직이는 것일 뿐이라고. 그것을 대하는 마음의 바탕 또한 다를 이유가 없다고.

"발을 들어 땅을 딛는다……."

땅을 딛는 것 또한 자연과 더불어 살아가는 일의 일부가 아닐까 하는 생각이 문득 떠올랐다. 그것은 오래전 사부의 가르침이기도 했다.

> "인간은 대지(大地)를 밟고 살아가는 존재다. 사람이 자연과 함께 산다고 하는 것은 두 발로 땅을 밟는 행위로 시작되는 거지. 발걸음이야말로 인간이 세상을 만나는 가장 솔직한 방법이다."

석도명이 조금 전 부도문이 보여준 발놀림을 떠올렸다.

발을 움직이는 것 또한 검을 쓰는 것과 다르지 않다고 생각하면서 천천히 되짚어 보니 그 궤적이 하나의 선으로 이어지는 것 같았다. 아무래도 부도문이 일부러 그런 몸짓을 보인 게 분명했다.

석도명이 그 한 줄기 선을 머릿속에 단단히 새겼다. 경신술에 대해서는 언제고 다시 생각할 기회가 있을 터였다.

그렇게 얼마나 생각에 빠져 있었을까? 석도명이 화들짝 정신을 차렸다. 벌써 얼마만큼이나 갔는지 부도문은 보이지 않았다.

"그런다고 혼자 가나……."

석도명이 칠현금을 바짝 등에 붙이고는 달리기 시작했다.

그렇게 반 시진 가량을 뛰다가 걷다가를 반복한 끝에야 저 앞에서 느긋하고 걷고 있는 부도문의 모습이 눈에 들어왔다.

"헉헉, 천천히 좀 가세요."

겨우 부도문을 따라잡은 석도명이 숨을 헐떡이며 말했다.

"끄끄끄, 발이 아프고 또 아파야 한다며?"

"에휴……."

석도명이 고개를 저었다. 부도문하고 입씨름을 벌여서 좋은 결과를 본 기억이 없기 때문이다.

이내 두 사람 사이에 다시 침묵이 찾아 들었다.

두두두두.

뒤편에서 말발굽 소리가 들려왔다.

마차 한 대가 뽀얀 흙먼지를 일으키며 석도명과 부도문을 스쳐갔다.

헌데 무슨 까닭인지, 마차는 두 사람을 앞지른 뒤 얼마 가지 못하고 바로 멈춰 섰다. 마차 창문에 드리워진 휘장이 걷히더니 누군가가 밖으로 고개를 내밀었다.

"방향이 비슷한 것 같군요. 날도 더운데 함께 가시는 게 어떨까요?"

30대 중반으로 보이는 젊은 여인이었다. 이목구비는 반듯하지만, 단아하거나 기품이 있다는 느낌은 전혀 주지 못하는

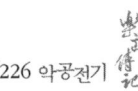

얼굴이다. 돈을 제법 들인 듯한 몸치장 또한 너무 화려하기만 해서 여염집 규수로는 보이지 않았다.

석도명이 눈짓으로 부도문의 의견을 구했다.

"끄끄끄, 발 아프게 하기는 벌써 다 했냐?"

석도명이 부도문의 놀림을 흘려들으며 마차 안의 여인에게 고개를 숙였다. 부도문이 반대를 하지 않으니 신세를 지기로 한 것이다.

"저희는 노산으로 가고 있습니다만."

"호호, 경덕진(景德鎭)까지는 모셔다 드릴 수 있겠군요."

"그럼 신세를 좀 지겠습니다."

여인이 마차 문을 열어주자 석도명이 얼른 안으로 들어갔다.

경덕전은 강서성 경계와 노산 중간쯤에 있는 마을이다. 남은 거리의 절반쯤을 마차로 갈 수 있는 셈이다. 부도문 덕분에 뜀박질을 하느라 녹초가 된 석도명으로서는 그것만 해도 꽤나 횡재를 한 기분이 들었다.

석도명이 망설이지 않고 마차에 오르는 모습을 보고는 부도문이 쓴웃음을 지으며 그 뒤를 따랐다.

6인승으로 제작된 마차 안에는 50대 초반으로 보이는 다부진 체구의 사내가 타고 있었다. 여인과 마주 보고 앉아 있던 사내는 석도명과 부도문에게 자리를 내주고 여인의 옆자리로 옮겨 앉았다.

마차가 다시 출발하자 네 사람 사이에 자연스럽게 통성명이 오갔다. 물론 부도문의 소개는 석도명의 몫이었지만.

여인의 이름은 송나옥(宋羅玉), 사내는 장한석(張漢奭)이라고 했다.

"저는 경덕진의 도자기가 유명하다고 해서 보러 가는 길이에요. 요즘 도자기 장사가 이윤이 좋다고 해서 제가 직접 알아보려고요. 며칠째 마차만 타고 있으려니 고역이랍니다. 호호, 우리 장 총관이 일은 잘하지만 입이 너무 무거워서 무료하던 차에 이렇게 두 분을 모시게 돼 반갑네요."

묻지도 않았는데 송나옥이 자기 이야기를 꺼냈다.

"아, 장사를 하시는군요. 여인의 몸으로 쉽지 않은 일일 텐데 대단하십니다."

석도명이 대꾸를 자처하고 나섰다.

그리 사교적인 성격은 아니지만 마차를 얻어 탄 처지에 말상대 정도는 해줘야 할 것 같아서다. 그리고 송나옥이 주인이고, 장한석이 그녀를 돕는 총관의 신분이라는 사실에 적이 놀란 것도 사실이었다. 여인의 몸으로 사업을 꾸려가는 게 어찌 쉬운 일이겠는가.

송나옥이 처연한 표정으로 다시 입을 열었다.

"에휴, 대단하기는요. 일찍이 서방과 사별한 박복한 년이 가업이라도 제대로 꾸려가야 고개를 들고 살지요."

"죄송합니다. 그런 사정이 있으신 것도 모르고."

송나옥이 남편을 잃고 그 자리를 대신하고 있다는 말에 석도명은 미안한 마음이 들어 가볍게 고개를 숙여 보였다.
하지만, 송나옥은 석도명을 보고 있지 않았다. 어느새 웃는 얼굴로 부도문에게 말을 걸고 있었다.
"호호, 제가 안 다녀 본 곳이 없을 정도로 돌아다니면서 무수한 사내들을 봤지만 나리처럼 잘 생긴 분은 처음 봅니다. 마차 안에서도 눈이 번쩍 뜨일 정도였지요."
상인이라서 스스럼이 없는 건지, 송나옥은 별로 부끄러운 기색도 없이 부도문의 외모를 입에 담았다. 조금 전 남편 이야기를 하며 떠올렸던 애잔함이 무색할 정도로 짙은 미소를 담은 얼굴이었다.
'허, 솔직한 건가, 뻔뻔한 건가?'
부도문을 향한 송나옥의 눈길이 너무 노골적이라 석도명은 속으로 혀를 내둘렀다.
그러고 보니 자신이 마차를 얻어 타게 된 건 순전히 부도문의 얼굴 때문이다. 대체 부도문의 얼굴이 얼마나 마음에 들었기에 달리는 마차를 세웠단 말인가?
부도문이 어지간히 마음에 들었는지 송나옥은 이것저것을 꼬치꼬치 캐물었다.
부도문은 듣기만 할뿐 좀처럼 입을 열지 않았다. 결국 송나옥의 질문에 대한 대답은 온전히 석도명의 몫으로 돌아갔다.
"항주에서 오셨다고요? 호호, 항주에 제가 거래하는 가게가 있거든요. 언제 한 번 놀러가야겠다. 어디로 찾아 가면 될까요?"

석도명과 부도문이 항주에서 오는 길이라는 이야기에 송나옥은 당장이라도 마차를 항주로 돌릴 것처럼 호들갑을 떨었다.

"저, 그게…… 저희는 당분간 항주에 없을 겁니다. 하남에 볼 일이 있어서 가는 길인데 언제 그 일이 끝날지 장담할 수가 없는지라."

석도명의 대답에 송나옥이 시무룩한 표정을 지었다.

"죄송해요. 초면에 너무 성가시게 해드렸군요. 저는 그저 두 분이 마음에 들어서 좋은 인연을 이어갔으면 하는 바람이었는데…… 부담을 드렸나 봐요."

송나옥은 석도명이 거처를 알려주기 싫어서 핑계를 댔다고 생각한 모양이었다.

"아니, 전혀 그런 뜻으로 말씀드린 게 아닙니다. 저희에게 정말로 사정이 있어서……."

"이제 거짓말까지 하시는군요. 하남으로 가려면 항주에서 북쪽으로 올라가야지, 어떻게 서쪽의 노산으로 가십니까?"

송나옥은 정말로 섭섭하다는 표정을 지었다.

송나옥의 예리한 추궁에 석도명이 손을 내저으며 다급하게 해명을 했다.

"아닙니다. 대림사에 향화(香火)를 올리러 가는 길입니다.

대림사에 들렀다가 곧장 북쪽으로 올라갈 겁니다."

"제가 오해를 했나 보군요. 그런 사정이시라면…… 다행이구요."

말은 그렇게 하면서도 송나옥의 얼굴에선 좀처럼 서운한 표정이 가시지 않았다.

그때 부도문이 불쑥 한 마디를 던졌다.

"끄끄끄, 좋은 인연은 쉽게 맺어지는 게 아니야."

서운함이 풀어지는 듯하던 송나옥의 귓불이 붉게 달아올랐다.

석도명이 원망스럽게 부도문을 바라봤지만, 부도문은 고개를 돌려 창밖만 내다봤다.

'하아, 꼭 사람 속을 뒤집어 놔야 하나?'

누가 친한 척을 한다고 그걸 쉽게 받아줄 부도문이 아니다. 하지만, 대놓고 면박을 줄 것까지는 없지 않은가 말이다.

"허어, 젊은 분들이 너무 하시구려. 우리 주인께서 비록 여인의 몸이시나, 성격이 대장부에 뒤지지 않게 화통하셔서 낯선 이를 반갑게 대해 줬거늘."

돌부처처럼 침묵을 지키고 있던 장한석이 낮지만 힘이 실린 음성으로 석도명과 부도문을 질책했다.

"아닙니다. 그런 뜻으로 말씀하신 게 아닙니다."

이번에도 뒷감당은 석도명이 해야 할 상황이었다. 하지만 송나옥이 그 말을 막았다.

"장 총관, 그만 하세요. 제가 죄송합니다. 좋은 뜻으로 시작한 말이었는데……."

송나옥은 그 말을 끝으로 함초롬히 입을 다물었다.

일방적으로 대화를 이끌어가던 송나옥이 대화를 끊어 버리자 마차 안에는 어색한 침묵이 찾아들었다.

마차가 한참을 달려 경덕진에 거의 이르렀을 무렵, 골똘히 생각에 잠겨 있던 송나옥이 다시 입을 열었다.

"저희 목적지에 다 온 것 같군요. 어쨌거나 이것도 인연인데…… 언제고 제남(齊南)에 오실 일이 있으면 양가상회(梁家商會)를 찾아주세요. 제남이 하남에서 그리 멀지 않잖아요."

석도명은 송나옥이 뒤끝이 없는 건지, 아니면 반대로 질긴 건지 얼핏 구분이 되지 않았다.

부도문에게 대놓고 면박을 당했으면서도 나중에 찾아오라는 걸 보면 생각보다 속이 넓은 것 같다. 하지만, 마지막 말은 아무리 들어도 '너희가 정말로 하남으로 가는 게 맞느냐'는 추궁이다.

"예, 마침 저희 목적지가 산동에서 가깝습니다. 기회가 되면 꼭 찾아뵙지요."

석도명이 자신도 모르게 목적지를 언급하고 말았다. 거짓말을 하지 않았다는 점을 되새기고 싶은 탓이다.

"끄끄끄. 제남이 물은 좋지."

부도문이 입맛을 다시며 말참견을 했다. 물 타령을 하는 것을 보니 또 술 생각이 난 모양이었다.

"호호, 제남의 술맛은 어디에 뒤지지 않지요."

송나옥이 얼른 말귀를 알아듣고 맞장구를 쳤다.

어색했던 분위기가 그것으로 조금은 풀어졌다. 그리고 마차가 경덕진에 도착했을 때 네 사람은 웃는 낯으로 헤어질 수 있었다.

뭐가 그리 아쉬운지 송나옥은 마차에서 내려 석도명과 부도문의 뒷모습을 지켜봤다.

두 사람의 모습이 까마득히 멀어진 뒤에야 장한석이 송나옥에게 말했다.

"하하, 하남으로 간다면 필경 구강(九江)에서 장강(長江)을 건너겠군요. 조만간 다시 만나겠는데요."

"호호, 파양호에서 배를 타고 호구(湖口)로 갈 수도 있잖아요."

"어쨌거나 한 번 인연을 맺었으면 끝을 봐야겠지요."

"글쎄요, 좋은 인연은 쉽게 생기는 게 아니라잖아요."

송나옥과 장한석이 오래도록 석도명과 부도문이 사라진 방향을 바라봤다.

*　　　*　　　*

"으흐흐, 장강을 건넌다고? 그것들이 드디어 호랑이 굴로 들어가는구나."

 막간대채의 채주 고삼이 웃음을 터뜨렸다.

 "장강까지 가야 합니까? 산을 두고 물로 가서 어쩌자는 겝니까? 우리가 수적(水賊)도 아니고."

 막간오귀부의 수좌이자, 사실상 부채주 노릇을 하고 있는 양멸이 걱정스레 물었다.

 칠현검마라는 이름을 세상에서 지우는 일도 중요하지만 막간산을 떠나 너무 먼 곳으로 가는 게 부담스러운 것이다.

 "그놈이 항상 부도문하고 붙어 다니는 바람에 달리 손을 쓰기가 어렵지 않더냐. 어차피 우리 처지에 항주 같은 대도시를 떼 지어 다닐 수 있는 형편이 아니니 차라리 장강이 홀가분하고 좋을 게다."

 "허, 부도문이라는 자가 대체 누구기에 그리 신경을 쓰는 게요. 몇 달을 참느라 좀이 쑤셔 죽을 지경이외다."

 고삼과 양멸의 대화를 지켜보던 누군가가 불쑥 끼어들었다.

 입을 연 사람은 눈매가 날카로운 다부진 체격의 중년인이다. 그 옆에 줄 지어 앉은 사람들이 그의 말에 공감을 표한다는 의미로 고개를 끄덕였다.

 "크흠, 세상에 잘 알려지지 않은 고수외다. 석도명이라는 조무래기와는 비교할 수가 없는……."

 "쩝, 철혈사사라는 이름이 부끄러워지게 만드는구려."

 혀를 찬 사람은 철혈사사의 맏형격인 이비염(李丕炎)이다.

이비염은 얼마 전 서호 외곽에서 석도명을 공격했다가 낭패를 보고 돌아온 게 아직도 마음에 걸렸다.

헌데 부도문이라는 보지도 듣지도 못한 놈이 석도명보다 고수라니! 철혈사사라는 이름이 언제부터 이렇게 발에 차이는 돌멩이 같은 대접을 받았더란 말인가?

"고 채주, 철혈사사는 그렇다 치고 어째 우리까지 핫바지 대접을 받는 기분이 드는구먼."

고삼 왼쪽 편에 앉아 있던 노인이 냉소를 날리며 말했다.

"아니올시다. 독산구접(獨山久接) 노 선배를 감히 누가 어려워하지 않겠소? 다만, 막간대채로서는 눈에 띄지 않게 움직여야 할 고충이 있으니 여기 계신 모든 분들이 이해해 주길 바라오."

고삼이 손을 저으며 서둘러 수습에 나섰다.

철혈사사는 몰라도 독산구접 항문송(項文松)은 막간대채의 채주인 고삼조차도 함부로 할 수 없는 사파의 고수다.

어디 그뿐이랴? 항문송 옆으로 줄지어 앉아 있는 비도의 달인 소리비도(疏離飛刀) 심경색(沈勁索)이나, 창의 명수 주구장창(周久壯槍) 마비(馬枇) 또한 간단치 않은 고수들이다.

이 정도 실력자들을 끌어 모으느라 지난겨울 찬 서리를 맞아가며 얼마나 헤매고 다녔던가! 덕분에 녹림의 알부자로 소문났던 막간대채의 창고가 바닥을 드러낼 정도로 출혈이 심하기는 했지만.

애써 초빙한 고수들이 자존심을 상하지 않도록 분위기를 가라앉힌 고삼이 말을 이어갔다.

"자자, 너무 기분 나쁘게 생각하지 마시오. 자고로 호랑이는 토끼 한 마리를 잡을 때도 최선을 다하는 법이외다. 병법이란 언제나 최악을 준비해야 하는 것이라고 하지 않소이까. 만전의 준비를 해서 상대를 최후의 상황으로 몰아넣는 것. 그게 이번 작전의 핵심이외다!"

"호오, 고 채주가 병법에 조예가 깊은 줄은 내 미처 몰랐소."

이비염이 감탄 어린 표정으로 자신을 바라보자 고삼은 어깨를 으쓱했다.

'흐흐, 선비 놈들이 이 맛에 그 지겨운 공부를 하는 모양이군.'

녹림맹 군사 허이량에게서 주워들은 몇 마디를 써먹었을 뿐이지만, 좌중의 분위기를 보니 확실히 씨알이 먹혀든 것 같았다.

고삼이 자신감 가득한 얼굴로 목청을 높였다.

"다들 소문을 들었겠지만, 칠현검마의 특기는 불이외다. 그자와 직접 검을 섞어 본 철혈사사의 말마따나 화기(火氣)를 다스리는 양강(陽剛)의 내공을 익힌 게 분명하오. 어쨌거나 불덩어리를 쏘아대는 놈한테 뭐가 약이겠소?"

"흐흐, 당연히 물이겠지요."

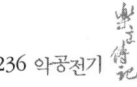
236 악공전기

장강으로 간다는 말에 우려를 표시했던 막간오귀부의 수좌 양멸이 그제야 낮은 웃음을 터뜨렸다.

불을 상대하는데 물보다 효과적인 것이 따로 있겠던가.

"크흠, 불이 무서워 물로 간다? 그러면 부도문인지 뭔지 하는 놈도 물에만 처넣으면 해결이 되는 겐가?"

독산구접 항문송이 여전히 마뜩치 않은 음성으로 물었다. 아무래도 고삼이 부도문에게 겁을 먹은 듯한 눈치가 보였기 때문이다.

부도문이 혈제의 전인이라는 이야기를 듣지 못한 항문송으로서는 그 까닭이 궁금하기도 했거니와, 은근히 마음에 걸리기도 했다.

상대가 얼마나 대단하기에 이 정도의 고수들을 모아 놓고도 이렇게 신중에 신중을 기하는지 생각할수록 궁금했다.

하지만 고삼의 대답은 그런 궁금증을 더욱 깊어지게 하는 것이었다.

"허허, 항 선배께서는 너무 걱정을 하지 않으셔도 됩니다. 그자를 상대할 사람은 따로 있으니까요. 자자, 갈 길이 머니 서둘러 출발 준비를 합시다. 이제 칠현검마를 수장(水葬)시키는 일만 남았다 이거요. 우하하!"

뭐가 그리 좋은지 고삼이 가슴을 두드리며 크게 웃었다.

그 얼굴이 너무 즐거워서 뭔가를 따져 묻기는 쉽지 않았다. 결국 급히 소집된 회의는 그렇게 끝이 나고 말았다. 그리고 그날이 가기 전에 300여 명에 달하는 막간대채의 산적 가운데 3분의 2가 소리 없이 흩어져 어디론가 떠나갔다.

  산적들이 강으로 싸움을 나가는 보기 드문 일이 시작된 것이다.

*   *   *

  석도명과 부도문은 쓸쓸하게 죽은 장기수의 영전에 향불만 사르고는 바로 대림사를 떠났다.

  남궁세가와 약속한 날짜가 하루하루 다가오기도 했거니와, 낯선 사람들과 얼굴을 맞대고 있기가 불편했기 때문이다. 그나마 얼굴이 익은 두공은 이미 봉선암을 떠난 뒤였다.

  서둘러 북쪽으로 길을 잡은 두 사람은 머지않아 장강변의 구강에 도착했다.

  석도명은 구강나루에 닿자 부도문을 주점에 앉혀 두고 곧장 배편을 알아보러 나갔다. 반 시진이 지난 뒤에야 돌아온 석도명의 얼굴은 어두웠다.

  "어쩌죠? 배가 없답니다."

  "끄끄, 배 살 돈은 없고?"

  부도문이 빈 술병을 흔들면서 물었다. 고작 술 한 병을 안겨 주고 물경 반 시진이나 기다리게 했냐는 힐난이다.

  "돈이 있어도 배를 살 수가 없다고 하네요. 이 근방의 배란

배는 누가 죄다 끌어갔답니다. 고기잡이배도 없어서 상인들이 순번표를 받아들고 며칠째 대기를 하고 있는 형편이랍니다."

"끄끄끄, 놀다가자."

부도문이 술병을 석도명의 눈앞에 가까이 들이대며 특유의 웃음을 지어 보였다. 언제나 그렇듯이 세상에 급할 게 없는 얼굴이었다.

"에휴, 내가 말을 말아야지."

석도명이 고개를 저으며 한숨을 내쉬었지만 뾰족한 방법은 떠오르지 않았다. 다행히 그동안 딴 짓을 하지 않고 부지런히 움직인 덕분에 한 사나흘쯤 늦어져도 남궁세가와의 약속은 얼추 지킬 수 있을 것 같았다.

그런데 그때 누군가가 주점에 들어서다가 석도명을 발견하고는 반색을 했다.

"호호, 멀리 못 가셨네요."

음성의 주인공을 확인한 석도명의 얼굴에는 반가움이라고 하기에는 어딘가 부족한 미소가 떠올랐다.

며칠 전 헤어졌던 송나옥이 활짝 웃음을 머금은 얼굴로 다가왔다. 그 뒤를 따르는 장한석 또한 제법 반가운 티를 내고 있었다.

"여긴 어쩐 일이십니까?"

석도명이 자리에서 일어나 인사를 했다.

하지만 송나옥은 석도명의 인사를 받는 둥 마는 둥 부도문만 바라봤다.

"호호, 나리를 여기서 다시 뵈다니 이 정도면 좋은 인연 아닌가요? 제가 오늘 운이 좋으려고 그랬는지, 경덕진에서 일이 생각보다 빨리 끝났지 뭐예요."

송나옥은 허락도 구하지 않고 탁자 한쪽에 자리를 잡고 앉아 부도문에게 연신 미소를 보냈다.

부도문이 대답 대신 송나옥의 눈앞에 빈병을 흔들어 댔다.

송나옥이 그 뜻을 알아채고는 손을 들어 점소이를 불렀다.

"호호, 다시 만난 기념으로 제가 한턱낼게요. 배를 타기 전에 요기나 하려고 들렀는데, 우리 같이 식사나 하죠. 물론 술도 더 하시고."

"끄끄, 이건 확실히 좋은 인연이야."

부도문이 만족스럽게 고개를 끄덕였다.

하지만 석도명의 관심을 끈 건 술 이야기가 아니었다.

"배편을 구하셨습니까? 근방에 배가 없다는데."

"아, 무슨 상단이 하나 지나간다고 근방의 배를 전부 빌려갔다고 하더군요. 다행히도 저희는 도자기를 운반하느라 미리 빌려놓은 배가 있거든요."

"저……."

석도명이 주저하며 입을 열었지만 말을 끝맺지 못했다. 송나옥의 눈치가 귀신같이 빨랐기 때문이다.

"호호, 그러고 보니 배편이 없으신 모양이네요. 어디로 가시는 거죠?"

"멀리는 안 갑니다. 여기서 반대편 쪽으로 강만 건너면 거기서부터는 다시 걸어가려고요."

송나옥이 묘한 미소를 지었다.

"이거 어쩌죠? 태워드리면 좋겠는데 저희는 강을 건너는 게 아니라, 하류로 내려갈 거랍니다."

"아 예……."

석도명이 실망한 기색을 감추지 못하자 송나옥은 뭔가를 생각하는 눈치였다.

"그러면 이건 어떨까요? 저희 배를 타고 가시다가 중간에 안경(安慶)에서 내려드릴 수 있는데. 거기서 합비를 지나 북쪽으로 올라가면 바로 하남으로 들어가잖아요. 거리로는 약간 돌아가는 것 같지만, 배를 타면 오히려 시간이 단축될 걸요. 호호, 배 멀미만 안 한다면 말이죠."

"그래도 되겠습니까? 저희로서는 고마운 일이죠."

"대신 조건이 있어요."

"조건이라구요?"

석도명이 부도문을 바라봤다. 왠지 송나옥의 요구가 부도문을 겨냥한 것 같다는 생각이 들어서다. 그 짐작은 과연 빗나가지 않았다.

"두 분께서 꼭 제남에 들러주셔야 해요. 제남의 술이 얼마나 훌륭한지 맛을 보여드려야죠."

어느새 부도문의 특성까지 파악했는지, 송나옥이 물리칠 수 없는 유혹을 디밀었다.

"끄끄끄, 술 좋지, 좋아."

석도명이 송나옥을 향해 승낙의 뜻으로 고개를 숙였다. 부도문의 의견은 물을 필요도 없는 일이었다.

잠시 뒤 석도명과 부도문은 송나옥의 배에 올라 장강을 떠내려갔다. 구강나루의 배를 싹쓸이하다시피 했다는 다른 상단의 배가 저만치 앞에서 선단을 이루며 흘러가는 모습이 장관을 이루고 있었다.

하류로 내려갈수록 장강이 점점 넓어지더니 해가 질 무렵에는 바다를 연상케 할 정도로 드넓은 곳을 지나갔다. 물론 태어나 한 번도 바다를 본 일이 없는 석도명의 착각이었지만.

별이 밝은 빛을 내며 밤하늘을 수놓는 시간이다.

석도명은 뱃머리에 나와 밤바람을 쐬고 있다. 선원들도 대부분 선실로 내려가 잠들어 있는 시간이지만, 갑판 위엔 석도명만 있는 게 아니었다.

희미한 등불 아래서 부도문과 송나옥이 연신 술잔을 주고받고 있었다. 점심나절에 구강을 출발한 직후부터 시작된, 아니 구강나루의 주점에서 시작된 두 사람의 술자리는 도통 끝날 기미가 아니었다. 부도문도 부도문이지만, 송나옥 또한 보통 술꾼이 아니었다.

'혼자서 상단을 운영한다고 하더니 보통 여인이 아니로구나.'

젊은 나이에 남편을 잃고 홀몸으로 가업을 꾸려가는 게 어디 쉬운 일이겠는가.

확고한 의지와 뚜렷한 목표의식이 없으면 불가능한 일이다. 그에 비하면 자신의 모습은 바다에서 방향을 잃고 이리저리 흔들리는 조각배처럼 불안하기만 했다.

"후, 시작도 끝도 없다. 나는 어디서 시작을 했기에 이렇게 끝이 보이지 않는 걸까?"

석도명이 신세를 한탄하듯 낮게 중얼거렸다.

석도명의 머릿속으로 대림사에서 만났던 두공의 모습이 떠올랐다. 짧은 만남이었지만 두공은 석도명에게 지울 수 없는 깊은 인상을 남겼다.

두공이 봉선암을 떠났다는 이야기를 들었을 때 실망을 감추기가 어려웠다.

"두공 스님께서 혹시 자네를 다시 만나면 꼭 전해달라고 하셨네. 자네 덕분에 감겨 있던 눈을 떴다고 말일세. 이 말도 전하라고 하셨어. '무시무종(無始無終)한 하나의 획(一劃)을 찾으러 가노라'고."

마애암에서 장기수를 돌보던 중년의 승려가 해준 이야기였다.

음악도, 그림도 결국은 자연으로 가는 것이라던 두공의 말에서 현기(玄氣)를 느끼면서도 정작 자신은 아무것도 깨닫지 못했는데, 그는 벌써 다른 깨달음의 길로 들어선 것이다.

석도명은 두공이 부러워 견딜 수가 없었다. 몸은 물에 젖은 듯 피곤한데도 마음이 무거워 잠을 이룰 수 있을 것 같지가 않았다.

석도명이 젖은 눈으로 밤하늘을 하염없이 올려다봤다. 달빛이라도 있으면 좋으련만, 검은 하늘엔 오직 별이 반짝거릴 뿐이다.

석도명이 가만히 눈을 감았다. 이런 날이면 유일소의 쭈글쭈글한 얼굴이 너무 그리웠다.

> "헐, 이놈아! 눈을 잃으면 또 다른 눈이 열리는 게다. 네놈의 몸뚱아리는 정녕 느끼지 못하는 게냐? 천지사방에 가득한 만월(滿月)의 기운을 말이다."

눈을 감자 유일소의 음성이 귓가를 쟁쟁 울리는 것만 같다. 어린 시절의 기억이 떠올랐다.

하늘에 먹구름이 가득했을 게 분명한 그날 밤, 사부의 말이 끝나기가 무섭게 폭우가 퍼붓던 그 밤이 말이다.

"사부님, 달빛은 어디로 갔을까요?"

석도명이 주악천인경을 끌어올려 의념의 상을 불러냈다. 석도명의 의념이 두 손을 뻗은 채 허공으로 둥실 떠올랐다. 마치

달빛 대신 별빛이라도 움켜쥐려는 듯 안타까운 모습이다.

하지만 석도명의 의념은 이내 체념한 듯이 두 손을 내렸다. 욕심 부린다고 될 일이 아님을 익히 알기 때문이다.

석도명은 대신 몸을 활짝 열었다. 별빛을 온몸에 받아들일 것 같은 자세였다.

쏴아.

몸을 열자 물소리가 거침없이 밀려들었다. 석도명은 별빛이 아니라 물에 잠기는 기분이 들었다. 문득 두공의 음성이 들려왔다.

> "청산은 먹으로 그리지 않아도 천년의 병풍이요(靑山不墨千年屛), 흐르는 물은 줄이 없어도 만고의 금이로다(流水無絃萬古琴)."

석도명이 이내 그 말조차 잊은 채 깊고 깊은 물속으로 가라앉았다. 어느새 장강의 물소리가 부드러운 칠현금 소리가 되어 온몸을 감쌌다.

석도명의 몸이 칠현금의 공명판이 되고, 장강의 물줄기가 현이 되어 말 그대로 자연을 연주하는 것만 같았다.

그 황홀한 음악에 취해 석도명은 시간도, 공간도 잊고 광활한 우주를 홀로 떠돌았다.

무언가가 가득하게 가슴을 채웠지만, 석도명은 그조차도 느끼지 못하고 있었다.

그리고 밤이 깊어질 대로 깊어지더니 어느새 동녘 하늘이 희미하게 밝아왔다.

새로운 날의 시작이었다.

"호호, 두 분 밖에서 밤을 새셨네."

석도명은 교태 어린 웃음소리를 들으며 눈을 떴다.

밤새 자신을 어루만지던 물의 연주가 언제 끝났는지도 모르고 있었다. 어쩌면 그 소리에 취해 있다가 정말로 잠이 든 모양이다.

송나옥이 부도문과 석도명을 번갈아보며 웃고 있었다.

부도문과 밤늦도록 술을 마시던 모습만 기억이 나는데, 아무래도 중간에 들어가 잠을 자고 나온 것 같았다.

송나옥이 신기한 눈초리로 자신과 부도문을 쳐다보는 바람에 석도명은 쓴웃음이 나왔다.

한 명은 큰 대자로 갑판에 뻗어 있고, 다른 한 명은 뱃머리에 좌정을 하고 앉아서 밤을 샜으니 남들이 보기에 해괴하기는 할 터였다.

"자, 아침은 드셔야죠. 술도 있는데."

송나옥의 손에는 조촐하게 차린 아침상이 들려 있었다.

부도문이 벌떡 일어나 앉더니 송나옥을 향해 두 팔을 활짝 벌렸다. 술이라는 말에 잠이 달아난 것이다.

"호호, 그렇게 드시고도 술부터 찾으시네."

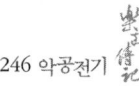

부도문이 아침상에서 술병을 잡아 입으로 가져가는 것을 보면서 송나옥이 소리 내어 웃더니 부도문의 몸에 찰싹 달라붙어 앉았다.

석도명이 어지럽게 고개를 저었다.

눈 뜨자마자 술부터 찾는 부도문도 감당하기 어려웠지만, 어느새 부도문의 허리에 팔을 두르고 앉아 아양을 떨어대는 송나옥의 모습 또한 두 눈 뜨고 보기가 힘들었다.

송나옥이 간드러진 음성으로 부도문의 귓가에 속삭였다.

"호호, 저도 한 잔 주세요. 이왕 시작할 거면 같이 해야죠."

"끄끄끄."

부도문이 낮게 웃었다. 헌데 그 웃음소리가 너무 스산했다.

그리고 뜻밖의 한 마디가 이어졌다.

"시작할 거면 빨리해라. 기다리기 지겹다. 끄끄끄."

송나옥이 흠칫 놀라는 표정을 짓더니 부도문을 향해 전광석화처럼 손을 휘둘렀다.

철썩.

석도명에게는 낯설지 않은 소리가 울려 퍼지더니 다음 순간 송나옥이 부도문의 몸에서 날쌔게 떨어져 나갔다.

송나옥은 벌겋게 부풀어 오른 뺨을 싸매 쥐고 있었다.

"호호호, 벌써 알고 있었다는 건가요?"

"끄끄끄, 죽어라 꼬리는 치는데 암내가 안 나더라고."

"감히 암내라니! 이 나찰옥녀(羅刹玉女)를 너무 만만하게 봤구나."

 송나옥이 자신의 정체를 드러내며 앙칼지게 외쳤다.

 그 소리를 신호로 삼았는지 갑판 위로 여러 사람이 모습을 드러냈다.

 어제까지만 해도 선원 차림을 하고 있던 십여 명의 사내들이 병장기를 뽑아들고 부도문에게 다가섰다.

 부도문이 가당치 않다는 듯이 코웃음을 쳤다.

 "끄끄, 이건 대접이 너무 부실한걸."

 "호호, 그럴 리가 있겠어요. 명색이 혈제의 전인이신데."

 송나옥, 아니 나찰옥녀가 분위기에 어울리지 않게 배시시 웃어보였다. 그리고는 가슴에 손을 넣어 뭔가를 꺼내더니 하늘 높이 던져 올렸다.

 팟.

 허공에서 붉은 깃발이 펼쳐져 펄럭이며 떨어져 내렸다.

 뿌우.

 멀지 않은 곳에서 긴 호각소리가 들렸다.

 "와아!"

 그리고 사방에서 엄청난 함성 소리가 울려 퍼졌다.

 석도명이 놀라서 좌우를 둘러봤다. 어제까지만 해도 앞쪽에서 거리를 두고 흘러가던 선단이 어느새 석도명이 타고 있는 배를 에워싸고 있었다.

 20여 척에 이르는 배에는 하나같이 검은 깃발이 펄럭였다.

장룡천하(長龍天下).

석도명이 깃발에 쓰인 글자를 보고는 입을 다물지 못했다.

"헛, 장룡구방(長龍九邦)!"

세인들이 말하기를 청산에 녹림이 있으면, 대하(大河; 황하)에 황하수채(黃河水寨)가 있고 장강에는 장룡구방이 있다고 했다. 장강의 주인을 자처하며 살아가는 아홉 무리의 수적 떼를 통칭하는 이름이 바로 장룡구방이다.

배 한 척이 빠르게 다가왔다. 그 배 위에서 누군가의 쩌렁쩌렁한 웃음이 들려왔다.

"우하하! 네놈이 혈제의 전인이라고? 나 탁수무적(濁水無敵) 진창(陳彰)이 아니, 우리 장룡구방이 오래도록 이날을 기다려 왔구나!"

6척이 넘는 거대한 체구의 사내가 바람에 턱수염을 휘날리며 고함을 질렀다. 그 뒤로는 검은 두건을 맨 수적들이 각종 병장기를 치켜들고 흉흉한 눈길을 던지고 있는 모습이 보였다.

그뿐이 아니다. 사방을 차단한 스무 척의 배에서 얼추 일백을 헤아리는 사수들이 화살을 겨누고 있었다.

부도문이 천천히 손을 털면서 일어섰다.

"끄끄끄, 장룡구방은 알겠는데…… 진창은 웬 진흙 퍼먹는 소리지?"

"이놈, 그따위 수작으로 오늘 이 자리를 피할 생각일랑 꿈에도 먹지 마라!"

부도문에게 무시를 당한 진창이 당장이라도 손에 들린 거도를 휘두르며 뱃전을 뛰어넘을 듯이 핏대를 올렸다.

그러나 호통과는 달리 부도문의 눈치를 보는 기색이 역력했다. 애초에 수적 우세로 밀어붙일 생각이지, 일 대 일로 싸울 마음은 없었다.

이번에는 뒤쪽에서 날카로운 음성이 들렸다.

"흐흐, 장룡구방은 안다고? 이거 대접이 소홀해서 어쩌지? 우리가 바빠서 말이야. 오늘은 황석방(黃石房)과 향문방(嚮門房), 뇌항방(雷抗房)만 왔거든. 세월이 좀 많이 흘렀지만 혈채(血債)는 갚아야지."

진창과는 달리 호리호리한 체구에, 차가운 인상을 가진 사내였다.

나찰옥녀가 기다렸다는 듯이 부도문에게 사내를 소개했다.

"호호, 황석방의 방주 흑니대력(黑泥大力) 요도낭(堯桃朗)이라는 분이세요. 제가 모시고 있는 분이죠. 저쪽 옆에 계신 분은 뇌항방 방주이신 잠마(潛魔) 견고환(堅高丸)이시구요."

부도문이 낮게 웃었다.

"끄끄끄, 왕(王)가 놈이 다시 살아와도 안 될 텐데. 대가리에 피도 안 마른 것들이……."

"뭐라고? 이런 쳐 죽일 놈 같으니라고."

"과연 시건방지기가 하늘을 찌르는구나."

진창과 요도낭의 입에서 거친 소리가 쏟아졌다. 부도문이 말한 왕가가 누군지를 알았기 때문이다.

 수룡(水龍) 왕청(王淸).

 과거 혈제가 한창 활동을 하던 시절, 그러니까 60년 전쯤에 장강을 주름잡고 있던 장룡구방의 총방주다. 그리고 장룡구방이 오늘날까지도 혈제라는 이름에 이를 갈게 된 원인을 제공한 장본인이기도 했다.

 당시 혈제는 녹림왕 곡명화와 사흘 간의 싸움 끝에 '녹림에는 피를 묻히지 않겠다'는 혈림지맹을 맺었다. 문제는 그 다음부터 혈제가 흡혈을 위해 손을 댄 것이 수적들이었다는 점이다.

 녹림왕을 흉내라도 내려는 듯이 이번에는 수룡 왕청이 혈제를 찾아가 승부를 청했다.

 유감스럽게도 이번에는 '혈룡지맹(血龍之盟; 혈제와 수룡의 맹세)' 같은 게 만들어지지 않았다. 왕청이 혈제에게 패해 치욕스럽게도 직접 헌혈을 했기 때문이다.

 수적들의 입장에서는 졸지에 총방주를 잃은 충격보다 더 견딜 수 없는 게 '녹림이 한 수 위'라는 불명예였다.

 아홉 개 방파가 손을 잡고 혈제에게 보복을 하려고 했지만, 얼마 뒤 혈제가 행적을 감추는 바람에 힘을 써 볼 기회도 잡지 못했다.

 헌데 부도문이 천연덕스럽게 죽은 왕청의 이야기를 다시 꺼내니, 수적들로서는 피가 거꾸로 치솟는 기분이었다.

흥분에 겨워 고래고래 욕설을 퍼붓는 진창과 달리 요도낭이 음산하게 웃었다.

"흐흐, 우리가 어찌 혈제의 전인을 가볍게 보겠나? 오늘은 숫자로 넉넉하게 대접을 해드릴 테니 걱정하지 말라고."

"끄끄, 내가 셈에 약해. 그러니까 죽은 놈은 니들이 세라."

부도문이 당장 시작하자는 뜻으로 손가락을 까닥였다.

하지만 요도낭에게는 아직 용건이 남아 있었다.

"클클, 나는 아주 셈이 밝아. 우리가 필요한 목은 하나뿐이거든. 두 개는 너무 과하잖아."

요도낭이 눈짓으로 석도명을 가리켰다. 부도문 하나만 상대하고 석도명은 보내주겠다는 뜻이다.

"아니, 저도 돕겠습니다."

석도명이 다부지게 입을 열었다.

상황을 보아하니 수백 대 일의 싸움이 될 터였다. 어찌 부도문만 남겨 두고 혼자 피하겠는가?

"끄끄, 성가시다. 달리기도 못하는 놈!"

부도문이 유독 '달리기'에 힘을 실었다.

석도명이 그 말을 알아들었다. 경신술을 못하는 석도명이 있으면 몸을 피하기가 거추장스럽다는 이야기다.

전음이나 다른 방법이 있었을 텐데도 부도문은 들으려면 들으라는 듯이 큰 소리를 내어 말했다. 수백 명을 헤아리는 수적들은 눈 아래로 보고 있다는 뜻이리라.

 설령 돕겠다고 해도 쉽사리 도움을 받아들일 부도문이 아니다. 남겠다고 고집을 피워봐야 소용이 없다는 이야기다. 아니, 부도문으로 하여금 두말을 하게 해서 좋을 일이 없었다.

 "그럼, 제가 먼저 움직이겠습니다."

 석도명이 부도문을 향해 고개를 숙이자, 나찰옥녀 뒤에 그림자처럼 서 있던 장한석이 선실에서 늙수그레한 사공 하나를 데려왔다.

 배꼬리에 매여 있던 작은 나룻배에 석도명과 사공이 옮겨 타자 장한석이 곧 바로 밧줄을 끊어 버렸다.

 사공은 능숙하게 수적들의 배 사이를 빠져 나가더니 하류 쪽으로 빠르게 노를 저었다.

 "아니, 그냥 건너편에 내려주십시오. 아래쪽으로 가지 말고."

 석도명이 강 건너편에서 부도문을 기다릴 요량으로 사공에게 부탁을 했다. 사공이 호들갑스럽게 손을 저었다.

 "어휴, 말도 마슈. 수적들한테 붙잡혀 이틀 밤이나 보냈수다. 당장 멀리 달아나는 게 급하지, 강을 건너는 게 급한 줄 아슈?"

 사공이 몸서리를 치며 계속 하류로 배를 저어갔다. 물살을 탄 덕에 배는 빠르게 앞으로 나아갔다.

 슈욱, 슈우욱.

석도명의 등 뒤에서 바람을 가르는 소리가 연달아 들려왔다. 뒤를 돌아보니 수적들의 배에서 쏘아진 화살이 까맣게 하늘을 덮으며 날아가고 있었다.

"두목…… 아니, 형님. 무사하셔야 합니다."

석도명이 안타까운 마음에 주먹을 굳게 쥐었다.

하지만 정작 석도명에게는 다른 싸움이 기다리고 있었다.

석도명이 탄 나룻배는 한참 동안 아래로 떠내려갔다. 강물은 그동안에 큰 굽이를 두 차례나 돌았고, 부도문과 수적들의 모습은 석도명의 시야에서 사라진 지 오래였다.

두 번째 굽이를 돌아서자 십여 척의 배가 선단을 이룬 채 강물을 거슬러 올라오는 모습이 눈에 띄었다.

석도명이 다급한 마음에 자리에서 벌떡 일어나는 바람에 작은 나룻배가 좌우로 크게 흔들렸다. 그에 아랑곳하지 않고 석도명이 소리쳤다.

"저기, 저기 배가 옵니다. 도움을 청하죠."

사공이 별다른 대꾸도 하지 않고 곧장 앞으로 노를 저었다. 이내 나룻배가 선단 가까이에 접근을 하자, 석도명이 배를 향해 두 손을 흔들었다.

"상류에 수적이 있습니다. 관병을 불러야 합니다."

그때 사공이 낮게 혀를 찼다.

"쯧, 젊은이 지금 그럴 때가 아니야. 정말 미안하이."

석도명이 그 말에 놀라 뒤를 돌아봤다.

풍덩.

사공은 벌써 강물에 뛰어들어 강변을 향해 부지런히 헤엄을 치고 있었다.

석도명은 뭔가가 잘못 됐음을 알았지만, 달리 방법이 없었다. 노는 사공이 강물에 집어던져 저만치 떠내려가는 중이었고 자신은 헤엄을 칠 줄 몰랐다.

강을 거슬러 다가오는 배를 보면서 석도명의 얼굴이 굳어졌다.

십여 척의 배들이 일제히 녹색 깃발을 올려 자신들의 정체를 알리고 있었다. 그 깃발에 쓰인 글자는 낯선 것이 아니었다.

막간대채.

막간산에 있어야 할 산적들이 장강에 모습을 드러낸 것이다.

그중 누가 봐도 대장선이 분명한 대형 선박의 뱃머리에 막간대채의 채주 고삼이 당당하게 버티고 서 있었다.

그 옆으로는 고삼이 거금을 들여 초빙한 독산고절 항문송과 소리비도 심경색, 주구장창 마비, 그리고 네 명의 철혈사사가 나란히 서서 석도명을 노려봤다.

막간대채의 주력인 막간오귀부와 거호대주 당서천은 각각 흩어져 배 한 척씩을 지휘하고 있었다. 부도문에게 손목을 잃은 막간오귀부는 오른팔에 쇠로 만든 의수를 달고 있는 게 보였다. 의수 끝에는 손 대신 날카로운 창날이 달려 있었다.

석도명이 타고 있는 나룻배가 십 장(30미터) 이내로 좁혀지자 고삼이 공격 명령을 내렸다.

"쏴라!"

슈욱, 슈우욱.

십여 척의 배에서 산적들이 일제히 화살을 쏘아 올렸다.

석도명이 그 모습을 보고는 황급히 등에 걸린 칠현금을 풀어 손에 쥐었다. 그리고 구화진천무의 제일초식인 십적일거를 펼쳤다. 허공에서 갈라진 열 개의 칠현금 그림자가 석도명의 신형을 감쌌다.

따다다당.

석도명에게 퍼부어진 화살이 칠현금에 부딪혀 쇳소리를 내며 튕겨져 나갔다.

뱃전에 서서 산적들을 독려하던 고삼의 얼굴이 굳어졌다.

석도명의 무공에 대해서 당서천과 철혈사사로부터 듣기는 했지만 눈으로 보기는 처음이다.

천목산에서는 제법 상처를 입었다고 하더니 퍼붓는 화살을 빈틈없이 걷어내는 게 놀라웠다.

하지만 그 또한 계산에 들어 있는 일이다. 철혈사사가 직접 칼을 맞대본 결과, 석도명이 초식에 허점을 보이지 않았다고 했기 때문이다.

초식이 엄밀해진 대신에 공력을 많이 소비하게 됐는지, 막판에 급격히 기력이 딸리는 모습을 보였다고 했으니 공격을 퍼붓다 보면 금방 한계를 보이리라.

고삼은 나무로 만든 칠현금에서 쇳소리가 나는 게 신기하기만 했다. 확실히 당서천의 말대로 저러다가 곧 칠현금으로 불을 쏘아낼 것 같았다.

그 생각에 마음이 급해졌는지 고삼이 버럭 소리를 질렀다.

"그것도 하나 못 맞추고 뭐하는 거냐? 얼른 배를 붙여!"

그 명령에 갑판 아래서는 노를 젓는 손길이 더욱 빨라졌다. 물질에 서툰 막간대채의 산적들을 대신해 장룡구방에서 보내준 노잡이들이 익숙한 솜씨로 석도명의 나룻배를 포위해 나갔다.

이윽고 산적들의 배가 대략 삼 장(9미터) 정도의 거리를 두고 석도명의 나룻배를 원형으로 둘러쌌다.

고삼이 다시 외쳤다.

"던져라!"

그 때까지 뱃전 아래 몸을 굽히고 있던 일단의 산적들이 십여 척의 배에서 일제히 몸을 일으키더니 석도명을 향해 그물을 던졌다.

산적들의 배가 나룻배보다 한참 크고, 높은 탓에 산적들은 석도명의 머리 위에서 어렵지 않게 그물을 겨냥해 던질 수 있었다.

피피핑.

수십 개의 그물이 칠현금에 맞아 반쯤은 튕겨 나가고, 나머지는 찢겨졌다.

그물이 통하지 않자, 산적들이 이번에는 밧줄에 묶은 갈고리를 던져댔다. 하지만 갈고리 또한 칠현금에 맞아 불꽃을 일으키며 튕겨졌다.

"이런 병신들!"

제 성미를 이기지 못한 고삼이 뱃전을 박차고 날아올랐다. 선박의 크기나 성능에서 압도적인 우위에 있었지만, 배를 이용해 싸움을 벌이는 데는 별로 재미를 들이지 못한 산적의 버릇이 그대로 드러난 것이다.

허공으로 치솟아 오른 고삼의 신형이 석도명의 머리 위로 떨어졌다. 고삼이 있는 힘을 다해 도를 내리쳤다.

깡.

고삼의 도를 받아친 석도명의 칠현금에서 불꽃이 튀었다. 고삼이 칠현금과 충돌한 반탄력을 이용해 몸을 띄우더니 반대편 배로 떨어져 내렸다. 고삼이 재차 신형을 띄웠다.

"흐흐, 채주 같이 놉시다!"

막간오귀부의 수좌 양멸이 의수를 치켜들고 공중으로 뛰어올랐다. 고삼과 함께 석도명을 공격하기 위해서다.

까강.

정 반대편에서 뛰어오른 고삼과 양멸이 석도명의 머리 위를 교묘하게 스쳐가며 연달아 공격을 퍼붓고는 각자 건너편 배로 내려앉았다.

석도명 주변에 디딜 땅이 없는 탓에 한 차례의 공격을 마친 뒤에는 잠시 물러날 수밖에 없었던 것이다.

석도명에게 틈을 주지 않으려는 듯 막간오귀부 가운데 나머지 네 명이 차례로 몸을 날렸다.

보통 사람이 숨 한 번을 들이 마시고 내뿜을 정도의 짧은 시간에 여섯 명의 고수가 연이어 석도명을 공격하고 지나갔.

바람개비처럼 돌아가던 열 개의 칠현금 그림자가 파상 공세를 견디지 못했는지 일순 허물어지는 모습을 보였다.

여섯 사람의 공격도 매서웠지만 그 순간 석도명은 다른 곳에서 위기를 느끼고 있었다.

문제는 석도명이 발을 딛고 있는 나룻배였다. 상대의 병장기를 요령껏 비껴내면서 충격을 흘려보냈지만, 나룻배 바닥은 나무판자에 지나지 않았다.

석도명은 발바닥을 통해 나룻배 바닥에 균열이 가고 있음을 느낄 수 있었다. 헤엄도 칠 줄 모르는데 이대로 물에 빠진다면 어쩌란 말인가!

석도명이 서둘러 단전의 기운을 끌어올려 칠현금에 쏟아 넣었다. 수비만 하고 있을 수 없는 상황이었다.

치이익.

공기가 타들어가는 소리를 내면서 칠현금이 달아올랐다.

그 소리에 누구보다 놀란 사람은 거호대주 당서천이다. 부하들이 타죽던 모습을 떠올린 당서천이 다급하게 소리를 쳤다.

"배를 겨눠라! 갈고리를 배에 걸란 말이다!"

고삼과 막간오귀부가 석도명에게 달려드는 바람에 갈고리를 손에 쥐고 우두커니 서 있던 산적들이 당서천의 명령을 따라 일시에 움직였다.

이번에는 갈고리를 머리 위에 퍼부은 게 아니라, 치밀하게 발 아래쪽을 겨누고 던져댔다.

그에 맞춰 고삼이 공중으로 뛰어올라 세 번째 공격을 펼쳤다. 막간오귀부가 톱니바퀴 돌아가듯 잇달아 신형을 띄웠다.

석도명의 등줄기로 식은땀이 흘러내렸다.

나룻배는 이미 당장이라도 바닥이 뚫릴 것 같은 상태. 이런 상황에서 갈고리에 찍히면 그야말로 설상가상(雪上加霜)이리라.

그렇지만 당장 머리 위로 떨어지는 고삼을 비롯한 여덟 사람의 도검과 창을 막는 게 더 급했다.

석도명이 칠현금을 세워 들더니 사선으로 두 번을 엇갈려 그었다. 칠현금에서 화르르 불꽃이 피어올랐다.

"헛!"

가장 앞에서 떨어져 내리던 고삼과 막간오귀부가 그 불꽃을 보고는 놀람을 감추지 못했다.

철컥, 철컥.

하지만 석도명이 칠현금을 휘두르기 전에 나룻배 머리와 꼬리에 갈고리 몇 개가 먼저 떨어졌다. 산적들이 서둘러 밧줄을 잡아 당겼다.

퍼엉.

칠현금 끝에서 불꽃이 쏘아지는 대신 빈 술병이 깨지는 듯한 소리가 터졌다. 그와 동시에 석도명은 균형을 잃고 쓰러졌다. 나룻배가 뒤집혀 버렸기 때문이다.

다음 순간 고삼의 도가 석도명의 칠현금을 후려쳤다. 공명통을 가득 채우고 있던 석도명의 내공이 허무하게 쏘아진 다음이라 칠현금은 칼을 맞자 산산이 부서져 버렸다.

석도명의 몸이 물속으로 곤두박질을 치자마자 배 한 척이 날렵하게 덤벼들어 뒤집힌 나룻배를 들이받았다. 나룻배는 허리가 꺾인 모습으로 물에 잠겨 떠내려갔다.

다시 배에 떨어져 내린 고삼이 웃음을 터뜨리며 부하들에게 명령을 내렸다.

"우하하, 활을 쏴라! 어서!"

고삼은 승부가 끝났다고 믿었다. 상대는 그 잘난 불꽃도 제대로 피워보지 못한 채 물에 빠졌다.

칠현금을 괴이하게 휘두른 바람에 칠현검마라는 괴상한 별호를 얻었지만, 그 칠현금을 자신의 손으로 박살을 내줬으니 절반쯤 복수를 한 듯한 기분이다.

"쩝, 이거 손 쓸 일도 없구먼."

고삼 옆에서 독산구접 항문송이 낮게 혀를 찼다. 칠현검마라는 신예 고수를 잡아 이름이나 높여 보려고 먼 걸음을 했는데 싸움은 제대로 해보지도 못하고 끝이 난 것이다.

막간대채의 고수들이 먼저 손을 쓰는 바람에 자신은 검을 뽑아볼 기회도 얻지 못했다.

고삼의 초빙을 받고 온 심경색과 마비, 철혈사사가 하나같이 아쉬움에 입맛을 다셨다.

그러나 고삼은 만족할 수가 없었다. 아직은 확실하게 칠현검마의 목을 벤 것이 아니다.

고삼이 다시 소리를 쳤다.

"흩어져서 놈을 찾아라! 제 놈이 물고기가 아닌 한 곧 떠오를 것이다. 사수들은 쉬지 말고 활을 쏴라!"

십여 척의 배가 방사형으로 흩어져 석도명을 찾기 시작했다. 배마다 산적들이 뱃전에 늘어서서 활을 쏘아대거나 물속을 뚫어져라 내려다봤다.

제8장
눈을 뜨다 (開眼)

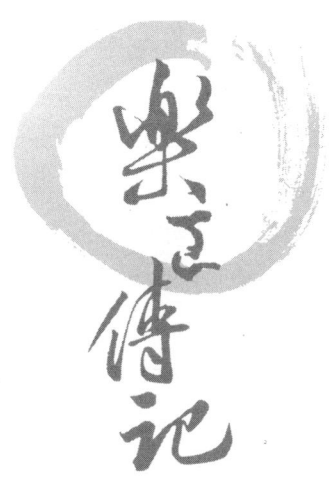

　물속에 처박힌 석도명은 색다른, 그러나 별로 유쾌하지 않은 경험을 하고 있었다.

　체중이 실린 채로 고꾸라진 탓에 석도명의 몸은 바닥에 메다꽂힌 것처럼 물속 깊이 들어갔다.

　내공을 다스리며 구화진천무를 펼치느라 호흡을 제대로 유지하고 있던 덕분에 물을 들이키지 않은 게 그나마 다행이었다.

　석도명은 일단 팔을 휘저어 물속에서 몸을 바로 세우려고 했다. 머리가 위로 향하는 것까지는 성공했지만, 나머지는 뜻대로 되지 않았다.

골이 진 지형으로 인해 수면 아래서 소용돌이를 치는 세찬 물살이 석도명의 몸을 움켜쥐었기 때문이다.

바람에 날리는 낙엽처럼 석도명의 몸은 물살에 빨려 들어가면서 빙그르 회전을 했다.

손발에 내공을 실어 휘저어 봤지만 중심을 잃은 탓에 별다른 도움이 되지 않았다. 아니, 움켜쥔다고 해서 움켜쥐어지지 않는 게 물이 아니던가.

설상가상으로 산적들이 물 위에서 마구잡이로 쏘아대는 화살이 드문드문 물살을 뚫고 들어왔다.

석도명은 눈앞이 캄캄해지는 기분이었다.

물을 박차고 수면으로 올라간다고 해도 죽은 목숨이나 다름이 없지만, 당장 물살에서 헤어날 방법이 없었다.

수영하는 법도 모르거니와, 석도명이 평생 배운 것 가운데 물살에서 빠져나오는 재주는 들어 있지 않았다. 주악천인경이나 구화진천무는 물을 다루는 기술이 아니었다.

'아직은 시간이 있어.'

석도명이 마음을 다잡았다.

내공을 익힌 몸이기도 했지만, 주악천인경 또한 호흡을 가다듬는 데 기초를 두고 있다. 당장 숨이 막혀서 죽을 정도는 아니다.

석도명이 숨을 참은 채 팔다리를 다시 휘저었다. 어떻게든 중심을 잡아보려는 발버둥이었다.

그렇게 허우적대던 석도명의 눈에 물속에 솟아 오른 바위가 보였다. 부지런히 발을 놀린 끝에 겨우 바위가 손에 닿았다. 그 바위만 붙잡으면 어떻게든 중심을 잡을 수 있을 것 같았다.

 자신의 몸을 쓸어가려는 물살의 힘을 거스르면서 석도명이 겨우 손을 뻗어 바위를 잡았다.

 하지만 힘껏 팔을 당겨 몸을 앞으로 당기는 순간, 손이 미끄러졌다. 거센 물살은 석도명의 몸을 그대로 쓸어가면서 바위에 메다꽂았다.

 "으르릭!"

 한 쪽 어깨를 바위 모서리에 거세게 부딪친 석도명이 아픔을 참지 못하고 비명을 질렀다.

 순간 입안에 물이 가득 들이차면서 비명도 거품 소리도 아닌 괴성이 쏟아졌다.

 물을 들이켜고 나니 석도명은 숨이 막혀 견딜 수가 없었다.

 '으윽…… 이러다 죽겠다.'

 물살에 끌려 물밑으로 점점 가라앉으면서 석도명은 죽음의 공포에 사로잡히기 시작했다.

 손발에 힘이 풀리는 바람에 의미 없는 발버둥조차도 서서히 멈춰들었다.

 석도명은 이제 머리로 피가 몰리면서 눈앞이 붉게 변하는 기분이었다. 숨이 막힐 대로 막혔다는 증거였다.

 헌데 그 붉은 기운이 석도명에게 다른 생각을 불러 일으켰다.

'어둠이 필요해.'

석도명이 눈을 감고 서둘러 암중수심(暗中守心)의 구결을 끌어올렸다. 설사 죽음이 닥쳐온 순간이라도 믿을 건 오직 주악천인경이다.

석도명의 의식이 삽시간에 어둠 안으로 잠겨 들었다. 몸이 물속에 있다는 사실도, 숨이 막혀 죽을 것 같다는 공포도 어둠 안에서 스르르 잊혀졌다.

쏴아.

사방을 가득 채우고 있는 소리가 먼저 들려왔다.

그것은 분명 물소리였지만, 석도명은 전혀 다른 소리를 듣고 있었다.

'바람이다. 바람 소리가 들려.'

석도명은 언뜻 이해를 할 수가 없었다. 물속에 있는데 왜 바람 소리가 들린다는 말인가?

그뿐이 아니다. 온몸을 차갑게 스쳐가는 것이 물살일 텐데 그 또한 바람결 같기만 했다.

어느새 석도명의 몸에는 바람에 실려 하늘 높이 날아가는 듯한 기이한 감각만이 남겨졌다.

그리고 머릿속으로 여러 가지 생각이 뒤엉켜 떠올랐다. 대체 바람과 물이 어떻게 같고, 또 어떻게 다르기에 이 절박한 순간에 물속에서 바람 소리를 듣는다는 말인가?

'바람은 텅 비어 있고, 물은 빈틈을 남기지 않으며 가득 채운다. 하지만 무엇을 비었다 하고, 또 차 있다 하리오? 만물을 어루만지며 형체 없이 스쳐 가면 그만인 것을.'

도저히 말로는 설명할 수 없는 뻐근함이 가슴을 가득 채워왔다. 그리고 진명진인이 남긴 열여섯 자의 법문이 불현듯 떠올랐다.

일기만허 관물제상(一氣滿虛 貫物齊象).
무생무연 천화장지(無生無緣 天和將至).

하나의 기운이 있다. 그것은 가득할 때는 물 같고, 비어 있을 때는 바람 같다.

그 기운을 알면 만물을 꿰뚫을 수 있고, 또 만 가지 형상을 하나로 볼 수 있는 것이다.

석도명이 속으로 낮게 탄식했다.

'아, 세상에 태어나지 않은 것이 없으니 또한 이어져 있지 않은 것도 없구나. 그것이 하늘의 조화인 것을.'

흔히 '모든 것이 자연에 있다(無爲自然)'고 하고, '나와 나 아닌 것이 다르지 않다(梵我一如)'고도 한다.

그러나 과연 무엇으로 그것을 깨닫고 또 실천할 것인가? 만물의 본성을 이어주는 하나의 기운을 지극 정성으로 익히는 수밖에 없으리라.

노군(老君)은 이를 일컬어 도(道)란 물과 같다(上善若水)고 비유했고, 하늘피리(天籟)를 울게 하는 땅의 기운은 바람이라고 표현했다.

과연 물은 무엇이고, 바람은 무엇인가? 태초에는 하나였으나, 이제는 제각각 떨어져 나와 생긴 대로 살아가는 천하 만물을 물처럼 가득 채워주고, 바람처럼 비워줄 수 있는 것이 바로 도가 아니겠는가!

석도명은 깨달았다. 자신에게 바람 같고, 물 같은 것이 결국에는 소리요, 음악이라는 것을.

그리고 알았다. 그 옛날 사부가 자신에게 들려준 이야기에 이미 답이 들어 있었다는 사실을.

"모든 사물은 제 안에 은밀한 소리를 간직하고 있지만
혼자서 그 소리를 내는 법은 없느니라."

천하 만물이 깊이 간직한 은밀한 소리를 얻는 것이 바로 주악천인경의 가르침이리라.

'가자, 바람 속으로! 내 안에, 그리고 세상에 가득한 소리를 얻으러.'

석도명이 망설이지 않고 어둠 속에서 자신의 의념을 불러냈다.

의념의 석도명은 장강의 깊은 물속을 지나 바람 가득한 빈 들판을 홀로 걸어 나갔다. 아니, 바람에 흔들리는 풀밭 위를 둥실 떠서 날아갔다.

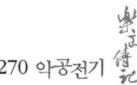

마침내 땅과 하늘을 가득 메운 바람의 형상이 서서히 눈에 보이기 시작했다. 바람은 성긴 거미줄처럼 가늘고 하얀 실오라기가 되어 풀어헤쳐졌다.

 그 실오라기가 점점 촘촘해져 처음에는 그물같이 변하더니 이내 두꺼운 장막이 돼 석도명의 앞을 가로막았다.

 석도명의 의념이 주저하지 않고 그 바람 속으로 들어갔다. 그물보다 촘촘한 바람의 장막에 걸린 석도명의 형상이 산산이 부서졌다. 아니, 형체 없는 바람 속으로 아련히 녹아들어갔다.

 번쩍.

 의념의 상이 완전하게 사라지는 순간 석도명의 머릿속에서는 섬광이 터졌다. 눈앞이 새하얘지더니 온몸을 감싸고 있던 짙은 어둠이 순식간에 사라졌다.

 한참을 기다렸지만 어둠은 다시 돌아오지 않았.

 '나는 어디로 간 거지?'

 그동안 육신만큼이나 익숙해져 있던 의념의 상이 사라졌다는 사실, 자신을 보호해 주던 어둠이 깨졌다는 사실에 석도명은 불안했다. 뭔가 변한 것 같은데, 대체 그게 뭔지 알 수가 없었다.

 이윽고 머릿속을 가득 채우고 있던 새하얀 빛이 스러진 뒤에야 석도명은 현실을 제대로 볼 수가 있었다. 물살에 휘말린 석도명의 몸은 어느새 강바닥까지 끌려 내려온 상태였다.

 석도명이 부르르 몸을 떨었다. 물살이 얼마나 세차게 자신을 휘감고 있는지를 두 눈으로 확인했기 때문이다. 자신이 처한 상황이 얼마나 절망적인지를 보게 된 것이다.

그런데 뭔가가 이상했다.

눈을 뜨고 있는데도 몸 안에서 소리의 기운이 넘실거렸다. 그토록 갈망하던 일, 눈을 뜨고도 소리의 기운을 다스릴 수 있게 된 것이다.

하지만 그보다 더 놀라운 현상이 벌어지고 있었다.

'물이 보인다. 아니, 물결이 보여.'

석도명은 자신이 두 눈으로 보고 있는 것을 믿을 수가 없었다.

조금 전 의념 속에서 바람이 풀어헤쳐졌던 것처럼 강물속에 실오라기가 살아 움직이는 게 보였다. 그것은 물살이 만들어내는 결이었다.

석도명이 물속에서 팔다리를 움직였다. 눈에 보이는 물살의 흐름에 맞춰 손발에 내공을 실은 다음에 힘을 쓰니 생각보다 쉽게 몸의 균형을 잡을 수가 있었다.

석도명은 강바닥에 우뚝 서서 위를 바라봤다. 박차고 올라가야 할 물길이 멀기만 했다.

게다가 회오리바람처럼 거세게 소용돌이를 치고 있는 물결이 또렷하게 눈에 보였다. 물살에 다시 휘말리지 않고 수면 위로 올라가려면 뭔가 대책이 필요했다.

'보자, 검을 들어 허공을 겨누면 검법이고, 발을 들어 땅을

디디면 신법이라고…….'

석도명이 부도문의 말을 떠올렸다.

그리고 부도문의 신법을 보고 머릿속에 새겼던 궤적을 그려 보면서 곰곰이 생각에 잠겼다.

지면에 하나의 선을 그려내던 부도문의 걸음에서 해법을 찾을 수 있을 것 같아서다.

그러나 마냥 생각에 잠겨 있을 수만은 없었다. 가슴이 견딜수 없이 뻐근해지고 있었기 때문이다. 호흡이 한계에 도달한 것이다.

석도명이 물속에서 구화진천무의 기수식인 묘조이립의 자세를 취했다. 손에 쥘 것이 없으니 발만 모양을 갖췄을 뿐이다.

그리고 눈앞의 물살을 향해 발을 뻗어 나아갔다. 처음 몇 걸음은 구화진천무의 초식에 따른 보법이었지만, 그 모양이 점점 바뀌었다.

어느 순간 석도명의 발이 물살을 계단처럼 밟으며 위로 올라가기 시작했다.

슈욱.

얼마 지나지 않아 두 발의 움직임이 점점 빨라지더니 마침내 석도명의 몸이 화살처럼 위를 향해 쏘아졌다.

물 위에서는 막간대채의 산적들이 기다림에 지쳐가고 있었다.

"허어, 잉어도 아니고 왜 아직 안 올라오는 거냐?"

고삼이 조바심을 내며 혼잣말을 했다.

석도명이 물속으로 사라진지 일다경(一茶頃; 차 한 잔을 마실 시간)이 훌쩍 지났다. 아무리 호흡을 다스린다고 해도 이 정도면 인간의 한계치에 근접하는 시간이다.

"정말로 물속에서 귀식대법이라도 펼친 게 아니오?"

심경색이 고개를 흔들며 고삼의 말을 거들었다.

석도명이 하도 나오지 않자 조금 전에 누군가가 농담 삼아 귀식대법을 펼친 게 아니냐고 말했던 것을 다시 떠올린 것이다.

하지만 그 가능성에 대해서는 일찌감치 생각을 접은 상태였다. 귀식대법을 펼쳤다면 몸이 시체나 다름없는 상태이니 바로 떠오르는 게 정상이기 때문이다.

"호 대협의 고견을 듣고 싶소만."

고삼이 누군가에게 의견을 구했다.

그 대상은 장룡구방에서 배와 노잡이를 이끌고 온 호견(胡堅)이라는 중년의 사내다.

호견이 천천히 입을 열었다.

"몇 가지 가능성이 있습지요. 우선 수공(水功)을 대성한 자라면 물속으로 멀리 사라졌을 테고……."

"정말로 그자가 그렇게 빠져나갔다는 거요?"

호견이 고개를 저었다.

"수공을 대성해야 가능한 일이라고 했습니다. 우리가 사방으로 배를 띄워 살폈으니 어지간해서는 불가능한 일이랍니다. 장룡구방에도 그 정도의 고수는 그리 많지 않습죠."

"휴우, 그러면 다행이오만."

"제 생각은 익사를 했거나, 아니면 진짜로 귀식대법을 시전한 게 아닐까 싶습니다만."

"아니, 익사를 했든, 귀식대법을 썼든 떠올라야 할 게 아닌가."

항문송이 끼어들어 자신의 말에 이견을 표시하자 호견이 가볍게 미소를 지었다.

"하하, 그건 물을 모르고 하는 이야기지요. 이 근방에는 수면 밑으로 물이 소용돌이를 칩니다. 그 때문에 물에 빠져 죽은 시체가 쉽게 떠오르지를 않죠. 그리고 귀식대법을 펼치기 전에 몸을 바위에 묶는 방법도 있을 테고요."

고삼이 너털웃음을 터뜨렸다.

"허허, 그러면 지금 저 밑에 칠현검마가 시체가 되어 누워 있거나, 시체 흉내를 내며 숨어 있을 거란 말이구려. 대체 어쩌란 말이오?"

어느 쪽이든 황당한 일이었다.

정말 죽었다면 다행이지만, 그래도 결국 시체를 확인할 수가 없으니 두고두고 찜찜할 것이다. 반대로 귀식대법을 쓰고 있다면 더 난감했다.

호견의 대답은 간단했다.

"들어가 봐야지요."

고삼의 귀가 번쩍 뜨였다.

"물이 소용돌이친다면서 그게 가능하오?"

"하하, 오래 있기는 어렵지만 허리에 줄을 매고 들어가면 어느 정도는 버틸 수가 있습죠. 막간대채에 큰 도움을 받았으니 적극 협조하라는 방주님의 분부가 계셨습니다."

그 한 마디에 고삼의 얼굴이 활짝 펴졌다.

잠시 뒤 호견이 뿔피리를 불어 멀리 흩어져 있는 배를 다시 모았다. 구역을 지정해서 시체 혹은 시체 비슷한 것을 찾아보기 위해서다.

십여 척의 배가 꼬리를 물고 고삼이 타고 있는 대장선을 향해 모여들기 시작했다.

강 한가운데 떠 있는 고삼의 배를 향해 다른 배들이 10장 이내의 거리로 좁혀들 무렵이었다.

퍼엉!

그때, 수면이 부서지는 소리가 들리더니 물속에서 뭔가가 튀어나왔다.

"으헛, 저게 뭐야?"

"사람이냐, 귀신이냐?"

산적들의 입에서 분분히 경악성이 터져 나왔다.

물 밑에서 튀어 올라온 것은 분명 사람, 그것도 조금 전 물속으로 곤두박질을 쳤던 칠현검마였다.

엉겁결에 수면을 박차고 올라온 석도명은 산적들의 반응을 신경 쓸 겨를이 없었다.
어쩌다 보니 강바닥에서 벗어나기는 했지만 이제 어떻게 해야 할지를 몰랐기 때문이다.
발을 멈추는 순간 다시 물속으로 떨어질 게 두려웠다. 물속에서 달려 나온 탄력에 이끌려 석도명의 몸이 그대로 공중으로 올라갔다.

합생기지화(合生氣之和), **조화로운 기운이 모이리라!**

머리가 물 위로 올라오는 순간에 석도명은 합생기지화의 구결을 이용해 소리의 기운을 다시 최대치로 끌어올린 상태였다. 물 밖에서 무슨 일이 생길지를 모르니 만일에 대비하기 위해서였다.
헌데 석도명의 눈에 들어온 물 위의 광경은 조금 전과는 너무나도 달랐다.
세상 어디에도 빈틈이 보이지 않았다. 거미줄같이 가는 실가닥이 올올이 풀려 얽혀 있기도 하고, 또 펼쳐져 있는 것도 같았다. 스쳐가는 바람조차 뭉게구름처럼 뚜렷한 형상을 보여주고 있었다.

세상을 가득 메우고 있는 빈 기운, 소리의 기운이 이런 것이 아닐까 하는 생각이 들었다.
 석도명이 정신을 가다듬고는 바람 속으로 발을 내딛었다. 석도명의 발이 이번에는 물결이 아니라 바람의 결을 밟아 나갔다. 석도명의 몸은 바람에 실려 하늘로, 하늘로 올라갔다.
 '이게 꿈인가, 현실인가?'
 석도명은 자신의 눈에 보이는 세상도, 바람을 타고 공중에 떠오르는 자신의 몸도 믿을 수가 없었다.
 다만 알 수는 있었다. 자연과 하나가 된다는 것, 하나의 기운(一氣)을 얻는다는 것이 바로 이런 느낌임을.
 '사부님…… 이것이 천인의 길인가 봅니다.'
 유일소를 생각하니 울컥 목이 메었다. 그리고 지금 연주를 한다면 과연 어떤 경지가 펼쳐질까 궁금해졌다.
 악기를 잡고 싶다는 생각으로 자신의 손을 내려다본 순간, 석도명은 자신이 너무 높이 올라왔음을 알았다. 발 아래로 저 멀리 장강이 보였다.
 석도명이 허공에서 몸을 돌려 발걸음을 아래로 내딛기 시작했다. 더없이 조심스러운 걸음이었다.
 슈욱.
 석도명의 몸이 아래쪽으로 제법 내려왔을 때 등 뒤쪽에서 뭔가가 바람을 가르며 날아들었다.
 화살 몇 발이 쏘아진 것을 보고는 석도명이 얼른 몸을 틀어

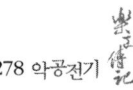

피했다.

그런데 다시 뭔가가 이상했다.

분명 화살이 날아온 것은 등 뒤였는데 석도명은 미처 몸을 돌리기도 전에 그걸 정확하게 보고 있었다.

생각해 보니 자신이 화살을 본 것인지, 그 소리를 듣고 안 것인지 구별이 되지 않았다. 아니, 화살이 허공을 가르는 순간, 장막같이 펼쳐진 소리의 기운이 그걸 감지해 몸에 알려준 것 같기도 했다.

'관음(觀音), 소리가 보여.'

석도명은 그것이 무엇을 의미하는지를 깨달았다.

> **소리를 따르는 자여! 어둠 안에서 보고(視也), 보고(見也), 또 보라(覸也)! 풍운조화(風雲造化)와 천인합일(天人合一)이 열여섯 글자 안에 있노니. 마침내 천인(天人)의 길이 열리리라!**

그저 글로 읽고 머리로 기억했을 뿐인데, 진명진인의 음성이 귓전에 들리는 것만 같았다.

석도명은 가슴이 벅차올라 견디기 어려웠지만, 그 감동을 맛보고 있을 형편은 아니었다.

슈욱, 슈우욱.

아까보다 훨씬 많은 숫자의 화살이 석도명을 향해 매섭게 날아왔다.

다행히도 석도명은 그 많은 화살의 궤적을 일일이 보지 않고도 보고, 알고, 느낄 수 있었다. 다만 그 숫자가 너무 많아서 몸을 피하기는 쉽지 않았다.

화살을 피하기 위해 이리저리 움직이다 보니 깃털처럼 가볍게 바람을 타고 있던 석도명의 신형이 점차 흔들리기 시작했다. 갑자기 새로운 경지에 접어들기는 했지만, 모든 게 낯설고 서툰 탓이다.

석도명을 찾느라 산적들의 배가 흩어져 있던 게 그나마 다행이었지만, 수면에 가까워질수록 산적들의 화살 공격은 더욱 거세졌다.

허공에서 두 다리를 엇갈려 다시 한 차례의 화살 세례를 피해낸 석도명이 결국 중심을 잃고는 3장 높이에서 험하게 고꾸라졌다.

쾅.

석도명이 요란한 소리를 내며 산적들이 타고 있는 배 위에 떨어졌다. 그리고는 황급히 몸을 일으켜 세웠다.

구화진천무의 보법을 펼치고 있던 탓에 크게 다친 것 같지는 않았지만, 산적들과 마주하게 됐으니 주저앉아 몸을 살피고 있을 상황이 아니었다.

하지만 정작 공포에 질린 것은 배 안의 산적들이다.

"으악!"

"어, 어쩌라고!"

"사, 살려주시오."

조금 전까지만 해도 죽어라 화살을 쏘아대던 스무 명 가량의 산적들이 겁에 질려 부들부들 떨고 있었다.

거호대를 태워 죽였다는 칠현검마의 공포가 채 가시지 않은 상태에서 허공을 날아다니는 모습까지 봤으니 싸우기도 전에 이미 기가 죽은 것이다.

허공답보(虛空踏步)라니! 그야말로 전설에서나 듣던 경지가 아니던가.

더구나 석도명이 떨어진 배는 고삼이 승선해 있는 대장선과는 멀찍이 떨어진데다, 막간오귀부 같은 고수도 없다. 산적들은 자신들만의 힘으로 칠현검마와 맞설 엄두가 나지 않았다.

석도명이 겁에 질린 산적들을 향해 단호하게 외쳤다.

"먼저 칼을 들지 않는 한 해치지 않겠다!"

죽음의 고비를 가까스로 넘긴 탓인지, 석도명의 말투는 보통 때와 달랐지만 본인은 미처 자각하지 못했다.

서슬 퍼런 그 한 마디에 산적들은 일제히 병기를 떨어뜨렸다.

"고, 고맙습니다."

"감사합니다. 감사합니다."

산적들이 분분히 허리를 숙이더니 앞뒤 재지 않고 훌쩍 뱃전을 넘어 강물로 뛰어내렸다.

조금 뒤에는 갑판 밑에 있던 노잡이들이 떼 지어 올라오더

눈을 뜨다(開眼) 281

니 주저하지 않고 강물에 몸을 던졌다.

이제 갑판 위에는 산적들이 버리고 간 활과 도가 어지러이 널려 있을 뿐이었다.

석도명이 망설이지 않고 바닥에서 도 한 자루를 집어 들었다.

운 좋게 강바닥에서 깨달음을 얻은 덕분에 익사(溺死)의 위기는 넘겼지만 상황은 아직 끝나지 않았다. 굳이 고개를 들어 눈으로 확인할 것도 없이 자신을 향해 맹렬하게 노를 저어오는 산적들의 배가 보였다.

마침내 다른 배들이 가까이 다가오더니 여러 사람이 석도명의 배로 날아들었다.

고삼과 막간오귀부, 거호대주 당서천, 그리고 항문송을 비롯한 일곱 명의 초빙 고수들이다.

고삼이 흉흉한 눈길을 날리며 입을 열었다.

"과연 흉악한 놈이로구나. 대체 얼마나 뒤가 구리기에 그 실력을 숨기고 거짓으로 악사 흉내를 내는 게냐?"

"악사가 악사로 살아가는 게 어찌 거짓이겠소?"

"흥, 믿을 수 없는 이야기는 그만 해라. 과연 네놈 정체가 무엇이냐?"

"나는 악사 석도명이오."

고삼이 '거짓말은 그만 두라'는 표정으로 석도명을 노려보면서 도를 뽑아 들었다.

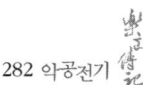

그때 독산구접 항문송이 끼어들었다.

"칠현검마의 무공이 고절하다고 소문이 시끄러워도 내 믿지 않았네만, 오늘 그대를 보니 생각을 바꿔야 할 것 같군. 그대가 방금 보여준 건 무슨 신법인가? 아무래도 허공답보는 아닌 것 같은데."

"신법이라 할 게 있겠소? 그저 보이는 대로 걸었을 뿐이오."

"개수작 마라! 보이는 대로 걷다니? 그러면 다른 사람들은 전부 장님이냐?"

막간오귀부의 맏형 양멸이 가당찮다는 듯이 소리를 질렀다.

양멸은 석도명의 말을 조금도 믿을 수가 없었다. 보이는 대로 걸어서 허공으로 몸을 띄울 수 있다면 세상에 날지 못할 인간이 어디 있겠는가?

"흐흐, 이래저래 비밀이 많은 놈 같은데 말을 섞어서 뭐하겠소? 어째 지난번에도 크게 속은 것 같은데 말이오."

철혈사사 중 하나인 이비염이 비릿하게 웃으며 양멸을 거들었다.

이비염은 항주에서 남궁호천과 같이 있던 석도명을 공격했을 때를 떠올리며 자신들이 기만을 당했다는 생각을 떨칠 수가 없었다.

당시 석도명은 벌겋게 달궈진 검으로 자신들의 검을 단칼에 잘라냈지만 공력이 딸려서 힘들어하는 모습을 보였다. 철혈사사와 무공 실력이 평수이거나 고작 반 보 정도를 앞서는 수준이라고 믿었는데 불과 몇 달 만에 이렇게 달라진 모습을 보이다니!

"흐흐, 비밀이 있으면 이 자리에서 그것까지 같이 묻어주마. 너는 결코 살아서 돌아가지 못할 것이다."

채주 고삼이 냉소를 흘리며 한 걸음 앞으로 나섰다. 곧장 싸움에 들어가자는 뜻이었다.

하지만 석도명은 아직 싸울 준비가 돼 있지 않았다. 밑으로 내려 뻗은 도는 이미 일만격의 오의를 담아 한없이 무거워져 있었지만 그걸 들어올릴 마음이 서지 않은 까닭이다. 아니, 할 수만 있다면 지금이라도 싸움을 피하고 싶었다.

"왜 나를 죽이려고 하는 거요? 대체 내가 당신들에게 무슨 잘못을 했기에."

"이놈! 너 때문에 막간대채가 얼마나 피해를 입었는지 아느냐? 칠현검마가 살아 있는 한 우리는 고개를 들고 다닐 수가 없는 지경이다."

"하아, 나를 칠현검마라고 부를 수 없다는 사실을 누구보다 당신들이 잘 알지 않소? 더구나 나와 부운정의 산적들을 죽이려고 쳐들어온 것은 당신들이었소. 누가 누구를 탓해야 하는 것이오?"

"흥, 말이 많은 놈이구나. 누가 시작을 했든 끝만 깔끔하면 그만이지. 더 하고 싶은 이야기가 있으면 저승에 가서 실컷 하려무나! 어쨌거나 오늘은 칠현검마의 제삿날이 될 테니."
 고삼이 고함을 질러 석도명의 말을 가로막았다. 어차피 잘잘못을 가리자는 자리는 아니었다.
 그 순간 석도명이 무거운 음성으로 말했다.
 "부디 부탁하오. 여기서 멈춰 주시오. 나는 아직…… 멈추는 법을 잘 모른다오."
 그것은 석도명의 솔직한 심정이었다.
 살기를 억누르고, 과도하게 손을 쓰지 않기 위해 무던히 노력을 하기는 했다.
 그러나 오늘의 싸움은 삶과 죽음의 경계를 넘나들어야 할 게 분명하다.
 일천한 무공 실력이 바닥을 드러내는 순간, 밑바닥 깊은 곳에서 마성이 폭주할지도 모르는 일이었다. 살기 위해 이를 악물 생각이지만, 그로 인해 벌어질 수 있는 참혹한 결과를 받아들이기는 여전히 쉽지 않을 것이다.
 유감스럽게도 석도명의 솔직한 한 마디가 정 반대의 효과를 내고 말았다.
 "하! 멈추는 법을 모른다? 시건방지기가 하늘을 찌르는구나."
 그때까지 상황을 지켜보기만 하던 소리비도 심경색이 경기를 일으켰다. 나란히 서 있던 항문송과 마비 또한 기가 막힌 표정으로 입을 다물지 못했다.

강남삼절(江南三絶).

강호에서 항문송과 심경색, 마비를 일컫는 별칭이다.

세 사람은 나이는 물론 병장기 또한 각기 검과 비도, 창으로 같지 않았다. 실제로 세 사람이 친하게 어울려 다니는 것도 아니다.

하지만 장강 남쪽에서는 이 세 사람을 삼절로 묶어 부른 지가 오래였다. 일 대 일로 맞붙어 이들을 이길 사람이 거의 없다는 의미다. 철혈사사 또한 사파의 고수로 이름이 높지만 강남삼절 앞에서는 한 수를 크게 접어야 하는 형편이다.

바로 그 강남삼절이 한자리에 모여 있는데, 감히 그 앞에서 멈추는 법을 모른다고 하다니!

마침내 항문송이 검을 뽑았다.

"나 독산구접은 본시 떼로 덤벼들기를 좋아하지 않네. 하지만 그대의 자신감이 실로 대단하니 오늘만큼은 공격에 정도(正道)를 따지지 않겠네."

석도명을 상대로 협공조차 마다하지 않겠다는 의미다.

이비염과 마비에 이어 철혈사사가 병장기를 뽑아드는 것으로 같은 뜻을 표시했다.

막간오귀부 또한 이를 갈며 창날이 달린 의수를 치켜들었다. 거호대주 당서천이 망설임을 떨치지 못한 눈빛으로 가장 늦게 도를 세웠다.

어차피 이 자리에 있는 사람들은 사파의 고수들이다. 일 대

일로 싸워 이길 수 있다면 좋겠지만, 미심쩍은 구석이 있는 상대에게는 처음부터 기회를 주지 않는 게 그들의 방식에 더 가까웠다.

열네 사람이 석도명을 향해 먼저 달려드는 것으로 싸움이 시작됐다.

채채채챙.

여러 가지 병장기가 불꽃을 튀기며 뒤엉켰다.

아무래도 싸움의 당사자인 고삼과 막간오귀부, 당서천이 먼저 석도명을 에워쌌고, 강남삼절은 한 발을 걸친 듯한 모습을 보였다. 그리고 철혈사사가 바깥을 돌며 기회를 엿봤다.

숫자에서 열세인데다가 선공을 허용한 석도명으로서는 철저하게 수비로 나설 수밖에 없었다.

그러나 수비조차도 쉬운 일은 아니었다.

상대가 이제껏 석도명이 한 번도 겨뤄본 적이 없는 고수들이기도 했지만, 병장기가 다양해서 막아내기가 쉽지 않았다.

특히 소리비도 심경색의 비도와 주구장창 마비의 창은 위협적이었다. 검과 도가 난무하는 가운데 기습적으로 날아오는 비도나, 거리를 무시하고 찔러 들어오는 창은 언제나 빈틈을 비집고 위협해 왔다.

더구나 싸움 경험이 일천한 석도명의 입장에서는 여러 방위에서 원근을 달리해 쳐들어오는 병장기를 동시에 상대하려니 매순간 진땀이 났다.

그럼에도 석도명은 상대의 병장기를 용케 막아내고 또 피해냈다. 눈앞에 펼쳐진 기(氣)의 장막을 뚫고 들어오는 상대의 움직임이 너무나 선명하게 보였고, 또 그 궤적이 예측됐기 때문이다.

종종 등 뒤에서 사각을 찌르며 들어오는 무기가 있었지만 석도명은 귀신처럼 몸을 틀어 이를 피해냈다. 관음의 경지가 열린 탓에 사방 어디에서 무엇이 움직인다 한들 석도명의 감각은 피할 수 없었다.

'이런 우라질 놈. 뒤통수에도 눈이 달렸나?'

일방적으로 석도명을 밀어붙이고 있으면서도 고삼은 자꾸 가슴이 답답해졌다. 고작 거호대 30여 명의 명줄을 끊은 실력이라고 대수롭게 보지 않았건만, 생각보다 싸움이 길어지고 있었다.

게다가 결과적으로 싸움 장소가 배로 정해진 것 또한 갑갑하기만 했다. 물속에 처박을 생각만 했지, 이렇게 좁은 갑판 위에서 싸우게 될 줄은 몰랐다.

수적으로 우위에 있지만 그걸 충분히 발휘할 수가 없으니 결국 제 꾀에 제가 넘어간 꼴이다.

고삼이 누구에게랄 것도 없이 버럭 소리를 질렀다.

"손발을 좀 맞춰 봅시다. 따로 놀지 말고!"

무슨 계획을 세우고 한 말은 아니었지만 곧 바로 효과가 나타났다. 막간오귀부나 강남삼절 모두 싸움에는 이력이 난 인물들이기 때문이다.

"흠, 바닥은 내가 맡지."

마비가 자세를 낮춰 창으로 바닥을 쓸어갔다. 창대를 피하기 위해 석도명과 고삼 등이 일제히 제자리에서 껑충껑충 뛰었다.

그 상태에서 고삼과 막간오귀부, 당서천이 석도명을 찌르고, 베어 들어갔다. 그리고 한 발짝 뒤에 서 있던 심경색이 두 손을 앞으로 뻗었다.

쐐액—

막간오귀부의 의수에 달린 다섯 개의 창날과 두 개의 도가 각기 다른 방향에서 다른 형태로 석도명의 몸을 훑어가는 순간, 네 자루의 비도가 나선형의 궤적을 그리며 날아갔다.

석도명이 한순간에 벌어진 모든 병장기의 움직임을 정확하게 꿰뚫었다. 그러나 그 모두를 막아내거나, 피하지는 못했다. 뻔히 보면서도 비도 한 자루를 어깨로 받을 수밖에 없었다.

"크흑."

왼쪽 어깨에 비도가 꽂히자 석도명이 낮은 신음을 뱉어냈다.

그리고 다음 순간 피 냄새가 석도명의 코를 찔렀다. 단전의 기운이 꿈틀거리며 한 차례 요동을 쳤다.

과거처럼 맹목적인 살인충동이 폭발하지는 않았지만, 가슴속에서 강렬한 생존 본능과 함께 투지가 솟구치는 것 같았다.

'이익! 더 이상 참을 수가 없어. 아니, 참지 않아!'

석도명이 마침내 단전을 활짝 열었다. 단전의 기운이 터져 오는 것과 동시에 살생에 아무런 가책을 느끼지 못하는 자들에 대한 분노가 함께 타올랐다.

생명의 소중함을 모르는 자들에게 무엇을 기대하고, 무엇을 참아준단 말인가?

열 개의 그림자를 그려내던 석도명의 투박한 도가 붉게 달아오르기 시작했다.

"불을 쏘게 해서는 안 됩니다."

석도명에 대해 누구보다 공포를 안고 있는 거호대주 당서천이 다급하게 외쳤다.

고삼과 다른 일당들의 가슴에도 두려움이 밀려들었다. 석도명이 나룻배 위에서 칠현금을 휘두르며 불꽃을 피워냈던 것을 똑똑히 목격했기 때문이다.

마비의 창이 석도명의 발목을 노리고 깊숙이 찔러 들어갔고, 나머지 사람들이 약속이라도 한 듯이 협공을 펼쳤다.

눈에 빤히 보이는 똑같은 수법이었음에도 불구하고 석도명의 왼쪽 어깨에 다시 비도가 박혔다.

"본양무운(本陽无雲)!"

석도명이 고통을 참으며 도에 내공을 아낌없이 불어넣었다.

화르르.

칼날 끝에서 뜨거운 불꽃이 타올랐다. 그러나 석도명은 그 불을 쏘아내지 못했다.

채챙.

막간오귀부가 의수를 교묘하게 겹쳐 석도명의 도를 그 사이에 끼워 버렸기 때문이다. 칼이 석도명의 의지대로 움직이지 못하자 타오르던 불꽃이 흔들리다 꺼지고 말았다.

석도명이 있는 힘을 다해 도를 잡아당겼다.

절그럭, 절그럭.

막간오귀부의 의수에 달려 있던 다섯 개의 창날이 석도명의 도에 잘려 떨어졌다.

"크흑!"

그 순간 석도명이 몸을 비틀면서 무겁게 신음을 했다. 석도명의 도가 막간오귀부에게 잡혀 있는 찰나의 순간을 이용해 항문송이 석도명의 등을 사선으로 그어 내렸기 때문이다.

석도명이 등 뒤에서 다가오는 항문송의 검을 알아채지 못한 것은 아니었다. 그 움직임을 정확히 알아내고 황급히 몸을 틀었지만 막간오귀부에게서 칼을 빼내느라 완전하게 피할 수가 없었을 뿐이다.

등에 상처를 입기는 했지만, 막간오귀부를 무력화 시켰으니 석도명으로서는 손해를 본 장사는 아니었다.

문제는 공간이 좁아 바깥을 겉돌고 있던 철혈사사가 막간오귀부의 자리를 비집고 들어왔다는 사실이다. 게다가 불규칙하게 움직이는 철혈사사의 검은 막간오귀부보다 훨씬 위협적이었다.

'틈이 필요해.'

석도명이 어지럽게 도를 휘둘러 상대의 공세를 막아나갔다. 그러나 속으로는 점점 입이 타들어갔다.

석도명은 뒤늦게 깨달았다. 이런 상황에서 자신이 무슨 실수를 했는지를.

수적인 열세에 처해 있으면서도 정작 선제공격의 기회를 상대에게 넘겨 버린 것이다.

상대가 구화진천무의 위력을 알고는 자신에게 칼을 휘두를 공간과 시간을 주지 않는 상황이 벌어지고 나니 선수를 놓친 게 너무나 뼈아팠다.

마치 궁지에 몰린 석도명을 놀리기라도 하듯이 마비의 창이 또다시 발목을 찔러 들어왔다.

그러나 석도명은 이번에는 창을 피하지 않았다. 대신 곧게 선 창날을 밟아 버렸다.

얇은 신발밑창이 갈라지며 발바닥이 화끈거렸다. 그 고통이 작지 않았으나 이미 계산에 넣었던 일이기에 석도명은 당황하지 않았다. 그 순간 석도명은 정작 엉뚱한 생각을 하고 있었다.

'누이도 발이 많이 아팠겠소.'

정연이 비단신을 신고 상당문의 구궁무한진을 통과하다가 표창을 밟았던 일이 불쑥 떠오른 것이다.

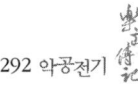

옛일을 붙들고 있을 시간은 없었지만, 창날을 밟음으로써 석도명은 아까보다 훨씬 큰 도약력을 얻을 수가 있었다.

 고삼과 철혈사사의 칼을 뚫고서 석도명의 몸이 공중으로 둥실 떠올랐다.

 가볍게 뛰어올랐던 항문송이 재도약을 하며 따라 붙었고, 심경색의 비도 또한 집요하게 쫓아왔지만 석도명은 잠깐의 틈을 이용해 허공에 발을 디딜 수 있었다.

 지나가던 한 줄기 바람결에 잠시 몸을 실은 석도명의 신형이 위로 솟구쳤다.

 마침내 자유로운 공간을 얻은 석도명의 도가 활활 타올랐다.

 "화천대유!"

 석도명이 거침없이 도를 내리 꽂았다.

 펑, 펑, 펑.

 일격에 불덩어리 세 개가 쏘아졌다.

 그 불덩어리가 채 떨어져 내리기도 전에 석도명이 연달아 도를 내리쳤다.

 한 번에 세 개씩 여섯 개의 불덩어리가 다시 터져 나왔다.

 "이런 개자식!"

 고삼이 허공을 박차며 뛰어올라 불덩어리 하나를 정면으로 쳐냈다. 녹림 18채의 일원인 막간대채의 채주로서 자존심을 건 행동이었다.

퍼엉.

요란한 폭발음과 함께 불덩어리가 깨졌다.

그러나 그게 더 문제였다. 산산이 흩어진 불덩어리를 피하느라 고삼은 정작 그 다음에 다가오는 불덩어리를 제대로 피하지 못했다.

"으아아악!"

고삼이 고통을 이기지 못하고 비명과 함께 물로 뛰어내렸다. 그러나 수면에 떨어진 건 사람의 몸이 아니라 까만 숯덩이였다. 엉겁결에 검을 들어 불덩어리를 막았던 철혈사사 또한 같은 운명을 맞았다.

강남삼절 가운데 항문송과 마비는 불덩어리를 피하기 위해 배를 박차고 허공으로 뛰어올랐다. 하지만 꼬리를 물고 이어진 불덩어리를 다 피할 수는 없었다.

막간오귀부와 심경색은 그나마 머리를 좀 쓴 경우였다. 황급하게 물로 뛰어들었기 때문이다.

문제는 불덩어리가 물을 뚫고 들어간 뒤에도 쉽게 꺼지지 않았다는 점이다. 오히려 물살에 휘말려 몸을 뜻대로 움직이지 못하는 바람에 막간오귀부와 심경색 또한 타 죽거나 데어 죽었다.

화마(火魔)가 할퀴고 간 배 위에는 이제 오직 한 사람의 생존자가 남았다. 불덩어리가 떨어지는 순간 모든 것을 포기하고 털썩 무릎을 꿇은 거호대주 당서천이다.

당서천이 살아남은 이유는 하나였다. 달아나거나 반항할 마음을 일찌감치 버린 덕분에 석도명의 살의가 그에게로 향하지 않았기 때문이다.

희한하게도 불덩어리는 석도명의 의지를 따라 움직이는 것 같았다. 끔찍한 살육의 순간이 끝난 뒤 석도명이 공중에서 천천히 걸어 내려왔다.

주변을 에워싼 배에는 아직 200명 가까운 산적들이 남아 있지만 모두들 얼음처럼 굳어 있는 상태였다.

그들의 생각은 같았다. 허공을 날아다니며 불을 쏘아대는 고수에게서 어떻게 달아나겠는가?

개중에 몇몇이 당서천과 마찬가지로 무릎을 꿇었다. 부운정에서 겨우 살아남은 십여 명의 거호대원들이다.

그들 또한 칠현검마를 다시 마주하고 싶지는 않았지만, 석도명과 싸운 경험이 있으니 도움이 될 거라는 이유 때문에 끌려온 처지였다.

"살려주십시오."
"저희도 억지로 끌려 온 겁니다."

또다시 울음 섞인 애원이 그들의 입에서 흘러나왔다. 그리고 그 아우성이 삽시간에 산적들에게로 번져나갔다.

석도명이 어두운 표정으로 배에 내려섰다.

관음의 경지에 들어서고 나니, 좋기만 한 것은 아니었다. 산적들의 울음과 거기에 담긴 공포가 고스란히 보였다. 눈을 감는다 해도 피할 수 있을 것 같지가 않았다.

혈전(血戰) 중에 끓어올랐던 뜨거운 피가 서늘하게 식어갔다.

당서천이 두려움 가득한 음성으로 물었다.

"저희를…… 어떻게 하실 생각이십니까?"

"……."

무엇을 생각하는지 석도명은 바로 답을 하지 않았다.

당서천이 말없이 석도명의 눈치만 살폈다. 그리고 잠시 뒤 석도명의 입에서 당서천이 가슴 졸이며 기다리던 대답이 시작됐다.

"당신들이 어떤 삶을 살았고, 이곳에 어떻게 왔는지는 각자의 선택에 따른 일일 것입니다. 그 선택에 대해 따지고 싶지는 않습니다. 하지만 이것만은 반드시 말해야겠습니다. 남의 생명을 소중하게 여기지 않는 사람이 스스로의 목숨은 존중 받아야 할까요?"

"대, 대협……."

당서천이 부르르 떨었다. 석도명의 말은 비록 질문으로 끝났지만 그것은 따가운 질책이었다. 사람의 목숨을 가벼이 여기는 자는 절대로 용서하지 않겠다는 의지다.

'한 번 목숨을 구했으면 감사한 줄 알아야 했다. 어찌 두 번이나 목숨을 구걸하겠는가?'

당서천의 두 눈에 짙은 후회가 어렸다.

석도명이 그런 당서천을 향해 엉뚱한 것을 물었다.

"아까 이 배에 타고 있던 사람들이 왜 살아서 도망을 칠 수 있었는지 아십니까?"

"예? 그건…… 그들이 저희들처럼 대협께 무기를 겨누지 않았기 때문이겠죠."

"아닙니다. 제가 제 자신의 생명에 집착하기 때문입니다."

"대협……."

당서천이 무겁게 머리를 숙였다. 가슴 속에서 뭔가 뜨거운 것이 치밀어 올랐다.

석도명은 그 한 마디로 자신과 막간대채의 산적들을 용서한 것이다. 조금 전 석도명의 질책은 자신의 목숨을 존중 받으려면 앞으로는 남의 생명을 소중히 여기라는 당부였다.

뜨거운 눈물을 흘리며 일어선 당서천을 향해 석도명이 고개를 끄덕였다. 나머지 일은 알아서 하라는 의미다.

당서천이 뱃머리에 서서 크게 외쳤다.

"대협께서 우리를 너그러이 용서하셨다. 막간산으로 돌아가든, 새 출발을 하든 선택은 너희들의 몫이다. 그러나 이것만은 알아둬라. 나 당서천은 다시는 허투로 사람을 죽이지 않겠다. 그것이 나와 너희를 용서한 칠현검마의 뜻이기 때문이다. 부디 그 뜻을 잊지 말아라!"

"나는 고향으로 돌아가겠소!"

"나도 산을 떠날 거요!"

누군가가 외치자 산적들이 크게 술렁였다. 대부분 막막한 표정을 지었지만, 막간산으로 돌아가자는 말은 선뜻 나오지 않았다. 지난가을 부채주를 잃은데 이어 오늘 채주와 막간오 귀부가 모두 죽었으니 산채를 이끌 사람이 없다.

 생존자 가운데 가장 고수인 당서천이 산을 등진다고 하니 이제 산채로 돌아가 봐야 예전처럼 큰소리를 치며 사는 것은 불가능하리라.

 산적들이 갈피를 못 잡고 우왕좌왕하는 사이에 어깨에 박힌 비도를 뽑아내고 서둘러 지혈을 마친 석도명이 당서천에게 다가섰다.

 "떠나기 전에 저를 좀 도와주십시오."
 "뭐든 하겠습니다."

 조금 놀란 표정이기는 했지만 당서천은 흔쾌히 석도명의 청을 받아들였다. 두 번이나 목숨을 살려준 석도명을 진심으로 돕고 싶은 마음이었다.

　　　　　　*　　　*　　　*

 당서천과 수하들의 도움을 받아 상류로 거슬러 올라가는 동안 석도명의 표정은 밝지 못했다. 얼마 가지 않아 상류에서 뭔가가 잔뜩 떠내려 오는 게 보였기 때문이다.

 강물을 붉게 물들이며 적지 않은 숫자의 시신이 떠내려 오

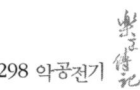

고 있었다. 심하게 부서진 배도 여러 척이 눈에 띄었다.

부도문과 장룡구방의 싸움이 얼마나 치열했을지 그 광경이 한눈에 그려져서 석도명은 애가 탔다. 자신을 부도문에게서 먼저 떼어놓는 것이 막간대채의 계략이었음을 알게 됐지만, 혼자 떠난 것이 못내 후회스러웠다.

'아냐, 그렇게 쉽게 당할 사람이 아니야. 벌써 멀리 달아났을 지도 몰라.'

속으로 그렇게 되뇌어도 마음은 쉽게 가벼워지지 않았다.

이윽고 장룡구방과 처음 마주쳤던 장소에 석도명의 배가 도착했다. 광경은 예상보다 더 끔찍했다.

닻을 내리고 싸움을 벌였는지, 강 한가운데는 열 척 가까운 배가 움직이지 않은 채로 떠 있었다. 그중 대부분은 물에 떠 있는 게 신기할 정도로 여기저기가 깨져 있는 상태였다.

더구나 배를 저어갈 만큼 성한 사람이 거의 남아 있지 않았다. 갑판마다 시체가 널려 있고, 일부 살아 있는 사람들은 중상을 입어 몸을 움직일 수 없는 처지였다.

"저쪽입니다!"

당서천이 북쪽 강변을 가리키며 외쳤다.

그곳에는 열 척 가량의 배가 강가에 대어져 있었다. 부도문이 그쪽으로 달아났고, 수적들이 그 뒤를 쫓은 게 분명해 보였다.

석도명이 시키기도 전에 당서천이 그쪽으로 배를 젓게 했다. 배가 강가에 닿자마자 석도명이 황급하게 뛰어내릴 채비를 했다. 그 순간 당서천이 석도명의 팔을 잡았다.

"이게 필요하지 않겠습니까? 맞을지는 모르겠지만."

당서천의 손에는 방금 벗은 자신의 신발이 들려 있었다. 석도명이 마비의 창에 신발밑창을 찢긴 사실을 잊지 않고 있었던 것이다.

"고맙습니다."

석도명이 주저하지 않고 신발을 갈아 신었다. 부도문의 상황을 생각하면 사소한 것 하나라도 아쉬운 때였다.

석도명이 땅에 뛰어내리기가 무섭게 서둘러 달려갔다.

그 모습을 보며 당서천이 고개를 저었다.

"하아, 누가 저 사람을 고수로 보겠나? 정말로 조금 전에 허공을 걷던 사람이란 말인가?"

석도명이 허둥대며 달려가는 모습은 고수의 풍모와는 거리가 멀었다. 발바닥을 다쳐서 심하게 절룩이기까지 했으니 그 형색이 가히 가관이었다.

당서천은 꿈에도 몰랐다. 석도명이 허공에 발을 디뎌 본 것이 오늘 처음이라는 것을. 그리고 땅에 발을 딛는 방법은 아직 제대로 깨우치지 못했다는 사실을.

석도명은 강가에 맞닿아 있는 산속으로 곧장 달려 들어갔다. 굳이 길을 찾을 필요는 없었다. 수적들의 시체가 길을 알려줬기 때문이다.

작은 산등성이에 올라선 석도명의 눈앞으로 골짜기가 펼쳐졌다. 그리고 그 골짜기 안에 100여 명의 수적들이 진을 치고 있었다. 무슨 까닭인지 수적들은 제자리에서 주춤거리기만 했다.

그 까닭은 쉽게 헤아려졌다. 골짜기 한편으로 시커먼 동굴이 입을 벌리고 있었다. 수적들은 그 앞을 가로막은 상태였다. 겁을 먹고 안으로 들어갈 생각을 하지 못하는 것을 보니 부도문이 그 안에 있는 게 분명했다.

석도명이 소리의 기운을 극대치로 끌어올렸다. 짙은 어둠이 내려진 동굴 안에서 여러 사람이 어울려 혈투를 벌이고 있는 모습이 흐릿하게 보였다.

그 상(像)이 또렷하지 않은 것은 동굴 속에서 소리가 어지럽게 울리는 바람에 사람의 움직임이 그것에 가려 잘 보이지 않았기 때문이다.

부도문이 아직 살아 있다는 사실에 안도한 석도명이 길게 호흡을 가다듬었다. 조금 전 막간대채의 산적들과 혈전을 벌인데 이어 이제는 장룡구방의 수적들을 상대해야 할 차례였다.

"후, 물에서는 산적과 싸우고 이제는 산에서 수적을 쳐야 하나······."

석도명이 마음을 정하고 산등성이를 달려 내려갔다.

산등성이를 다 내려가도록 수적들은 석도명의 등장을 알아채지 못했다. 그만큼 동굴 안의 상황에 긴장을 하고 있다는 증거였다.

골짜기에 도착한 석도명이 달려가며 크게 외쳤다.

"나는 칠현검마다! 내 앞을 가로막는 자에게는 오직 죽음뿐이다!"

소리의 기운이 충만한 석도명의 외침이 골짜기를 쩌렁쩌렁 울렸다. 100여 명에 이르는 수적들의 고개가 일시에 뒤로 돌아갔다. 수적들의 눈에 피투성이의 사내가 도를 뽑아들고 달려오는 모습이 보였다.

"으헉!"

"저게 뭐야?"

"헉! 치, 칠현검마……."

수적들 사이에서 자지러지는 비명이 터져 나왔다. 석도명의 도에서 일렁이는 불꽃을 봤기 때문이다.

칠현검마라는 네 글자의 의미가 머리에 새겨진 건 오히려 불꽃의 공포를 맛 본 다음이었다. 칼끝에서 불덩어리가 이글거리는 광경이 가져다 준 충격이 그만큼 컸다.

석도명이 주저하지 않고 도를 앞으로 뻗었다.

퍼엉, 퍼엉, 퍼엉.

세 개의 불덩어리가 춤을 추며 날아가 떨어졌다. 계곡 바닥이 뒤집히며 매캐한 연기와 함께 흙먼지가 피어올랐다.

상황은 그것으로 끝이었다.

"으악! 지옥 불이다."

"제발 살려주시오."

수적들이 싸워볼 엄두도 내지 못한 채 공포에 사로잡혔다. 절반쯤은 골짜기 양옆의 가파른 경사를 타고 달아나기에 바빴고 나머지 절반은 부들부들 떨기만 할뿐 꼼짝도 하지 못했다.

석도명이 흙먼지를 헤치고 수적들에게 다가갔다. 손에 들린 도에서는 당장이라도 쏘아질 것처럼 불꽃이 일렁였다.

"살고 싶으면 어서 달아나라! 불필요한 목숨은 거두지 않겠다."

그 말에 대부분의 수적들이 황급히 고개를 숙여 보이고는 뿔뿔이 흩어져 달아났다.

조금 전까지 부도문의 무공에 질려 있던 터에 칠현검마라는 신진고수의 절학을 목도하고 나니 수적들의 가슴 속에는 오직 살고 싶다는 본능만이 꿈틀거렸다.

그 모습을 보면서 정작 안도감을 느낀 건 석도명 자신이었다. 불필요한 살생을 피하기 위해서 최대한 상대를 겁먹게 한 결과가 고스란히 나타나고 있었다. 막간대채의 산적들을 상대하면서 나름의 요령이 생긴 것이지만, 왠지 한편으로는 입맛이 썼다.

'약한 자는 스스로 참아야 하지만, 강한 자에게는 세상이 참아주는 법'이라던 부도문의 말이 떠오른 탓이다.

석도명이 그런 생각조차 털어내려는 듯이 머리를 흔들고는 서둘러 동굴로 걸음을 옮겼다. 동굴 안에서는 더 이상 사람의 움직임이 보이지도, 들리지도 않았다. 그곳에서도 이미 싸움이 끝나 버린 것이다.

동굴은 몹시 어두웠지만 석도명이 안을 살펴보는 데는 별 문제가 없었다. 발을 옮길 때마다 소리가 동굴 구석구석까지 울리며 반향을 일으켰기 때문이다.

이미 청어무성(聽於無聲)의 경지에 들어선 석도명에게는 반향이 만들어내는 상이 선명하게 잡혔다.

석도명은 바닥에 쓰러져 신음을 흘리고 있는 부도문을 쉽사리 찾아냈다. 동굴 안에서 숨을 쉬고 있는 건 오직 부도문뿐이었다.

"헙!"

한쪽 무릎을 꿇고 앉아 부도문의 몸에 손을 대던 석도명의 입에서 낮은 비명이 새어나왔다. 어지간한 일에는 제법 단련이 된 석도명이지만, 부도문의 몸에서 뿜어지는 한기는 상상 이상의 것이었다.

석도명이 황급히 손을 뗐다. 부도문에게서 뿜어진 한기가 삽시간에 석도명의 몸으로 타고 들어왔기 때문이다. 음한지기의 공포를 톡톡히 맛본 석도명으로서는 상태가 심상치 않음을 바로 알아볼 수 있었다.

석도명이 소리의 기운을 다시 극대치로 끌어올려 부도문의 몸을 찬찬히 살펴봤다. 어둠 속에서도 부도문의 몸에서 아지랑이처럼 혹은 실오라기처럼 피어나는 기의 흐름이 느껴졌다.

"하아……"

석도명의 입에서 깊은 한숨이 새어나왔다.

부도문의 몸은 거대한 기의 폭풍에 휘말려 있었다. 흐름도 방향도 없이 거칠기만 한 기의 소용돌이가 온몸을 뒤덮었고, 단전에서는 검은 기운이 끝없이 용솟음쳤다. 극한의 상황에서 진원지기가 발출된 것이다.

석도명은 부도문이 절명의 위기를 맞고 있음을 직감했다. 아마도 저 검은 기운이 다 쏟아지고 나면 부도문의 생명은 끝이 나리라.

스스로도 죽음을 느꼈는지 부도문의 입에서 서글픈 음성이 흘러나왔다.

몸이 사시나무처럼 떨리는 것을 보면 고통이 끔찍할 텐데, 삶의 마지막 순간에서도 떨치지 못한 비애가 남아 있는 모양이었다.

"지난해 오늘……, 흐윽…… 님의 얼굴…… 크흐윽, 복사꽃…… 붉더니……."

부운정에서 처음 들었던, 그리고 그 뒤로도 부도문이 술에 취해 자주 부르던 '제도성남장(題都城南莊)'의 한 소절이다.

부도문의 흐느낌이 이어졌다.

"흐흐흑…… 도연(桃姸; 복사꽃이 곱다는 뜻)…… 도연……."

누군가의 이름을 애타게 부르는 것을 끝으로 부도문의 고개가 털썩 꺾였다.

석도명의 가슴이 덜컥 내려앉았다.

그러나 찬찬히 살펴보니 부도문은 아직 숨이 끊긴 것이 아니었다. 다만 살아야겠다는 의지를 더 이상 읽을 수가 없었다.

석도명이 참담한, 그러나 단호한 표정으로 입을 열었다.

"당신의 과거가 어떤 것이었든, 그 가슴에 무엇이 담겨 있든 나는 당신을 이렇게 보낼 수가 없습니다. 후회할 게 남았다면 살아서 그 후회를 끝내십시오."

석도명이 굳은 얼굴로 일어나 도를 치켜들었다. 그리고 이내 칼날 끝에서 시뻘건 불꽃이 타올랐다. 석도명이 잠시 망설이다가 부도문을 향해 도를 휘둘렀다.

퍼엉!

불덩어리가 굉음을 내며 부도문의 몸에 떨어졌다. 그리고 세차게 타오르다가 서서히 수그러들었다.

그 광경을 본 석도명이 실망스럽게 고개를 저었다. 구화진천무의 불덩어리로 얼음보다 더 차가운 한기를 죽여 보려는 시도였지만, 유감스럽게도 효과가 전혀 없었기 때문이다. 심지어 부도문의 옷깃조차 태우지 못했다.

석도명이 같은 시도를 몇 차례 해보고는 이내 손에서 도를 놓아 버렸다.

구화진천무의 불덩어리를 쏘겠다는 생각을 완전히 버린 것

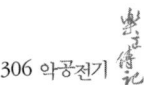

이다. 그리고는 무슨 까닭인지 부도문을 억지로 일으켜 앉히더니 자신도 등 뒤에 자리를 잡고 앉았다.

부도문의 등에 두 손바닥을 붙인 석도명이 뼈를 얼리는 한기에 가볍게 몸을 떨었다.

'헙, 잘못하면 나까지 죽겠구나.'

자신을 잡아먹을 듯이 달려드는 부도문의 기운은 가공스러웠다.

석도명이 눈을 질끈 감았다. 이제 눈을 감고 말고의 차이가 없었지만, 정신을 집중하려다 보니 몸에 밴 습관이 저절로 튀어나온 것이다.

석도명이 단전의 기운을 끌어올려 두 팔로 흘려보냈다. 이미 양손을 점령한 한기는 팔꿈치께로 밀어닥치고 있었다.

이윽고 석도명의 내기가 부도문의 한기와 맞부딪쳤지만 그 거대한 흐름을 막지 못하고 뒤로 밀려났다.

어느새 석도명의 어깨에서 하얗게 서리가 피어올랐다. 이대로 한기가 심장까지 번지면 석도명 또한 목숨을 내놓아야 할 처지였다.

사실 일 대 일로 내공을 겨뤘다고 해도 부도문을 앞선다고 장담을 할 수 없는 처지다. 하물며 극한의 상황에서 발출된 진원지기를 무슨 수로 당하겠는가?

어깨 죽지가 떨어져 나갈 듯이 아팠지만 석도명의 표정은 의외로 담담했다. 쉽게 막을 수 없으리라는 것을 이미 각오하고 있었기 때문이다.

석도명이 내기를 다스리면서 구화진천무의 구결을 떠올렸다. 마치 불꽃이 타오르듯 석도명의 단전이 뜨거워졌다.

구화진천무의 바탕인 양강의 화기를 극대치로 끌어올린 결과였다. 석도명의 몸 안에서 불덩어리가 살아나 혈도를 타고 달려 나갔다. 몸이 온통 불에 익는 것 같은 고통이 몰려들었다.

"크흑!"

석도명이 입술을 깨물었지만 그예 신음이 새어나왔다. 부운정에서 부도문의 도움으로 임맥이독을 타동할 때도 이보다 괴롭지는 않은 것 같았다.

지옥 같은 고통 속에서 화기가 부도문의 음한지기와 다시 부딪쳤다. 이어 석도명의 어깨에서 피어오르던 서리가 사라지기 시작했다.

석도명이 사력을 다해 한기를 조금씩, 조금씩 밀어냈다. 그리고 마침내 석도명의 화기가 부도문의 몸에 닿았다.

'이 기운을 받아들이든, 삶을 포기하든 선택은 당신의 몫입니다.'

석도명이 정신을 가다듬고 화기를 밀어 넣기 시작했다. 결코 끝나지 않을 것처럼 더디고 지루한 싸움이 어두운 동굴 안에서 오래도록 계속됐다.

제9장
다시 창룡각(蒼龍閣)에서

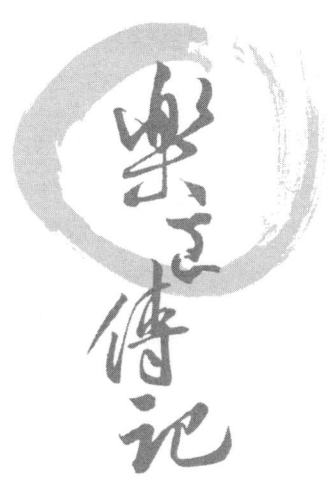

석도명이 여가허에 도착한 것은 정확히 중양절을 스무여드레 앞두고였다. 무림맹의 서품전까지는 한 달 사흘이 남은 상태였고, 남궁세가와 약속한 날로부터 정확히 사흘 전이었다.

석도명은 곧장 무림맹으로 가지 않았다. 찾아갈 곳은 처음부터 따로 정해져 있었다.

3년을 돌보지 않은 무덤에는 잡초가 무성했다.

그 초라한 모습에 석도명은 가슴이 찢어질 듯 아팠다.

석도명이 맨손으로 묵묵히 무덤의 풀을 뜯어냈다. 손끝이 퍼렇게 물들었지만 사부의 무덤을 돌보지 못한 자신의 무심함, 부족함이 가슴을 저며 와서 그렇게라도 하지 않고는 견딜 수가 없었다.

잡초를 어느 정도 뜯어낸 뒤 석도명이 무덤을 향해 큰절을 올렸다.

식음가 유일소의 묘.

자신의 손으로 깎아 세운 초라한 비목이 사부 대신 석도명을 맞았다.

무덤 앞에 선 석도명의 기색이 너무 무거웠던 탓인지, 함께 온 부도문은 내내 뒷짐을 진 채 아무 말도 하지 않았다.

석도명이 절을 끝낸 뒤 나무 상자를 열었다. 열두 개의 석경을 담아 뒤채 주춧돌 아래 묻어두었던 것을 다시 꺼내온 것이다.

석도명이 무덤 앞에 나뭇가지 두 개를 꺾어 세우더니 석경을 줄줄이 줄에 꿰어 나무에 걸었다.

빨랫줄에 옷가지를 널듯 어설프게 매달아 놓은 석경은 제대로 연주가 될 것 같지 않았다.

그러나 석도명에게는 그것으로 충분했다.

"사부님…… 못난 제자의 연주입니다. 사부님께서 애타게 찾으시던 천음(天音)이…… 아마 이 끝에 있겠지요."

석도명이 짧은 나무 막대를 들어 열두 개의 석경을 스쳐가듯 가볍게 두드렸다.

딩, 디디디디딩.

열두 개의 음이 맑은 소리를 울리며 허공에 퍼졌다.

석도명이 가볍게 손을 젓자 그 모든 음이 일시에 사라졌다. 보통 사람이 보기에는 그랬다.

하지만 실제로는 단 하나의 음도 흩어지지 않고 석도명 앞에 가지런히 떠 있었다. 이 세상에서 허공에 맴돌고 있는 그 열두 개의 음을 볼 수 있는 사람은 오직 석도명뿐이다.

석도명이 그 가운데 하나의 음 아니, 하나의 기운을 향해 손을 뻗었다.

디잉.

사라졌던 소리가 다시 울렸다. 탁청명묵무(濁淸明默無)의 오음(五音) 가운데 최후의 경지인 무음이 석도명의 손끝에서 펼쳐진 것이다.

석도명의 손이 파도를 타듯 부드럽게 춤을 췄다. 그 손짓에 맞춰 아무것도 없는 허공에서 열두 음이 나타났다 사라지기를 반복하며 아름다운 선율을 만들어냈다. 석도명의 움직임에 따라 어느 음은 길게 이어지고, 어느 음은 서서히 커졌다가 속삭이듯 스러져갔다.

그리고 두 손을 동시에 젓자 또 다른 선율이 만들어지며 아름다운 화음을 연출해냈다.

정작 줄에 걸린 열두 개의 석경은 꼼짝도 하지 않는데 허공에선 두 대의 석경이 동시에 울렸다.

석도명의 연주는 좀처럼 끝나지 않았다. 사부에게 하고 싶은 말이 가슴에 가득해서, 사부를 잃은 다음에야 얻은 깨우침이 너무 안타까운 까닭이리라.

아주 긴 시간이 지난 뒤에야 석도명은 손을 멈췄다. 연주가 끝난 뒤에도 석도명은 또다시 회한 어린 눈길로 사부의 무덤을 한참 동안 바라보기만 했다.

석도명은 유일소에게 묻고 있었다. 이제부터 어디로 가야 할지를.

'사부님, 제 앞에 하늘의 소리로 가는 길이 열렸습니다. 그런데 가슴이 너무 무겁습니다. 제 마음이 하늘이 아닌 땅을 보고 있기 때문일까요?'

석도명은 자신이 과연 어떤 마음으로 무림맹에 가야 할지를 알 수 없었다.

서품전이 끝날 때까지 남궁세가를 돕겠다고 했던 약속이야 큰 문제가 아니다.

고민은 그 다음에 과연 무엇을 해야 할지였다. 식음가를 몰살시킨 비열한 문파를 찾아내 단죄해야 할까, 아니면 세속의 은원은 가슴에 묻고 이제 겨우 끝자락을 잡은 천음을 완성하는 일에 매달려야 할까?

주저하지 않겠다고 다짐을 해놓고도 석도명은 다시 망설여졌다. 복수와 음악. 도저히 함께할 수 없을 것 같은 두 가지 선택이 눈앞에 놓여 있기 때문이다.

사부의 유지가 결코 복수에 있지 않을 거라고 믿으면서도 석도명은 좀처럼 마음을 정하지 못했다.

그것은 석도명이 아직 젊고, 살아가야 할 날들이 너무 많기 때문이었다. 식음가의 비극을 이대로 덮는다면 앞으로 두고두고 후회가 그치지 않을 것만 같았다.

'사부님, 저는 불의를 피해가지 않겠습니다.'

오랜 고민 끝에 석도명이 주먹을 움켜쥐었다. 사부를 또다시 실망케 하는 일이 될지라도 마음이 가리키는 길을 가겠다는 다짐이었다. 비록 그 마음이 부족하고 부족한 인간의 마음에 지나지 않는다고 해도 말이다.

"너무 오래 기다리게 해서 죄송합니다."

석도명이 석경을 챙기고 돌아서서 부도문에게 미안함을 표시했다.

부도문이 특유의 웃음소리로 대답했다.

"끄끄, 네놈도 후회를 끝내려면 아주 오래 살아야겠구나."

"하하, 죽기 전에 끝낼 수만 있으면 그나마 다행이겠죠."

부도문이 씁쓸하게 웃어 보이고는 대답을 하지 않았다. 석도명의 말에 담긴 서글픔이랄까, 무거움이 종내는 남의 일 같지 않기 때문이리라.

석도명 역시 그 분위기가 너무 침울하게 여겨졌는지 얼른 화제를 바꿨다.

"아무래도 저는 당분간 무림맹 안에 묵어야 할 듯한데……."

석도명이 말꼬리를 흐리며 부도문을 바라봤다.

여가허까지 같이 오기는 했지만 왠지 부도문이 무림맹에 들어가서 함께 숙식을 하는 건 어려울 것 같았다.

예측을 불허하는 부도문의 성정과 행동거지도 문제지만, 그가 익힌 무공이 정파와는 거리가 멀어 보였다. 부도문을 달고 들어갔다가 공연히 사고만 치는 게 아닐까 불안했다.

"나는 가지 말라고? 끄끄, 이참에 무림맹주 자리나 노려볼까 했더니……."

"예? 무림맹주요?"

석도명이 당황한 얼굴로 되물었다. 과거 단호경이 입만 열면 무림맹주가 되겠다고 떠들어 대던 기억이 떠올랐다. 어째 무림맹주가 꿈인 사람이 주변에 이리도 많단 말인가?

"끄끄, 그깟 거 시켜줘도 안 한다. 네놈이나 한 번 해먹든지."

"하하, 제가 무슨 실력으로 무림맹주를 합니까?"

"……."

부도문이 석도명을 물끄러미 바라보기만 했다.

석도명이 그 뜻을 읽고는 민망한 표정으로 크게 웃었다.

"하하하, 농담도 과하십니다."

부도문은 '그 실력으로 못 할 게 뭐냐'고 눈으로 되물었던 것이다.

부도문이 좀처럼 시선을 거두지 않자 석도명이 서둘러 말을 돌렸다. 자신의 무공이 꽤 강해진 것은 분명했지만, 스스로를 고수의 반열에 올려놓기는 영 어색하기만 했기 때문이다.

"무림맹에 안 들어가실 거면…… 제가 아는 곳이 두 군데 있는데…… 한 곳은 대장간이고."

부도문이 냉큼 말허리를 자르고 들어왔다.

"더운 건 싫다!"

"아……."

석도명이 고개를 끄덕였다. 부도문의 몸이 크게 달라졌다는 사실이 새삼 느껴졌다.

그 모든 게 석도명이 부도문의 몸에 불의 기운을 잔뜩 불어넣은 결과였다. 부도문이 정확히 어떤 상태인지는 알 수 없었지만-부도문 본인은 단 한 번도 그 일을 입에 담지 않았다- 적어도 과거처럼 피가 차가워서 힘들어하는 것 같지는 않았다.

어쨌거나 부도문이 뜨거운 대장간은 싫다고 하니 남은 대안은 하나였다.

"험험, 다른 곳은 좀 험한데…… 구도(狗屠; 개백정)를 업으로 하시는 분이라…… 집도 좀 소란스럽고……피 냄새도 많이 나고……."

석도명이 주저하며 염씨 노인의 집을 입에 올렸다. 거의 매일같이 살생이 이뤄지고 피 냄새가 자욱한 곳이라 별로 내키지가 않았다.

그러나 부도문의 반응은 전혀 달랐다.

"끄끄끄, 술안주로는 개고기가 최고지."

부도문은 벌써 입맛부터 다시고 있었다. 머릿속으로는 틀림없이 개다리를 물어뜯으며 술잔을 기울이는 장면이 그려지고 있을 터였다.

몸 상태는 변해도 술에 대한 집착은 좀처럼 떨쳐버리지 못하는 부도문이었다.

"알겠습니다. 그리로 모시죠."

석도명이 앞장서서 걷기 시작했다. 염씨 노인이 부도문을 받아줄지 확신할 수는 없었지만 일단은 부딪쳐 볼 일이었다.

헌데 석도명이 몇 걸음을 가도록 부도문은 움직이지 않았다. 그 기척을 느낀 석도명이 의아한 얼굴로 돌아섰다.

무슨 까닭인지 부도문은 유일소의 무덤을 되돌아보고 있었다. 등을 돌린 자세로 부도문이 쓸쓸하게 중얼거렸다.

"후회를 남기지 않으려면…… 가슴 속의 사람을 놓치지 마라. 죽는 한이 있어도."

분명 자신에게 해준 이야기인데도 석도명은 뭐라고 대답을 할 수가 없었다. 그 한 마디가 비수처럼 날아와 가슴에 박힌 탓이다.

잠시 뒤 언덕을 내려가는 두 사람은 입을 굳게 다문 채 각자의 생각에 깊이 빠져 든 모습이었다.

　　　　　　＊　　　＊　　　＊

"계세요?"

석도명이 안으로 발을 들여 놓으며 조심스럽게 사람을 찾았다. 염씨 노인 집에 부도문을 맡겨 놓고 왕문의 대장간으로 달려온 길이었다.

헌데 안에서는 아무런 대답이 없었다. 아니 인기척은 고사하고, 대장간 특유의 열기조차 느껴지지 않았다. 쇳물이 끓고 있어야 할 로(爐)가 싸늘하게 식어 있었다.

아무리 살펴봐도 더 이상 영업을 하지 않는 대장간의 모습이다.

석도명이 안타까운 기색을 감추지 못했다. 과거에도 장사가 신통치 않아서 왕문이 오래도록 고생을 했던 사실이 떠올랐다. 결국 대장간이 망해서 문을 닫은 모양이었다.

"쯧, 염씨 할아버지께 여쭤보고 올 걸……."

사실 염씨 노인에게 대장간에 간다는 말만 했어도 이렇게 허탕을 치지는 않았을 것이다.

헌데 집에 들어서기가 무섭게 부도문이 마당에 널린 개를 보고는 '이걸 잡자', '아니 이놈이 더 맛있겠다' 며 덤벼든 탓에 염씨 노인과는 다른 이야기를 나눌 겨를이 없었다.

부도문이 그 많은 개들 가운데 하필 우두머리인 천장구에게 눈독을 들이는 바람에 염씨 노인이 서둘러 다른 개를 골라 도

살간으로 들어가는 모습만 보고 떠나야 했다. 결국 왕문의 소식을 묻기 위해서 염씨 노인의 집으로 길을 되짚어 가야 할 판이었다.

석도명이 옛 기억을 되살리며 대장간 안을 다시 한 차례 둘러보고는 막 밖으로 나가려는 순간이었다. 누군가가 불쑥 안으로 들어서다가 외마디 비명을 질렀다.

"악!"

석도명이 난생처음 보는 얼굴이었다. 그러나 그 음성은 낯설지 않았다.

"너, 너, 너……."

사내는 더듬기만 할뿐 좀처럼 말을 이어가지 못했다.

사내의 손가락이 자신의 눈을 가리키는 것을 보고서야 석도명이 그 까닭을 알았다.

"하하, 저 원래부터 장님이 아니었습니다. 소리를 수련하느라 일부러 가리고 다녔지요."

그제야 사내가 성큼 다가서서 석도명을 와락 안았다. 사내는 다름 아닌 대장장이 왕문이었다.

"와하하! 도명이 네가 이렇게 의젓한 장부였구나. 잘 왔다, 잘 왔어!"

석도명과 왕문은 한참을 부둥켜안고 있다가 떨어졌다.

"대장간이 왜 이렇죠? 장사가 잘 안 된 겁니까?"

"하하, 그럴 리가 있겠냐. 네가 가르쳐 준 재주가 있는데.

장사가 너무 잘 돼서 확장이전을 했단다. 여가허에서 왕석방(王石房) 하면 모르는 사람이 없다고. 잘난 포철방은 저리 가라 이거지!"

"왕석방이요?"

"그래, 왕문과 석도명의 대장간! 푸하하, 상호(商號)가 마음에 드냐? 간판도 큼지막하게 팠는데. 내 밑으로 대장장이가 열 명이나 있다고. 네 노후는 내가 책임지마."

"하하, 아저씨도. 그런데 여기는 왜 이렇게 비워두신 거예요."

"흐흐, 내 개인 작업실이다. 너랑 일하던 때를 떠올리면서 일을 하면 늘 즐겁거든."

"쇳물을 안 끓인 지가 제법 되는 것 같은데요. 쇠 냄새가 별로 안 나네요."

왕문이 공연히 뒤통수를 긁적였다. 뭔가 쑥스러운 눈치였다.

"사실은…… 내가 따로 만드는 게 있어서…… 1년 동안 쇳물을 안 끓였지."

"뭘 만드시는데요?"

석도명이 호기심을 참지 못하고 물었다.

왕문이 그 때까지 등에 메고 있던 것을 내려놓았다. 기다란 물건이 헝겊으로 둘둘 말려 있었다.

왕문이 조심스럽게 헝겊을 펼치자 날카롭게 벼린 검 한 자루가 나왔다.

"내가 1년 동안 죽어라 이놈만 두드리고 있단다. 너한테 해 줄 건 없고…… 내 인생 최고의 검을 만들어 주고 싶어서. 어떠냐? 좀 더 두드려야 할까?"

왕문의 얼굴에 기대와 걱정이 함께 떠올랐다. 석도명을 기쁘게 해주고 싶다는 마음, 그러나 아직은 자신의 솜씨가 부족한 게 아닐까 하는 두려움이 솔직하게 드러난 것이다.

석도명이 검을 받아들고 먼저 소리의 기운을 끌어올렸다. 그리고 손가락으로 검날을 조심스레 두드렸다.

징, 지이잉.

왕문의 귀에는 맑고 긴 여운이 들린 반면, 석도명의 눈에는 검에서 소리가 촘촘하고 고르게 일어나는 것이 보였다.

석도명이 여러 차례 검을 두드리며 구석구석을 세심하게 들여다봤다.

마침내 왕문은 석도명의 평가를 들을 수 있었다.

"흠, 여기저기 부족한 데가 있네요."

왕문이 얼굴이 딱딱하게 굳어졌다. 1년의 공이 허사로 돌아가는 순간이었다.

그 순간 석도명이 빙그레 미소를 머금었다.

"신검(神劍) 소리를 들으려면 많이 두드려야겠는데요."

"뭐, 신검?"

왕문이 입을 다물지 못한 채 석도명을 바라봤다. 석도명의 말을 알아들은 까닭이다.
 왕문이 감격에 겨워 몸을 떨었다. 석도명은 자신에게 또다시 새로운 길을 열어주려는 것이다.
 아무렴 자신의 재주로 진짜 신검을 만들기야 하겠는가? 하지만 인생 최고의 검을 만드는 일은 이제 시작이리라.

　　　　　　*　　　*　　　*

 석도명이 여가허에 도착하고 사흘 뒤, 무림맹은 일대 격변을 맞았다. 서품전 개시 한 달 전부터 무림맹의 기존 조직을 완전히 철폐한다는 무림맹주 여운도의 명령이 내려졌기 때문이다.
 그것은 근본적인 개혁에 착수한다는 사실을 체감시키기 위한 충격요법이었다. 또한 서품전을 통해 새로운 직책이 정해질 때까지 모든 것을 백지에서 시작하라는 주문이기도 했다.
 이래저래 어수선한 무림맹 안을 몇 명의 사내들이 두리번거리며 걷고 있다. 건장한, 그리고 꽤나 우락부락하게 생긴 사내가 앞장을 선 것을 보니 그가 일행의 우두머리인 것 같았다.
 "조장, 이렇게 마음대로 돌아다녀도 되는 거요?"
 "그러게 말이야. 적진에 들어온 것도 아닌데 왜 이리 불안하지?"
 어제까지만 해도 무림맹 외찰대에 속해 있던 단호경과 수하들이다.

수하들이 가슴을 졸이자 단호경이 버럭 소리를 질렀다.

"야 이것들아! 오늘부터 니들이나 나나 똑같은 처진데 조장은 무슨……. 그리고 우리가 뭐 죄라도 지었냐? 무림맹 좀 돌아다닌다고 누가 뭐라고 하겠어?"

모두 무림맹의 무사들이면서도 정작 이렇게 깊이 들어와 보기는 처음이다. 외찰대에서도 외곽 순찰조에 속해 있었기 때문이다.

게다가 무림맹 안에서 알게 모르게 십대문파와 오대세가를 제외한 일반 무사들을 차별하는 분위기가 있었던 탓에 아무 건물이나 마음대로 들어갈 수도 없었다.

단호경 일행은 오늘부로 기존의 직제가 완전히 무효가 됐다는 소식에 큰맘 먹고 무림맹 구경에 나선 길이었다.

일행 중 막내인 구엽이 눈앞에 우뚝 솟은 대문을 우러러보더니 간판을 천천히 읽어 내려갔다.

"창룡각……."

"오오, 후기지수의 꽃이라는 십대창룡이 여기 있는 거야?"

"이야, 입구부터 분위기가 다르구면."

사내들이 수선을 떨면서도 좀처럼 안으로 발을 들이지 못했다.

"촌놈들!"

단호경이 사내들을 흘겨보고는 당당하게 안으로 들어갔다.

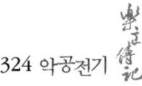

구엽을 비롯한 4명의 사내가 쭈뼛대며 그 뒤를 따랐다.

'흥, 누구는 날 때부터 십대창룡이었냐고?'

자신도 모르게 단호경의 어깨에는 힘이 들어갔다. 의식하지 않으려고 해도, 평생을 겪어온 무림의 높은 벽에 자꾸만 위축이 되는 기분이다.

잔뜩 기대를 한 것과 달리 창룡각 내부는 정작 별로 볼 게 없었다.

문 안으로 넓은 연무장이 휑하니 뚫려 있고, 그 가운데에 낮은 누각 하나가 덩그러니 서 있을 뿐이다. 연무장 안쪽으로 창룡대의 숙소로 여겨지는 건물이 보였지만, 거기까지 기웃거릴 엄두는 나지 않았다.

"험험, 생각보다 별로네."

"뭐, 연무장은 넓구면."

그러면서도 누구 하나 먼저 나가자는 말은 하지 않았다. 모두의 가슴에 차오르는 생각은 하나였다. 선망의 대상인 창룡대의 고수들과 어깨를 나란히하고 풍진강호를 누비는 날이 언제쯤 올까 하는.

그렇게 일다경쯤의 시간이 지났을까?

누군가가 창룡각 안으로 들어섰다.

"어! 너, 너……"

단호경이 손가락을 겨눈 채 말을 더듬는 사이 구엽과 곽석이 냉큼 달려가 사내를 반겼다.

"석 악사! 이게 얼마 만이오?"

"하하, 모습은 하나도 안 변했구려."

"예, 반갑습니다."

뒤이어 천리산과 이광발, 서량이 석도명과 인사를 나눴다. 단호경이 그제야 퉁한 표정으로 다가섰다.

"망할 놈! 어디 가서 뒈진 줄 알았더니. 이게 잠깐이냐?"

"하하, 피치 못할 사정이 있었습니다."

석도명이 웃는 낯으로 단호경을 바라봤다. 퉁명스런 말과 달리 단호경이 내심 반가워하고 있음을 알았기 때문이다.

'잠깐 강남에 다녀오겠다'는 서찰만 띄워놓고 2년 넘게 행방불명이 됐었으니 단호경이 화를 낼 만도 했다.

두 사람이 속내와 달리 조금은 서먹한 기색을 보이자 구엽이 얼른 끼어들었다.

"그런데 석 악사가 무림맹에는 웬일이오?"

"예, 그게……."

석도명은 마땅히 대답할 말이 떠오르지 않았다.

남궁세가의 숙소인 봉황전(鳳凰殿)에 들렀다가 남궁설리를 만나기 위해 창룡각을 찾아온 길이다.

대뜸 남궁설리의 이름을 대기도 그렇고, 남궁세가와의 관계는 또 어찌 설명할까 싶어 망설여졌다.

"흥, 제 놈이 무림맹에 무슨 용무가 있겠냐? 나를 찾아 왔겠지. 크흠, 재주도 용하구나. 내가 여기 있는 건 어떻게 알고."

단호경은 석도명이 자신을 찾아 무림맹에 왔다고 굳게 믿었다.
 사실 과거 같으면 무림맹에서 석도명을 만난다는 건 상상도 할 수 없는 일이었다.
 하지만 '무림맹은 십대문파와 오대세가의 전유물이 아니다'라는 여운도의 선언이 있고 난 뒤 무림맹 출입 절차가 크게 완화된 상태였다. 막말로 신분만 확실하면 무림맹 담장 안으로 들어서는 건 그리 어려운 일이 아니었다.
 그러나 일반인의 출입이 허용된 건 무림맹 본전인 청공전 앞마당까지였다. 일개 악사가 창룡각까지 깊숙이 들어온 건 아무래도 과한 일이다.
 창룡각은 무림맹 무사인 자신들조차 마음을 졸이면서 들어온 곳인데 말이다.
 "다른 사람들 눈에 뜨이기 전에 얼른 나가자. 그렇지 않아도 네놈하고 할 이야기가 많다."
 단호경이 석도명의 소매를 잡아끌었다.
 창룡각 구경은 이 정도면 충분했다. 어렵게 석도명을 만났으니 그동안 밀린 이야기를 나눠야 했다. 특히나 구화진천무에 대해서는 아직도 물을 게 많았다.
 석도명이 잠자코 단호경의 손에 이끌려 걸음을 옮겼다. 남궁설리를 만나는 건 잠깐 뒤로 미뤄도 그만이었다.
 하지만 석도명과 단호경은 창룡각을 빠져나가지 못했다. 밖에서 한 무리의 사람들이 문 안으로 들어섰기 때문이다.

단호경이 단단히 움켜쥐고 있던 석도명의 소맷자락을 재빨리 털어버렸다. 석도명을 감싸주는 것은 고사하고 자신의 앞 감당을 하기에 바빴기 때문이다.

새로 모습을 드러낸 사람들은 복장에 뚜렷한 특징을 보였다. 오른쪽 소매 위로 푸른 용이 수놓아져 있었다. 바로 창룡대의 상징이다.

그동안 소속 문파의 복장을 즐겨 입던 무림맹의 사람들이 갑자기 자기 소속을 드러내놓고 다니기 시작한 건 최근의 일이었다.

무림맹의 기존 조직을 전면 해체한다는 무림맹주의 결정에 그렇게라도 불만을 표시하고 싶었던 모양이다.

창룡대원들이 나타나자 단호경은 왠지 모르게 주눅이 들었다. 창룡대가 공식 해체됐다고 하나 이곳은 아직 그들의 숙소다. 없을 때는 몰랐는데 막상 그들과 마주치고 보니 남의 집을 훔쳐 본 듯한 꺼림칙함이 지워지지 않았다.

"어!"

단호경이 자신도 모르게 탄성을 질렀다. 석도명이 불쑥 앞으로 나서더니 창룡대원들을 향해 고개를 숙였기 때문이다.

하지만 다음 순간에 벌어진 일은 더 놀라웠다.

"어머, 석 악사님 아니세요?"

"와아, 오랜만이네요."

10여 명의 창룡대원 가운데 젊은 여인 둘이 석도명을 보더니 반색을 하는 게 아닌가!

그때 또 다른 여인이 석도명에게 다가섰다.

"후후, 마침내 오셨군요. 기다리느라 많이 힘들었답니다."

십대창룡의 일원인 청성파의 장민과 아미파의 우혜, 그리고 남궁세가의 맏딸인 남궁설리였다.

"예, 모두들 오랜만에 뵙습니다. 그러고 보니 남궁 소저를 뵙는 것도 몇 달 만이군요."

석도명이 전혀 기죽지 않고 쟁쟁한 여협(女俠)들과 어울리는 것을 보면서 단호경과 그 수하들은 넋이 나갈 지경이었다.

이름만 들어도 현기증이 날만한 청년 고수들과 석도명이 언제 저런 친분을 쌓았을까? 아니, 저 콧대 높은 명문 정파의 기재들이 언제부터 악사를 저리 가까이 했단 말인가?

충격은 거기서 끝나지 않았다. 뒤이어 나온 우혜의 한 마디에 단호경은 뒤통수에 쇠망치가 떨어지는 것 같았다.

"설리 언니하고 혼담이 오간다면서요?"

"그러게요. 설리는 계속 모른다고만 하는데 석 악사께서 시원하게 밝혀주시죠."

꽃다운 여인들에게 둘러싸인 상황이었지만 석도명은 난처해서 죽을 지경이었다.

환대가 좀 과하다 싶었더니 장민과 우혜는 벌써부터 자신을 남궁설리의 정혼자로 대하는 분위기다. 무림맹에 오자마자 구설수를 톡톡히 치르게 생겼다.

석도명은 아무래도 자신의 입장을 보다 분명히 해야겠다는 생각이 들었다.

하지만 석도명이 자기 입장을 밝힐 기회는 주어지지 않았다.

"흥, 그놈 재주도 용하구나!"

창룡대원들 사이에 섞여 있던 종남파의 추헌이 진한 비웃음을 머금은 얼굴로 석도명을 쏘아보고 있었다.

"추 선배! 석 악사께 함부로 하지 마세요."

남궁설리가 단호한 음성으로 말했다.

"호오, 저자가 진짜로 네 정혼자라도 되는 거냐? 벌써부터 단단히 싸고도는구나."

"그런 건 아니지만…… 그분은……."

"그런 게 아니라면 너는 빠져라. 악사 따위를 내가 함부로 대하든 말든 네가 관여할 일이 아니다."

모든 사람들의 시선이 남궁설리에게 모였다. 정혼자가 아니라면서도 남궁설리가 석도명을 감싸는 이유가 궁금했기 때문이다.

남궁설리가 추헌을 똑바로 쳐다보며 입을 열었다.

"제가 관여할 일이 아니라, 남궁세가가 관여할 일입니다."

"뭐라고? 저놈이 뭐라고 남궁세가가 나선다는 게냐?"

추헌이 황당한 표정을 감추지 못했다.

"석 악사는 제 아버님의 음악선생(樂師)이자, 남궁세가의 음악사부입니다."

"뭐? 음악사부?"

추헌은 물론 장내에 있는 대부분의 사람들이 입을 다물지 못했다.

무가(武家)에 음악사부라는 직책이 있다는 이야기는 난생처음 듣는 것이다. 게다가 남궁세가의 가주를 가르치는 음악선생이라니!

"예, 제 아버님께서도 석 악사를 함부로 대하지 않으십니다. 저 또한 남궁세가의 음악사부에 대해 늘 예의를 다하고 있고요. 추 선배께서 석 악사를 핍박하신다면 그건 남궁세가를 안중에 두지 않는다는 의미겠지요."

"그, 그러냐?"

추헌의 목소리에 힘이 빠졌다. 음악사부라는 해괴한 직책을 어떻게 받아들일지 당황스러웠지만, 석도명을 대놓고 무시할 수 없는 상황이 된 것만은 분명했다.

추헌이 슬그머니 꼬리를 내렸지만, 남궁설리는 그렇지 않았다.

"추 선배! 그 점을 납득하셨다면 석 악사께 사과하세요."

"뭐, 사과? 사과라니!"

추헌이 펄쩍 뛰었지만 남궁설리의 자세에는 조금의 흔들림도 보이지 않았다. 그만큼 단단히 각오를 하고 내뱉은 말이라는 뜻이다.

실제로 남궁설리는 한 걸음도 물러날 생각이 아니었다.

머지않아 시작될 무림맹의 개혁, 더 나아가 강호의 격변을 앞둔 중요한 시점이다. 매사에 남궁세가의 장래를 생각해야 할 때였다.

어제까지는 같은 창룡대원으로서 추헌과 어깨를 나란히 했는지 몰라도, 코앞으로 다가온 서품전에서는 문파의 명예를 걸고 칼을 맞대야 할 사이다. 어떤 경우에든 남궁세가의 이름 앞에 종남파의 이름을 두게 할 수는 없었다.

"끄응, 석 악사가 남궁세가의 음악사부라는 사실을 몰랐던 건 내 실수다만…… 이렇게 정색을 하고…… 그걸 문제 삼는 건 너무 심하지 않냐?"

남궁설리가 정색을 하고 따지자 추헌은 당황해서 쉽게 말을 잇지 못했다. 딴에는 변명을 한다고 했는데 남궁설리가 그 빈틈을 놓치지 않았다.

"됐어요. 선배께서 직접 실수를 자인하셨으니 더는 문제 삼지 않겠어요. 앞으로 조심해 주세요."

"허어…… 허허."

추헌이 어처구니가 없다는 듯이 헛웃음을 터뜨렸다.

일이 맹랑하게 꼬이려고 그랬는지 엉겁결에 실수라는 말을 입에 올리고 말았다. 그렇다고 어쩌겠는가? 한 번 나온 말을 다시 주워 담을 수도 없다. 그저 허탈하게 웃는 수밖에는.

'망할 놈! 쥐새끼가 항상 호랑이 뒤에 숨어서 꼬리를 치는구나.'

 추헌이 속으로 이를 갈았다. 이럴 줄 알았으면 개봉에서 만났을 때 다소 무리를 해서라도 손을 봐줬어야 했다는 후회가 밀려들었다.

 하지만 석도명 또한 후회를 곱씹고 있기는 마찬가지였다.

 '결국 이런 거였나? 내 편으로 끌어들이지 않으면 다 적이라는 건가?'

 남궁세가의 가주 남궁한은 석도명에게 무림맹에 가달라는 부탁을 하고 나서는 뜬금없이 칠현금을 배워야겠다고 말했다.

 진짜로 칠현금을 배우겠다는 말이 아니라, 석도명이 무림맹에서 남궁세가의 사람들과 함께 지내려면 뭔가 적당한 명분이 필요하지 않겠냐는 뜻이었다.

 그래 놓고는 덜컥 가주의 음악선생, 나아가 세가의 음악사부라는 감투를 씌워 버린 것이다.

 자신과 남궁세가의 관계를 보다 확고히 하려는 의도임을 석도명 또한 모르지 않았다.

 하지만 조금 전 남궁설리가 추헌에게 잔뜩 날을 세운 것을 보니 앞으로의 일은 생각보다 훨씬 복잡할 것만 같았다.

 '잠깐의 난처함을 피하려고 쉽게 약속을 하는 게 아니었다.'

 석도명은 남궁설리와 혼인을 할 뜻이 없음을 보다 분명하게 밝히지 못했던 것이 너무 후회스러웠다. 그러나 자신의 입으로 남궁설리를 돕겠다고 한 이상 그 약속은 끝까지 지켜야 할 터였다.

헌데 그 순간 전혀 엉뚱한 곳으로 불똥이 튀었다.

억지로 분을 삭이며 주변을 둘러보던 추헌의 눈초리가 날카롭게 올라갔다. 석도명 뒤편에 서 있던 단호경과 수하들이 눈에 뜨인 것이다.

"네놈들은 뭐냐?"

상대의 복장이 외찰대의 것임을 확인한 추헌이 음성을 높였다.

"외찰대 조장 단호경이오. 이들은 모두 내 수하들이외다."

"외찰대가 이곳에는 웬일이냐? 창룡각은 아무 놈들이나 발을 들이는 곳이 아니다."

"뭐요? 아무 놈이라니! 오늘부로 무림맹에서 위아래를 따지지 말라는 맹주의 영을 모르시오? 창룡대가 해산됐으니 창룡각이 어찌 창룡대만의 것이겠소?"

단호경이 추헌에게 지지 않겠다는 듯이 목청을 키웠다. 처음 창룡대원들이 나타났을 때 당황하던 것과는 크게 달라진 모습이다.

'쓰벌, 석도명이한테는 함부로 못하고 나는 함부로 해도 되는 거냐?'

단호경은 석도명이 높이 떠받들어지는 자리에서 자신만 무시를 당하는 것 같았다. 일단 화가 치밀어 오르자 앞뒤를 재지 못하는 과격한 성미가 그대로 발휘됐다.

반면, 추헌으로서는 피가 거꾸로 솟는 기분이었다. 석도명 때문에 체면을 구긴 것도 분한데 고작 외찰대 조장 따위가 언성을 높이는 꼬락서니까지 참아줄 수는 없었다.

"너 이놈! 뚫린 입이라고 말을 막 하는구나."

"이놈저놈 하지 마쇼!"

추헌과 단호경이 서로를 잡아먹을 듯 노려보며 소리를 질렀다.

그 흉한 광경에 창룡대원들이 하나같이 눈살을 찌푸렸다.

"허허, 정말 어이가 없군. 아무리 세상이 달라졌다지만 말이야."

"어째 맹주하고도 트고 지낼 분위기인걸."

"그러게. 서품전이 끝난 뒤에도 저렇게 나오려나?"

노골적인 비아냥거림이다.

어쨌거나 창룡대는 십대문파와 오대세가를 대표하는 후기지수들이다.

자신들끼리는 다투고 경쟁을 할망정 하급무사 따위가 대드는 꼴은 참고 봐줄 수가 없었다.

그들이 새삼스레 소매 끝에 용을 새기고 다니는 까닭이 무엇인가? 세상이 변해도 자신들이 무림맹의 적통이라는 사실을 시위하려는 것이다.

그런 상황에서 단호경이 맹주의 영을 내세워 창룡대를 부정했으니 창룡대원들은 분노를 감출 수가 없었다.

그 분위기에 힘을 얻은 추헌이 기세등등하게 외쳤다.

"오냐, 좋다. 위아래를 따지지 말자니 오히려 잘 됐다. 어디 제대로 붙어 보자!"

추헌이 검집을 가볍게 두드리며 앞으로 나섰다. 체면상 자신이 먼저 검을 뽑을 수는 없으니 단호경에게 먼저 출수를 하라는 의미였다.

"까짓 거 합시다! 하자고!"

단호경 또한 스스로를 멈출 수 없었다. 평생 가슴에 억눌려 왔던 한과 분노가 걷잡을 수 없이 폭발하고 있었다. 죽을 때 죽더라도 구차한 꼴은 보이지 않겠다는 오기가 치밀어 올랐다.

두 사람이 살기를 품고 서로에게 다가선 순간, 누군가가 그 사이를 바람처럼 파고들었다.

"이러지들 말아. 사사로운 비무는 금지라고!"

십대창룡을 이끄는 화산파의 성가용이다.

성가용은 어느새 추헌과 단호경이 검을 뽑지 못하도록 두 사람의 손목을 잡고 있었다.

성가용의 말에 추헌과 단호경 모두 곤혹스러운 얼굴이 됐다.

본래 무림맹 안에서는 사사로운 다툼으로 인한 사적인 비무는 철저하게 금지돼 있었다.

평소 같으면 무공 대련을 핑계 삼아 비무를 벌이는 편법이 동원되겠지만, 지금은 다른 문파와는 아예 무공 대련도 해서는 안 된다. 한 달 뒤로 예정된 서품전을 앞두고 각 문파 간에 불필요한 오해를 초래할 수 있다는 이유에서다.

"성 선배, 그러면 어쩌라는 거요? 이 꼴을 당하고 참으란 말이오?"

"참아라. 맹주의 영이 그런 걸 어쩌겠냐? 정 분하면 서품전을 통해서 버릇을 가르치면 될 일이다."

"선배……."

추헌이 내키지 않는다는 듯이 이를 악물었다.

그때였다.

"그분의 말씀이 옳습니다."

낮지만 묵직한 음성의 주인은 바로 석도명이었다.

추헌이 석도명을 사납게 노려봤다.

"남의 일에 참견은 그만두게. 이건 남궁세가와는 무관한 일이야."

조금 전과 달리 차마 험한 말을 하지 못했지만, 속으로는 온갖 욕설이 다 떠올랐다.

"그렇지 않습니다. 그는 내 의제(義弟)입니다. 아우의 곤경을 형이 모른 척 할 수 있겠습니까?"

그 한 마디에 추헌은 물론 남궁설리와 장민, 우혜 등이 놀란 얼굴로 석도명을 바라봤다.

 그러나 누구보다 놀란 사람은 단호경이다. 천하의 십대창룡 앞에서 석도명이 자신을 두둔하고 나서리라고는 상상조차 하지 못했기 때문이다.

 "흥, 인간관계가 아주 복잡하시군. 그래서 어쩌라고? 자네 얼굴, 아니 그 뒤에 있는 남궁세가를 봐서 나 보고 물러나 달라 이건가?"

 "아니죠. 법대로 하자는 겁니다."

 "뭐, 법대로?"

 "예, 서품전에서 실력을 가리죠. 그때 가서 지는 사람이 남자답게 잘못을 사과하면 될 테고."

 "푸흐흐, 푸흐흐! 그 사이에 농담이 많이 늘었군."

 "농담이 아닙니다."

 석도명이 한 치도 물러서지 않자 추헌의 얼굴에서 웃음이 사라졌다. 고작 외찰대 조장 따위와 자신을 비교하는 석도명의 말에 화가 났기 때문이다.

 "좋아, 후회하지 말라고!"

 "후회를 할 사람은 제가 아니겠지요. 제 의제는 절대로 지지 않을 테니까요."

 다부진 석도명의 대꾸에 여러 사람이 놀란 표정을 지었다. 그중에서도 평소 석도명의 성품을 안다고 생각했던 단호경 일행과 남궁설리의 충격이 특히 컸다.

그 누구도 석도명의 행동을 제대로 이해할 수가 없었다. 이 세상에서 그 까닭을 알 수 있는 사람이 있다면 오직 부도문일 것이다.

그 순간 석도명은 깊이 가라앉은 눈길로 추헌을 바라보고 있었다.

'당신은 참는 법을 배워야 할 겁니다.'

석도명은 추헌의 오만함을 꺾어줄 생각이었다. 부도문의 말대로 추헌에게도 참아야 할 이유라는 것을 만들어 주고 싶었다.

그 속내를 알지 못하는 추헌은 석도명의 말에 그저 어처구니가 없을 뿐이었다.

"이봐, 남자는 책임지지 못할 말을 함부로 하는 게 아니야."

"예, 책임지지요. 만약 아우가 비무에서 진다면 뭐든지 시키는 일을 한 가지 하겠습니다. 그러면 되겠습니까?"

"허허, 정말 어이가 없군. 좋아, 소원대로 해줄 테니 한 가지만 물어보자고. 대체 뭘 믿고 이러는지."

석도명이 주저하지 않고 대답했다.

"그는 산동 구화문의 후계자니까요."

"뭐, 구화문? 그런 곳도 있었나?"

추헌은 정말로 황당했다. 난생 들어 보지도 못한 삼류 문파의 후계자를 자신과 비교하다니!

창룡대원들이 일제히 수군거렸다. 대체 구화문이 어떤 곳이냐고 서로 묻기에 바빴다.

 그 수군거림이 잦아들자 모든 사람들이 궁금증 가득한 얼굴로 석도명을 바라봤다.

 석도명이 천천히 입을 열었다.

 "상관없습니다. 한 달 뒤엔 천하가 그 이름을 알게 될 테니까요."

 좌중의 사람들이 또다시 술렁였다. 석도명의 말이 자신감을 넘어 너무나 광오했기 때문이다. 단호경의 수하들조차 입을 다물지 못했다.

 다만 한 사람, 단호경이 충혈된 눈으로 석도명을 뚫어져라 바라봤다.

 석도명이 추헌과 자신의 맞대결을 부추기는 속내가 궁금했지만, 구화문의 이름이 거론되자 뭐라고 제동을 걸 수가 없었다.

 십대창룡과의 승부보다는 '천하가 구화문의 이름을 알게 될 것'이라는 석도명의 말이 머릿속을 울렸다.

 "허, 어이가 없군. 어디 그때 가서 보자고."

 추헌이 상대할 가치가 없다는 듯이 입을 다물어 버렸다. 어차피 언제고 검으로 가르치면 될 일이었다.

 분위기는 자못 어수선했지만 일단 일촉즉발의 위기는 넘겼다고 생각한 성가용이 서둘러 상황을 정리하고 나섰다.

 "좋아, 좋아. 오늘 일은 나 성가용이 증인이 될 테니 이만

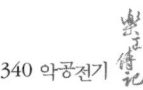

하자고. 진짜 승부는 서품전에서 가리는 거야."

모든 사람들이 고개를 끄덕이는 것으로 상황은 종료됐다. 아니, 종료될 뻔했다. 그 순간에 아미파의 우혜가 한 마디를 거들지 않았다면 말이다.

"에이, 불공평해. 지는 사람이 사과를 하는 건 당연한 건데 석 악사는 추 선배가 시키는 일까지 해야 하잖아. 추 선배도 뭔가를 약속해야 하는 거 아닌가?"

추헌의 얼굴이 딱딱하게 굳어졌다.

우혜가 대놓고 석도명을 거든 건 이번이 처음이 아니다. 대체 여자들은 왜 보잘 것 없는 악사 놈에게 이렇게 정신을 못 차린단 말인가?

남궁설리와 장민까지 고개를 끄덕이는 모습을 보면서 추헌이 갈라진 음성으로 석도명에게 말했다.

"원하는 게 있으면 말하게."

석도명이 잠깐의 고민 끝에 대답을 내놓았다.

"당연히 제 아우에게는 사과를 하시고…… 그리고 서품전의 취지대로 그 결과에 승복해 주십시오. 다른 소원은 없습니다."

"내 이름을 걸고…… 약속하지."

추헌이 으득 이를 갈았다.

'결과에 승복해 달라'는 말은 너무나 당연한 것 같았지만 그 뜻은 결코 가볍지 않았다. 서품전에서 패배한다는 것은 무림맹에서 맡게 될 직책이 낮아진다는 의미다. 석도명의 말은 '당신이 질 경우 부하 노릇을 충실히 하라'는 말과 다름없었다.

'네놈이 감당하지 못할 일을 시켜주마.'

추헌은 자신이 단호경에게 패배할 일은 꿈에도 일어나지 않을 것이라고 믿었다. 그의 머릿속에는 나중에 석도명을 철저하게 응징해 줄 생각으로 가득했다.

실랑이가 정리된 뒤 석도명은 단호경 일행과 함께 무림맹을 벗어났다. 남궁설리와 제대로 이야기를 나누지도 못했지만, 창룡각에 계속 머물러 있을 분위기는 아니었다. 아니, 사실은 단호경과 할 이야기가 더 많았다.

단호경은 무림맹을 벗어나기가 무섭게 석도명의 뺨을 후려쳤다.

휙.

단호경의 손이 바람소리를 내며 허공을 갈랐다. 석도명이 슬쩍 고개를 돌려 피했기 때문이다.

이제 단호경 정도의 실력으로 석도명의 뺨을 친다는 건 불가능했다. 더구나 감정만 잔뜩 실린 어설픈 손짓으로는 어림도 없는 일이다.

"어쭈, 제법이다. 그런데 뭐 아우? 누가 네놈 아우냐? 내가 언제 동생을 하기로 했냐고!"

단호경이 앞뒤를 따지지 못하고 길길이 날뛰는 모습을 보면서 석도명이 빙그레 웃음을 지었다.

"이제라도 확실하게 하죠. 내가 형입니다. 당신이 동생이고."

"왜? 왜 그래야 하는데!"

"그건 형제를 생각하는 내 마음이 더 진실하기 때문입니다. 더 큰 진정성을 가진 사람이 형이 되어야 하지 않을까요?"

"뭐, 진정성? 그건 누가 정하는데."

"하하, 그걸 누가 정하겠습니까? 스스로 아는 거지."

"이거 순 엉터리잖아. 말도 안 돼!"

말을 섞을수록 단호경이 흥분을 감추지 못하는 데 비해 웬일인지 석도명은 더 느긋해지는 것만 같았다.

단순 과격한 단호경의 성격을 잘 알고 있기도 했거니와, 자신의 말마따나 단호경을 대하는 진정성의 크기가 달라져 있었기 때문이다.

"억울합니까? 그러면 가슴에 손을 얹고 생각해 보세요. 그리고 저를 위해 목숨을 내놓을 수 있다는 마음이 들면 말씀하세요. 그때부턴 당신이 형입니다."

석도명이 그 말을 던져 놓고는 획 돌아서서 걷기 시작했다. 천리산과 이광발 등이 짓궂게 단호경을 훑어보고는 석도명을 따라갔다.

오직 단호경만이 넋 나간 표정으로 길 한복판에 우두커니

서 있을 따름이다.

"목숨을 내놓는다…… 목숨을 내놓는다……."

단호경이 그 말을 곱씹고 또 곱씹었다. 석도명이 말한 진정성의 크기가 무엇을 뜻하는지 그제야 알 수 있었다. 석도명은 목숨 걸고 자신을 지켜줄 각오가 서 있는 것이다.

"이봐! 같이 가자고."

단호경이 조금은 감동한 얼굴이 되어 석도명을 뒤쫓기 시작했다.

하지만 단호경은 알지 못했다. 그 무거운 마음으로 석도명과 함께 가야 할 길이 너무나 멀다는 것을. 그리고 그 길의 끝에서 자신이 무엇을 이루게 될지를.

잠시 뒤 석도명과 단호경 일행은 숲속의 공터에 들어가 있었다. 단호경이 조원들과 함께 무공을 수련하던 그 자리다.

"다른 분들은 어디로 가셨습니까?"

석도명은 단호경의 수하들이 절반밖에 보이지 않은 까닭부터 물었다.

단호경이 퉁명스럽게 대답했다.

"소속 문파로 돌아갔다. 개뿔, 그것도 문파랍시고."

"그랬군요."

석도명이 사정을 알겠다는 듯 고개를 끄덕였다. 그리고 최근 무림의 상황을 모르는 바가 아니었다.

석도명과 눈이 마주친 천리산이 계면쩍게 머리를 긁었다.

"험, 나야 뭐…… 이 나이에 어디서 반겨줄 사람도 없고, 아직 할 일도 좀 있고……."

"크크, 나는 형님하고 한 짝이니까."

"에이, 우리가 갈 데가 없어서 안 갔습니까? 제마환검으로 끝장을 보자 이거잖아요."

이광발이 슬쩍 천리산에게 묻어가려고 한 반면, 막내 구엽은 당당했다.

석도명의 도움으로 제마환검의 참맛을 잠깐 맛봤으니 끝까지 가겠다는 의지다. 아마도 다섯 사람이 무림맹을 떠나지 않은 진짜 이유가 그것이리라.

"하하, 그럼요. 끝장을 봐야지요. 제가 좀 거들어도 되겠습니까?"

"헉, 정말인가?"

"어이쿠, 석 악사가 거들면 사고 한 번 제대로 치겠는걸."

"사고, 한 번 쳐보자고."

사내들이 반색을 하며 석도명을 에워쌌다.

석도명이 활짝 웃으며 말했다.

"그러려면 제가 먼저 제마환검을 배워야겠습니다."

"오오!"

천리산 등이 일제히 탄성을 내질렀다. 석도명이 제마환검을 배우겠다고 한 까닭을 알았기 때문이다. 자신의 손으로 아니,

필경에는 귀로 제마환검을 속속들이 파보겠다는 뜻이다. 그 결과를 생각하니 온몸에 짜릿한 전율이 일기 시작했다.

하지만 다섯 사내가 제대로 흥분을 느끼는 꼴을 참고 봐주지 못하는 사람이 있었다.

"야, 이게 뭔 개소리야? 당장 급한 건 나라고! 십대창룡하고 맞붙어서 이길 거라며? 그거부터 책임져야지!"

단호경이 눈을 부라리며 석도명과 다섯 사내들 사이를 헤집고 들어왔다.

"서두를 것 없습니다. 한 달이나 남은 걸요."

"한 달이나라니? 한 달밖에 안 남은 거지!"

단호경의 푸념에 가까운 항의에 석도명은 그저 웃기만 했다.

천리산과 이광발 등이 소리 내어 따라 웃었다. 석도명의 얼굴에 가득한 자신감이 그들의 가슴에도 번져나갔다.

한동안 조용했던 숲속의 공터가 그날 늦게까지 소란스러웠다.

제10장

새가 날아야
하는 이유

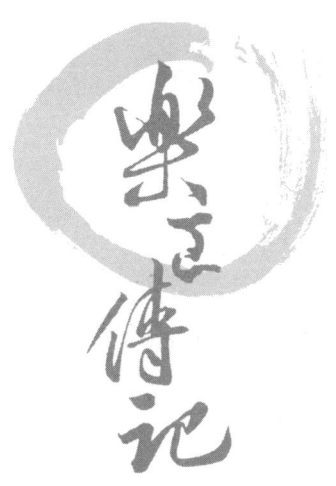

　석도명이 도착했다는 소식은 무림맹 군사 사마중의 귀에 곧장 전달됐다. 자신의 아들을 직접 항주로 보내면서까지 석도명을 불렀을 정도로 사마중의 관심이 깊었기 때문이다.
　무림맹에서 하룻밤을 보내기가 무섭게 석도명은 사마중의 부름을 받았다.
　사마중의 첫 인사는 뜬금없는 질문이었다.
　"그래, 요즘 대연검(大衍劍)께서 칠현금을 배우신다고?"
　대연검은 남궁세가의 가주 남궁강의 별호다. 사마중의 물음은 석도명이 남궁세가의 음악사부가 된 일을 거론한 것이다.
　석도명이 남궁세가의 사람으로 무림맹에 온 것이 마음에 들지 않는 눈치였다.

"그리 오래 배우시진 못할 것 같습니다. 당분간만 도움을 드리기로 했으니까요."

"왜 하필이면 남궁세가냐고 물어도 되겠는가?"

"하필이면 남궁세가가 항주에 있었기 때문이라고 말씀을 드려야 할 것 같습니다."

"허허, 우연이었다……. 우연 치곤 결과가 과하지 않은가?"

"그래서 당분간이라고 말씀드렸습니다만."

"그 당분간에 혼사는 포함돼 있지 않은 건가?"

"혼인이라는 것을 당분간만 할 수 있는 사람은 천하에 없겠지요."

사마중의 물음은 왠지 추궁에 가까웠지만 석도명은 공손하게 대답을 이어갔다. 사마중에게 청할 일이 있는 탓이다.

몇 가지 질문을 통해 석도명의 마음을 떠본 사마중이 처음으로 자신의 본심을 털어놓았다.

"나는 자네가 사마세가와 가까워졌으면 하는 소망이네."

"이미 사부님께서 맺으신 인연이 있는데 제자가 어찌 다른 길을 가겠습니까? 지금도 사마세가를 각별히 생각하는 마음은 있습니다."

사마중은 그 한 마디로 적잖이 마음이 놓이는 눈치였다.

"그렇지, 내 선친께서 자네 사부님과는 각별하셨지. 두 분의 정리를 생각해서라도 나 또한 자네를 남으로 여기지는 않을 거라네. 허허허, 인연은 소중한 거라네."

사마중이 유일소의 일을 먼저 꺼내준 덕분에 석도명은 자신의 용건을 꺼낼 기회를 잡을 수가 있었다.

"사부님 말씀이 나온 김에 한 가지 청을 드려도 되겠습니까?"

"크흠, 말해 보게. 가능한 일이라면야 거절할 이유가 없지 않겠나."

무림맹 군사답게 사마중은 노련했다. 사람 좋은 미소를 지어 보이면서도 '가능한 일'이라는 말로 미리 선을 그어 버린 것이다. 석도명은 어쩌면 일이 예상보다 훨씬 어렵겠다는 생각을 하면서 입을 열었다.

"제 사부님의 가문인 식음가의 최후에 어떤 흑막이 있지 않나 하는 게 제 생각입니다."

"흠, 아주 오래전의 일이라 나도 잘 모르네만……. 그런 사연이 있었던가?"

"예, 저도 최근에야 알게 된 사실입니다. 무림의 손길이 닿았다고…… 그렇게 들었습니다."

"호오, 어찌 그런 일이. 식음가의 비극은 강호가 아니라, 관부의 일이 아니던가? 본시 무림은 관부와는 거리를 두고 있다네."

다분히 무림맹 군사의 공식 입장이 담긴 대답이다.

석도명이 그것에 개의치 않고 말을 이어갔다.

"과거 한때 여러 문파가 관부에 줄을 댔다는 이야기가 있는 걸로 압니다. 그 또한 모르는 일이십니까?"

"재미있군, 재미있어. 그래 행여 그런 일이 있을 수도 있다고 치세. 자네가 바라는 게 과연 뭔가?"

"무림맹 군사부가 각 문파의 행적을 조사해 그 자료를 보관하고 있다고 들었습니다. 그 안에 식음가에 관한 대목이 있겠지요. 저는 그걸 보고 싶습니다."

사마중이 갑자기 너털웃음을 터뜨렸다.

"허허, 참으로 맹랑한 이야기로군. 그런 자료 같은 건 없다네."

"정말로, 정말로 없습니까?"

"허허허, 내 이 자리를 걸고 맹세하지. 무림맹 군사부는 다른 문파의 속사정을 알려고도 하지 않고, 조사를 한 적도 없다네."

석도명은 왠지 나락으로 떨어지는 기분이었다. 사마중이 자신의 자리를 걸고 장담을 하는 것을 보니 진짜로 그런 자료가 존재하지 않는 모양이다. 이제 대체 어디에서 다시 시작을 해야 한단 말인가?

석도명이 낙담 어린 음성으로 말했다.

"잘 알겠습니다. 제가 잘못 된 이야기를 들었나 봅니다."

"푸허허, 자네 정말로 고지식하구먼."

"고지식하다고요?"

석도명이 이해할 수 없다는 표정으로 사마중을 바라봤다. 조금 전 자리를 걸겠다고 할 때는 언제고, 왜 또 갑자기 다른

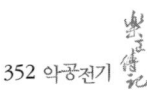

소리를 하는 걸까?

사마중이 정색을 하고 석도명을 바라봤다.

"내가 무림맹 군사로 있는 한, 그런 자료는 절대로 존재해서는 안 되는 거라네. 군사부에 그런 자료가 있다고 하면 십대문파와 오대세가가 가만히 있겠나? 허니, 자네가 몇 번을 물어도 내 대답은 항상 같을 수밖에 없지. 군사부는 결코 그런 일을 하지 않는다네."

그것은 긍정보다 더 강한 긍정이었다. 사마중은 '그런 자료는 없다'는 말로 오히려 그 존재를 강하게 시인해 준 것이다.

석도명에게는 다시 희망이 엿보였다. 자료가 있다면 접근할 방법도 있을 터였다.

"죄송합니다. 제가 말씀을 잘못 드렸군요. 만에 하나, 혹시라도 그런 자료가 존재할 가능성이 있다면 제가 그걸 볼 수 있는 방법이 없겠습니까?"

"허허, 그런 식의 대화라면 나쁘지 않네만, 그 경우에도 방법은 없을 걸세. 외부인인 자네에게 어찌 군사부에 굴러다니는 종이 한 장이라도 보여주겠는가."

사마중의 원칙론은 완고했지만, 또 그렇기에 옳은 이야기였다.

석도명은 잠시 망설이지 않을 수 없었다.

"예, 옳으신 말씀입니다. 어려운 부탁인 줄 압니다만…… 대협께서 식음가에 관련된 부분만 알아봐 주시면 안 되겠습니까?"

"흠, 이야기가 다시 얽히는구먼. 내 분명히 말하겠네. 설령 그런 자료가 있다고 해도 나는 절대로 그것을 보지 않을 것이야. 왜 그런 줄 아나?"

"무엇 때문입니까?"

"무림맹 군사부가 아니, 좀 더 직설적으로 말해서 사마세가가 음험한 짓을 하고 다닌다고 많은 사람들이 믿고 있지. 자네에게 군사부 이야기를 들려준 사람 또한 그중 하나일 걸세. 그 소문은 사마세가에게는 양날의 칼이네. 솔직히 지금도 사마세가가 자신들의 치부를 쥐고 있을까 해서 은근히 눈치를 보는 문파가 제법 있어. 하지만 말일세, 정말로 상황이 그렇다고 확인되면 그들은 가만히 있지 않을 거야. 내 손에 들린 검집 안에 검이 들어 있다고 사람들이 믿어주면 그저 고마운 거지, 그걸 진짜로 꺼내 들어서는 안 되는 법이라네. 그때부터는 바로 전쟁이니까 말이야. 세상 사람들이 알든 모르든…… 내가 그 자료라는 것에 손을 대는 순간 검이 뽑히는 거라네."

"후우……."

석도명이 긴 한숨을 내쉬었다. 쉽지 않으리라 생각했지만, 확실히 세상일은 너무 복잡하고 어려웠다. 빈틈을 보이지 않는 사마중의 태도가 야속할망정, 그것을 탓할 수는 없었다.

무슨 까닭인지, 잔뜩 실망해 있는 석도명을 향해 사마중이 싱긋 웃었다.

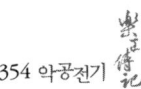

"내가 자네라면, 방법을 달리하겠네만은……."

석도명의 귀가 번쩍 뜨였다.

"방법이 있겠습니까?"

"아주 간단한 방법이 있지. 보아하니 자네는 나와 달리 봉인된 자물쇠를 풀어볼 의지가 있는 모양인데, 일단은 자물쇠 앞까지는 가야 하지 않겠나?"

"예?"

"뭘 그리 놀라는가? 무림맹에 들어오라는 이야길세. 군사부에서 공을 좀 세우면 자네 지위도 올라갈 테고, 그러면 접근할 수 있는 정보의 질도 크게 달라지게 마련이지. 그런 순간에 가끔 곁눈질을 하는 사람들이 꽤 있다네. 허허."

사마중의 말은 간단했다.

석도명이 직접 군사부의 일원이 되면 여러 가지 정보에 접근할 권한이 생길 테니 그때 눈치껏 기회를 엿보면 원하는 것을 알아낼 수 있으리라는 이야기다. 그리고 그 이면에는 자신이 석도명을 돕겠다는 의중이 함께 담겨 있었다.

말은 쉬웠지만, 석도명의 생각은 더 복잡해지만 했다. 이런저런 이유로 무림맹에 오기는 했지만, 정식으로 무림맹에 입맹을 할 생각은 한 번도 해보지 못했다.

무공을 익혔으면서도 강호인으로 살아갈 생각은 한 번도 하지 않았기 때문이다. 문득 석도명의 뇌리로 의문이 스쳐갔다. 대체 사마중은 자신에게서 뭘 봤기에 무림맹에 들어오라는 것일까? 무림맹에 악사를 위한 자리가 있을 것 같지가 않은데 말이다.

"무림맹이 악사도 받아줍니까?"

사마중이 다시 크게 웃었다.

"허허, 세상이 많이 바뀌었다네. 무림맹주께서 직접 내리신 포고문을 보지 못했나? 남녀노소는 물론 직업과 귀천을 가리지 않고 사람을 뽑겠다질 않던가. 자네라고 안 될 게 무엔가? 게다가……."

사마중이 말꼬리를 흐렸다. 뭔가 중요한 말을 꺼내기 위해 뜸을 들이는 것이리라.

석도명이 그런 기미를 알아챘다.

"말씀 하십시오. 새겨서 듣겠습니다."

"새겨서 들을 게 아니라, 자네가 답을 해줄 일이 있네. 자네의 칠현금은 어디에 두고 왔는가?"

"무림맹으로 오는 길에 망가져서 버렸습니다만……."

밑도 끝도 없는 사마중의 질문이 석도명에게 이유 없는 불안을 몰고 왔다.

그리고 그 불안감은 사마중의 입을 통해서 바로 확인됐다.

"근자에 말일세. 장강이 크게 뒤집어진 일을 아는가? 장룡구방 가운데 향문방, 황석방, 뇌항방이 궤멸에 가까운 피해를 입었다고 하더군. 그리고 무슨 까닭인지 녹림 18채의 일원인 막간대채가 장강까지 몰려갔다가 역시 같은 꼴을 당했다고도 하고. 자세한 내막은 확인되지 않았지만, 그 와중에 떠오르는 이름이 있더구먼. 혹시 들어 봤는지 모르겠군. 누구는 장강신룡(長江神龍)이라고도 하고, 누구는 칠현검마라고 하는 이름을."

"……."

석도명은 답을 할 수가 없었다. 무림의 정세를 한 손에 쥐락펴락한다는 지모(地謨) 사마중에 대해 귀가 따갑게 듣기는 했지만, 저 멀리 장강에서 벌어진 일까지 벌써 꿰고 있을 줄이야!

"혹시 부연설명이 필요한가? 내가 자네를 백방으로 찾았다는 이야기는 들었을 걸세. 그런데 공교로운 일이 있더군. 자네가 항주에 나타난 건 칠현검마가 천목산에 처음 등장하고 달포가 채 지나기 전이었네. 헌데 자네는 이번에도 그때와 비슷한 시차를 두고 무림맹에 도착을 했지. 허허, 내가 쓸데없는 상상을 한 걸까?"

사마중의 은근한 재촉에 석도명이 도리 없이 입을 열었다.

"이렇게 말씀 드리겠습니다. 천하에 칠현금이 어디 한두 개뿐이겠습니까?"

"허허허, 옳거니. 옳은 소리로구먼. 자네처럼 재치 있는 청년이 나는 좋다네."

사마중이 한참을 유쾌하게 웃었다. 그러나 이내 사마중의 얼굴에서는 웃음이 지워졌다.

"선대의 인연을 생각해서 한 가지만 충고를 하겠네. 선택을 분명히 하게. 자네가 어떤 이름으로 살아갈지는 중요하지 않네. 하지만 식음가의 한을 풀 생각이라면, 그래서 무림의 어두운 그늘을 캐고 다닐 생각이라면 무림에 발을 들이는 것을 주저해서는 안 될 것이야. 만약 그럴 자신이 없거든 과거는 과거로써 덮어두게. 자네가 칠현금을 들고 무슨 음악을 하든 그걸 탓할 사람은 천하에 없을 테니."

"……."

그 말을 끝으로 석도명과 사마중 사이에는 무거운 침묵이 내려앉았다.

잠시 후 사마중이 먼저 입을 열었다.

"잘 생각해 보고 마음을 정하게. 다음번에 나를 만날 때는 답을 가지고 왔으면 좋겠구먼. 이왕이면 긍정적인 답변을 기대하겠네. 쯧, 자네의 음악을 다시 한 번 들어 보고 싶었는데 어째 오늘은 자리가 아닌 것 같구먼."

사마중이 말을 마치고는 고개를 돌려 창밖을 내다봤다. 석도명에게 할 이야기는 끝이 났다는 의미다.

석도명이 고개를 숙여 인사를 하고는 무거운 마음으로 군사부를 벗어났다. 아무리 생각해도 식음가의 과거를 파헤치는 일이 자신의 뜻대로 풀릴 것 같지가 않았다.

* * *

사마중을 만나고 돌아온 다음날 석도명이 머물고 있는 봉황

전으로 뜻밖의 사람이 찾아왔다.

"저는 도고전(道高展)의 일을 돌보고 있는 장옥정(張玉貞)이라고 합니다. 석 악사님을 뫼시러 왔습니다."

도고전은 무림맹주의 처소를 가리키는 이름이다. 스스로를 도고전의 시종장(侍從長)이라고 밝힌 중년 여인은 누군가가 석도명을 만나기를 원한다는 전갈을 갖고 왔다.

그 사람이 누구인지를 물었지만, 장옥정은 '가 보시면 압니다'라며 그저 미소를 지을 뿐이다.

'어제는 군사부에 불려가더니 오늘은 맹주의 처소라······.'

석도명이 장옥정을 따라 나섰다.

어차피 무림맹에 들어온 이상 숨어서 지낼 필요는 없는 일이다. 무림맹주든, 십대문파의 장문인이든 말을 하면 들어 줄 것이요, 물으면 대답을 할 것이다.

도고전은 그 이름처럼 탈속한 도관의 분위기를 물씬 풍겼다. 게다가 사람도 거의 눈에 띄지 않아 적막하고, 또 쓸쓸해 보였다.

"안으로 드시지요."

장옥정이 조용히 방문을 열어주면서 석도명에게 안으로 들어가기를 권했다. 석도명이 문 안으로 들어서자 등 뒤에서 문이 닫혔다. 방 안에는 휘장이 높다랗게 걸려 있었다. 그리고 그 휘장 너머에서 인기척이 들렸다.

"들어오세요."

뜻밖에도 여인의 음성이다.

한 손으로 휘장을 제치고 들어간 석도명의 눈이 휘둥그레졌다.

"아……."

"후후, 기다리고 있는 사람이 저라서 실망하셨나요."

방 안의 여인은 소헌부의 한운영이었다.

석도명이 고개를 숙여 인사를 한 뒤에도 계속해서 의아한 눈으로 한운영을 바라봤다. 소헌부에 있어야 할, 그리고 지금쯤이면 혼사 준비에 바쁘리라 생각했던 그녀가 무림맹주의 처소에는 웬 일이란 말인가?

"여기는 너무 조용하죠? 이 넓은 곳에 저 말고는 사람이 없답니다. 요즘같이 민감한 시기에 무림맹주의 조카가 특정 문파의 숙소에 머물면 좋지 않다고…… 무림맹의 군사라는 분이 그러시더군요."

"아……."

석도명의 머릿속에서 궁금증 하나가 풀렸다. 무림맹주 여운도와 한운영의 부친인 한지신은 의형제 지간이다. 무림맹주가 그녀의 의숙(義叔)이니 한운영이 도고전에 있는 건 이상한 일이 아니다.

"지금 '아'만 두 번 하셨어요. 제가 반갑지 않은 모양이네요."

"아니오, 그럴 리가요."

석도명이 당황해서 손을 내저었다.

왠지 한운영에게 말려드는 기분이었다. 한운영이 무림맹에 와 있는 이유도 궁금했지만, 자신을 따로 부른 까닭은 더더욱 알 수가 없었다.

그리고 또 하나, 한운영의 음성이 과거와는 좀 다르게 느껴졌다. 냉기가 배어나는 차가운 표정은 여전했지만, 목소리는 어딘가 모르게 들떠 있는 것만 같았다.

주악천인경을 끌어올리면 그 차이를 좀 더 분명하게 알 수 있겠지만 석도명은 그러지 않았다. 남의 마음을 몰래 엿보는 짓 같았기 때문이다.

"제가 무림맹에 온 건 어떻게 아셨습니까?"

한운영이 권하는 의자에 앉으면서 석도명이 물었다. 한운영에 대해 물어보기가 쑥스러워 에둘러 질문을 던진 것이다.

"모를 수가 없더군요. 종남파의 추 소협과 심하게 어울리셨다고 소문이 자자한 걸요. 제가 여기 있는 사실을 모르는 사람은 많아도, 석 악사님의 존재를 모르는 사람은 무림맹에 별로 없는 것 같은데요."

"네에……."

"역시 석 악사다우시네요. 제가 뵙자고 한 이유는 결코 묻지 않는군요. 제가 알아서 이야기를 할 때까지 기다리고 또 기다릴 생각인가요?"

"네……. 제가 확실히 그런 성격인 모양입니다."

석도명이 씁쓸하게 웃었다. 고작 얼굴 몇 번 스친 것으로 자신의 소심한 성격을 고스란히 들킨 것 같아서 계면쩍었다.

그런 속내를 뻔히 알 텐데도 한운영은 석도명을 눈을 빤히 들여다봤다. 그러더니 또 불쑥 입을 열었다.

"제게 들려주실 연주가 있잖아요."

"예?"

"다시 만나면 절 웃게 해주시기로……. 벌써 잊으셨나요?"

"아, 그거요?"

석도명이 난감한 표정으로 한운영을 바라봤다.

'하아, 도무지 종잡을 수가 없구나.'

한운영이 남궁세가를 떠나면서 밑도 끝도 없이 "다음에는 저를 웃게 해주세요"라고 했던 일은 분명 기억하고 있다. 그리고 당시 자신은 아무런 대답도 하지 않았다.

헌데 지금 한운영은 마치 두 사람 사이에 약속이 있었다는 듯이 말을 하고 있다. 그렇다고 여인과 마주 앉아서 그런 시시콜콜한 대목을 따질 수는 없지 않은가.

"연주는 들을 수 없는 건가요?"

"예, 한 소저께 들려 드릴 연주는 없습니다."

석도명이 단호하게 고개를 저었다. 더 이상 끌려 다니고 싶지 않았기 때문이다. 무공에 대해서는 아직도 번민이 없지 않아 있지만, 적어도 음악에 관해서는 분명해지고 싶었다.

"처음에 제게 진실한 마음이 담긴 음악을 들어 봐야 한다고 한 사람은 석 악사였습니다. 이제 와서 마음이 바뀐 까닭이라도 있나요?"

 석도명이 어딘가 들떠 있다고 느꼈던 한운영의 음성이 싸늘하게 가라앉았다. 또박또박 따져 묻는 한운영을 향해 석도명이 주저하지 않고 자기 생각을 밝혔다.

 "음악이 마음을 나누는 일이며, 필경에는 마음을 따라가야 한다는 생각은 지금도 마찬가지입니다. 하지만, 사람의 마음이 표홀하고 변덕스럽다는 한 소저의 지적 또한 옳습니다. 부끄럽게도 그 점을 소홀히 했었나 봅니다. 얼마 전에야 겨우 알았습니다. 음악이 마음을 따라가려면 먼저 그 변덕스런 마음을 담을 큰 그릇이 필요하다는 것을. 그게 저 위대한 자연이든, 이 보잘 것 없는 인간의 가슴이든 말입니다. 하지만 지금은 들을 사람도, 들려줄 사람도 그 그릇이 준비되지 않은 것 같습니다."

 "그렇군요. 사람의 마음이 변덕스럽다는 걸 이제라도 아셨다니 정말 다행이네요. 하지만 석 악사가 말뿐인 사람이라는 생각이 드는 건 왜일까요?"

 그 말을 끝으로 한운영은 입을 굳게 다물었다. 표정에는 전혀 변화가 없었지만, 석도명은 또다시 뭔가 미묘한 것을 느끼고 있었다.

 '이 사람…… 오히려 실망하고 있다.'

 석도명은 한운영이 실망을 감추려고 애써 냉담한 얼굴을 하고 있다는 생각을 떨칠 수 없었다.

한운영의 생각에 반쯤 동의를 해줬고, 또 완곡하게 사과를 한 셈인데도 의외로 반가운 기색은 보이지 않았다. 그렇다고 한운영의 기분에 대해서 아는 체를 하기도 어려웠다.

 석도명이 조용히 자리에서 일어났다.

 이상하게도 한운영 앞에만 서면 자꾸만 자신의 입장이 궁색해지는 것 같아서 더 이상 마주 앉아 있을 기분이 아니었다.

 어차피 연주를 해줄 게 아니라면, 달리 남아 있을 이유도 없었다. 석도명이 그만 떠나겠다는 뜻으로 한운영에게 가볍게 고개를 숙였다.

 헌데 마음이 너무 복잡했던 것일까?

 석도명이 불쑥 한 마디를 더 하고 말았다.

 "그 변덕스러운 마음이라도 믿고 싶어질 때…… 다시 연주를 청해 주십시오."

 "……."

 이미 기분이 상한 뒤였는지 한운영은 아무런 대답도 하지 않았다. 그저 자리에서 일어나 석도명의 작별인사를 목례로 받았을 뿐이다.

 헌데 석도명이 휘장을 지나 방문을 열고 막 나가려는 순간이었다. 잠자코 서 있던 한운영이 갑자기 뒤따라와 휘장 밖으로 모습을 드러냈다.

 "남궁세가와의 혼사는 어찌 된 건가요?"

 등 뒤에서 들려온 그 한 마디가 석도명의 걸음을 멈춰 세우고 말았다.

석도명이 잠시 망설이다 입을 열었다.

"그 대답은…… 남궁 소저에게 직접 들으시지요."

석도명은 혼사 문제에 대해 자신이 먼저 떠들고 다니는 건 남궁설리에 대한 예의가 아닌 것 같았다. 더구나 한운영과 남궁설리가 서로 모르는 사이도 아니질 않는가.

"설리 언니는 모른다고만 하더군요. 혼인 문제조차도 석 악사의 우유부단한 성격이 한몫을 하나 보네요."

"그 문제는 한 소저께서 신경 쓰실 일이 아닌 듯합니다만."

"그런가요? 저는 두 사람이 혼인을 하는 게 공평하지 못한 것 같아서요."

"……"

석도명이 그 말에 아무런 대꾸를 하지 않았다.

공평하지 못하다는 게 두 사람의 신분이 어울리지 않는다는 의미인 것 같았다.

그런 문제에 대해서는 한운영과 결코 말을 섞고 싶지 않았다. 재상가의 여식으로 귀하게만 자란 한운영이 신분에 대해 갖고 있을 완고한 편견이 짐작됐기 때문이다.

그러나 한운영의 말은 그런 뜻이 아니었던 모양이다.

"석 악사 덕분에 제 혼사가 깨졌어요. 그래놓고 석 악사가 혼례를 치르면 저만 억울하잖아요."

"예?"

석도명이 놀라서 되물었지만, 한운영은 매정하게 휘장을 닫아 버렸다.

　　　　　＊　　　＊　　　＊

여가허에서 가장 잘 나가는 대장간 중 하나라는 왕석방에 석도명이 나타났다. 염씨 노인 집에 들러 부도문을 만난 뒤 무림맹으로 되돌아가는 길이었다.

"어이쿠, 도명이 왔구나."

석도명이 안으로 들어서기가 무섭게 왕문이 반갑게 달려왔다.

"예."

왕문과 손을 맞잡으면서 정작 석도명의 시선은 다른 곳으로 향하고 있었다. 조금 전까지 왕문이 상대하고 있던 손님의 얼굴이 낯익었기 때문이다.

왕문의 움직임을 따라 자연스레 석도명 쪽으로 돌아선 사람은 다름 아닌 한운영이었다. 한운영을 바라보는 석도명의 눈길에 호기심이랄까, 궁금증이 어렸다.

그걸 모른 척 넘어갈 한운영이 아니다.

"그 눈빛은 또 뭐죠?"

"옷차림이……."

한운영은 대갓집 규수의 화려한 복식이 아니라, 무복을 입고 있었다.

"후후, 예쁜가요?"

"아뇨, 못 알아볼 뻔했습니다."

석도명의 대답이 워낙에 뻣뻣한 탓인지 한운영이 다소 새침한 표정을 지어 보였다.

왕문이 눈치 없이 두 사람 사이에 끼어들었다.

"아이고, 우리 도명이가 잘 아는 분인 모양이네. 그러면 내가 특별히 잘 해드려야지."

"그러면 이번에는 제대로 된 검을 보여주세요."

뜻밖에도 한운영은 검을 고르고 있었다.

"도명아, 아무래도 네가 힘 좀 써야겠다. 얼마나 까다로운 손님인지, 보는 것마다 마음에 안 든다고 하는구나."

"호오, 석 악사가 검도 볼 줄 아세요?"

"어이쿠, 무슨 말씀을? 제가 우리 도명이한테 쇠 다루는 법을 배웠답니다. 여기가 왜 왕석방이겠습니까? 왕문과 석도명! 그래서 왕석방 아닙니까."

왕문이 호들갑을 떨면서 왕석방의 작명 사연까지 소개하자 한운영의 눈이 커졌다.

"재주가 많으시군요. 무림맹 사람들이 추천을 해줘서 찾아왔는데 석 악사가 관계돼 있을 줄은 몰랐네요. 재주가 많으니 밥벌이 걱정은 안 해도 되겠군요."

석도명이 얼른 말을 돌렸다. 자신의 과거에 대해 한운영에게 미주알고주알 털어놓을 생각은 추호도 없었다.

"어떤 검을 찾으십니까?"

"대단한 명검을 찾는 건 아니에요. 잘 부러지지 않는 튼튼한 검이면 돼요. 그렇다고 물러터지거나 쉽게 휘어서도 안 되겠지만."

"예, 검도 자기 성격에 맞아야겠지요."

석도명은 한운영의 말에서 왠지 자신의 유약한 성격을 비꼬는 듯한 느낌이 들었다. 확실히 연주를 하지 않겠다고 한 일로 여전히 섭섭한 눈치였다.

한운영을 위해 검을 고르는 일은 과연 쉽지 않았다.

십여 자루 이상의 검을 권했다가 퇴짜를 맞고 나자 석도명 또한 더 이상 고를 검이 없었다.

"에구, 여가허를 다 뒤져도 낭자께서 찾는 검은 구할 수가 없을 게요."

왕문이 질렸다는 듯이 고개를 흔들었다.

자고로 가장 까다로운 손님이 가격을 불문하고 최고의 품질을 요구하는 사람이 아니던가!

그때 왕문의 귀에 믿을 수 없는 소리가 들렸다.

"아저씨, 그 검이 필요하겠는데요."

"뭐? 뭐라고? 아니 그건……."

"부탁드려요. 그렇게 해주세요."

석도명의 간곡한 부탁에 왕문이 어쩔 수 없다는 듯이 안으로 들어가 검 한 자루를 들고 나왔다.

왕문이 석도명을 주려고 1년 넘게 공을 들인 검이었다.

검을 받아든 석도명이 주악천인경으로 소리의 기운부터 끌어올렸다. 그리고 손가락으로 검면을 가볍게 두드렸다.

석도명이 너무 부드럽게 건드린 탓인지 검은 거의 소리를 내지 않았다. 그러나 석도명은 검에서 피어오르는 소리를 또렷하게 보고 있었다.

허공에 고른 파장을 만들어가는 검의 소리는 한 치의 이지러짐도 없었다. 석도명의 주문에 맞춰 왕문이 보름 가까이 두드리고 또 두드린 결과였다.

신검의 경지는 몰라도 사람이 손길이 닿은 검으로 이 정도 경지에 오른 물건은 천하에 그리 많지 않았다.

"이 검도 눈에 차지 않는다면, 저로서는 방법이 없군요."

석도명이 한운영에게 검을 건넸다.

한운영이 검을 받아 이리저리 휘둘러보더니 만족스런 표정을 지었다.

"정말 마음에 드네요. 얼마를 드리면 되죠?"

왕문이 좀처럼 대답을 하지 못했다.

"후아, 그게 말이에요. 그건 가격을 정할 수 없는 물건이랍니다. 그걸 어떻게 돈을 받고 팔라는 건지……. 나는 돈을 못 받겠다. 도명이 네가 알아서 해라."

왕문이 퉁하게 쏘아붙이고는 안으로 들어가 버렸다. 뭔가

까닭이 있으리라 생각하면서도 끝내 섭섭한 마음을 지우지 못했기 때문이다.

석도명이라고 왕문의 정성에 가격을 매길 수는 없었다.

"그냥 가져가십시오."

"그럴 수는 없죠. 보통 물건이 아니라는 걸 한눈에 봐도 알겠는데요."

"예, 가격을 매길 수 없다는 게 문제지요. 제가 한 소저의 부친께 톡톡히 신세를 진 일이 있으니 이걸로 빚을 갚는다고 생각해 주세요."

"아니……."

석도명은 한운영의 말을 다 듣지도 않고 돌아섰다.

"저는 한 소저가 부디 그 검에 걸맞는 사람이 되기를 바랄 뿐입니다."

한운영과 실랑이를 하기도 싫었거니와, 왕문이 오늘만큼은 자신에게 꽤 화를 낼 것 같아서 더 이상 대장간에 머물러 있을 수가 없었다.

대장간을 벗어난 석도명은 스스로의 마음이 잘 헤아려지지 않았다. 한운영에게 검을 준 건 일종의 반발심 같은 것이었다.

한운영이 그토록 까다롭게 구는 바람에 '네가 이것도 마다할 수 있을 것 같냐'는 생각이 들었던 모양이다.

게다가 소헌부의 가주 한지신에게는 한 차례 신세를 지기도 했으니 이번 기회에 그 신세를 갚자는 마음도 없지 않았다.

하지만 그게 전부인지는 장담할 수가 없었다. 아마도 변덕스러운 사람의 마음이 장난을 친 것인지도 몰랐다.

얼마 지나지 않아 석도명은 한운영에게 따라잡혔다.

"좋아요. 제가 이 검에 걸맞는 사람인지 아닌지는 반드시 보여드리죠. 제가 감당할 수 없는 검이라고 생각되면 언제고 돌려드리겠어요."

"……."

석도명은 대답을 할 기분이 아니었다.

두 사람은 말없이 걷기만 했다. 석도명은 무림맹으로 되돌아가는 길이었고, 한운영 또한 목적지가 다르지 않았다.

저편에 무림맹의 정문이 모습을 드러냈을 때 석도명이 입을 열었다. 한운영에게 물어야 할 것이 있었기 때문이다.

"저 때문에 혼사가 깨졌다는 게 대체 무슨 말입니까?"

"후후, 이제야 물으시네요. 역시 성격이 소심한 탓이겠죠?"

한운영이 갑자기 석도명을 향해 웃음을 지어 보였다. 놀리는 기색은 아니었다.

"오늘은 기분이 좋은 모양이군요. 그렇게 웃는 모습은 처음 봅니다."

"더 이상 고민할 게 없으니까요."

무슨 까닭인지 한운영이 손에 들린 검을 들어 보이며 다시 웃었다.

석도명이 이번에는 분명하게 한운영의 웃음을 보았다.

새가 날아야 하는 이유 371

'웃고 있지 않다.'

석도명은 왠지 한운영의 웃음이 웃음으로 보이지 않았다.

석도명이 슬그머니 소리의 기운을 끌어올렸다. 한운영의 거짓 웃음 뒤에 감춰진 게 뭘까 하는, 어쩔 수 없는 호기심이 떠올랐기 때문이다. 남의 거짓 기분에 더 이상 휘둘리고 싶지 않다는 옹색한 변명이 곁들여졌다.

석도명의 눈에 들어온 것은 한운영의 발걸음이었다.

사뿐사뿐 밟는 것 같았지만 한운영의 발끝에서 피어오르는 소리는 결코 가볍지 않았다.

"발걸음이야말로 인간이 세상을 만나는 가장 솔직한 방법이다. 그 소리를 들어 봐라. 세상에 얼마나 많은 삶이 있는지 알게 될 거다."

사부의 가르침만큼 눈이 열린 것은 아니었지만, 적어도 이 순간 앞으로 걸어 나가는 한운영의 발걸음이 전쟁터로 향하는 것만큼이나 무겁다는 사실만은 또렷하게 느껴졌다.

그때 한운영의 음성이 석도명의 생각을 비집고 들어왔다.

"새 한 마리가 있었어요. 온갖 보석으로 꾸며진 화려한 새장에 살던……"

석도명이 소리의 기운을 걷어내고 한운영을 바라봤다. 뜬금없는 이야기였지만, 그 새가 누구를 가리키는 것인지는 더 듣지 않아도 알 것 같았다.

한운영의 어딘가 모르게 들뜬 것 같으면서도 처연한 음성이 이어졌다.

"새는 알게 됐죠. 저 밖에 아주 넓은 숲이 있고 자신은 그곳에서 왔다는 사실을. 그러나 따뜻하고 안전한 새장을 벗어나 숲으로 날아갈 자신은 없었어요. 그러던 어느 날 바람이 속삭였죠. 새는 날아야 한다고. 마음을 가둬 둬서는 안 된다고."

"소저······."

석도명이 놀란 얼굴로 한운영에게서 눈을 떼지 못했다. 한운영의 마지막 한 마디는 바로 자신의 입에서 나온 것이었다.

"저는 그날의 바람을 잊을 수가 없어요. 그래서 결심했죠. 재상가의 며느리 같은 것····· 절대로 하지 않겠다고!"

한운영은 그 말을 끝으로 다시 말을 하지 않았다.

석도명 또한 침묵을 지켰다. 한운영의 말을 절반쯤은 알 것 같았고, 또 나머지 절반은 도무지 헤아릴 수가 없었다.

어느새 두 사람의 걸음은 무림맹 안으로 접어들고 있었다.

"제가 그 바람을 따라 어디로 가려는지 보실래요?"

한운영이 불쑥 한 마디를 던져놓고는 어딘가를 향해 앞서 걷기 시작했다. 석도명이 뭔가에 홀린 듯한 기분으로 그 뒤를 따라갔다. 한운영이 향한 곳은 무림맹 정문 바로 안쪽에 위치한 작은 천막이었다.

얼마 전에 무림맹에서 임시로 지어놓은 천막 안에는 젊은 청년 두 사람이 무료한 얼굴로 탁자에 앉아 있었다.

그중 하나가 두 사람을 보고 말을 걸어왔다.

"접수를 하러 오셨습니까?"

"예."

한운영이 머뭇거리지 않고 다가가 탁자 앞에 앉았다.

무림맹의 하급 무사임이 분명한 청년이 서책을 펼쳐 한운영에게 내밀었다.

"여기에 소속 문파와 이름을 먼저 적으시고…… 이건 따로 작성해 주세요."

석도명이 아까보다 훨씬 더 놀란 얼굴로 한운영을 바라봤다. 처음부터 이곳이 어디인 줄은 알았지만, 설마 한운영이 이런 선택을 할 줄은 상상도 못했기 때문이다.

"소협도 입맹을 하실 겁니까?"

다른 청년이 석도명에게 물었다.

천막은 바로 무림맹 입맹 신청자를 위한 임시 접수처였다. 사마중의 권유를 받은 뒤 이곳을 지나칠 때마다 석도명 또한 많은 고민을 했지만, 아직 결론을 내지 못하고 있는 상태였다.

헌데 한운영이 왕석방에서 검 한 자루를 구하더니 덜컥 이곳으로 와서 입맹 신청을 하겠다고 나선 것이다. 확실히 멋을 부리려고 무복을 입고 나타난 게 아니었다.

"한 소저……, 어쩌려고 이런 선택을 하셨소?"

한운영이 석도명은 쳐다보지도 않은 채 대답했다.

"새는 바람을 만나면 날아야 하는 법이에요. 그 바람에 날

개가 꺾이는 한이 있더라도 말이죠."

 한운영이 접수부에 이름을 적으면서 낮게 중얼거렸다. 아무래도 그 대답은 석도명이 아니라, 자신에게 하는 다짐 같기만 했다.

 한운영이 이름을 적고 나자, 무림맹의 무사가 석도명을 향해 접수부를 들이밀었다. 입맹 신청을 할 거면 어서 하라는 재촉이다.

 한운영은 석도명에게는 관심도 보이지 않은 채 맨 위에 '입맹신청서'라고 적힌 흰 종이를 부지런히 메워가고 있었다.

 무심코 접수부를 들여다본 석도명의 표정이 또 변했다.

 무명가(無名家) 한운영.

 한운영이 자신의 소속 문파를 무명가라고 적어 넣은 것이다. 자신은 더 이상 소헌부의 여식이 아니라는 선언이나 마찬가지였다.

 '대체 무엇이 소저로 하여금 이런 결심을 하게 했는지 모르지만, 그 용기는 놀랍군요.'

 세상에 부러울 것 없는 명문가의 딸이, 세도가의 자제들이 군침을 흘리는 천하의 재녀가 모든 것을 내던지고 강호에 투신하겠다는 까닭은 좀처럼 납득이 가지 않았다.

 그러나 이 순간 석도명의 가슴을 뒤흔들고 있는 것은 한운영의 결심 그 자체였다.

새가 날아야 하는 이유 375

"날개가 꺾여도 새는 날아야 한다……."

석도명이 나지막이 한운영의 말을 되뇌었다.

이상하게도 그 말이 날카롭게 가슴에 박혀 묘한 전율을 불러 일으켰다. 생각해 보면 자신이 가야 할 길 또한 그런 것이었다.

'그래, 날아보자. 이 바람이 나를 어디로 데려가려는지.'

석도명이 마침내 마음을 정했다. 아니, 며칠 전부터 결심을 해놓고도 차일피일 미루고 있던 일을 드디어 해치울 마음이 생겼다.

"주십시오."

석도명이 접수부와 붓을 받아들고는 거침없이 써내려갔다.

입맹신청서를 쓰고 있던 한운영이 석도명의 기척을 느끼고 고개를 돌렸다. 이번에는 한운영이 놀란 눈으로 접수부와 석도명을 번갈아 바라봤다.

석도명이 그저 담담하게 미소를 지어 보였다.

〈5권에서 계속〉

FANTASY STORY & ADVENTURE

흡혈왕 바하문트

Bahamoont the Blood

쥬논 판타지 장편 소설

판타지의 연금술사 쥬논!
『앙신의 강림』, 『천마선』, 『규토대제』
그 화려했던 시대가 저물고, 새로운 신화로 돌아왔다!

붉은 땅, 고대 흉왕의 무덤에서 권능을 얻은 바하문트.
악마의 병기 플루토의 절대 지배자!

이제 모든 질서를 파괴하는 피의 전쟁을 선포한다!

dream books
드림북스

김정률 판타지 소설

FUSION FANTASY STORY & ADVENTURE

하프 블러드(Half Blood)의
블러디 스톰 레온,
블러디 나이트로 돌아왔다!

트루베니아 연대기

판타지의 신화를 창조해가는
최고의 작가 김정률!
『소드 엠페러』 그 신화의 시작.

『다크메이지』, 『하프블러드』,
『데이몬』에 이은 또 하나의 대작!

dream books
드림북스

박찬규 신무협 장편 소설

구보혼돈 천리투안

『태극검제』, 『혈왕』 박찬규의 2007년 신작!
강호에 버려진 호운비의 처절한 생존 분투기!

하루아침에 억울한 누명으로 구족이 몰락하고,
두 눈마저 잃고 처참하게 노비로 전락한
죄승상부의 소공자, 호운비.

**억울한 누명 속에 세상을 잃었으나
의지만은 잃지 않으리라!**

dream books
드림북스

향공열전 鄕貢列傳

조진행 신무협 장편 소설
ORIENTAL FANTASY STORY & ADVENTURE

최고의 작품만을 선보이는 무협의 거장!
『천사지인』,『칠정검칠살도』,『기문둔갑』의
베스트셀러 작가 조진행이 심혈을 기울인 역작!

대림사(大林寺) 구마선사가 남긴 유마경(維摩經)의 기연.
월하서생 서문영, 붓을 꺾고 무림의 길로 나선다!

이제, 과거 시험은 작파하고 무공을 배우겠다!

dream books
드림북스